Tamora Pierce
Im Bann der Göttin

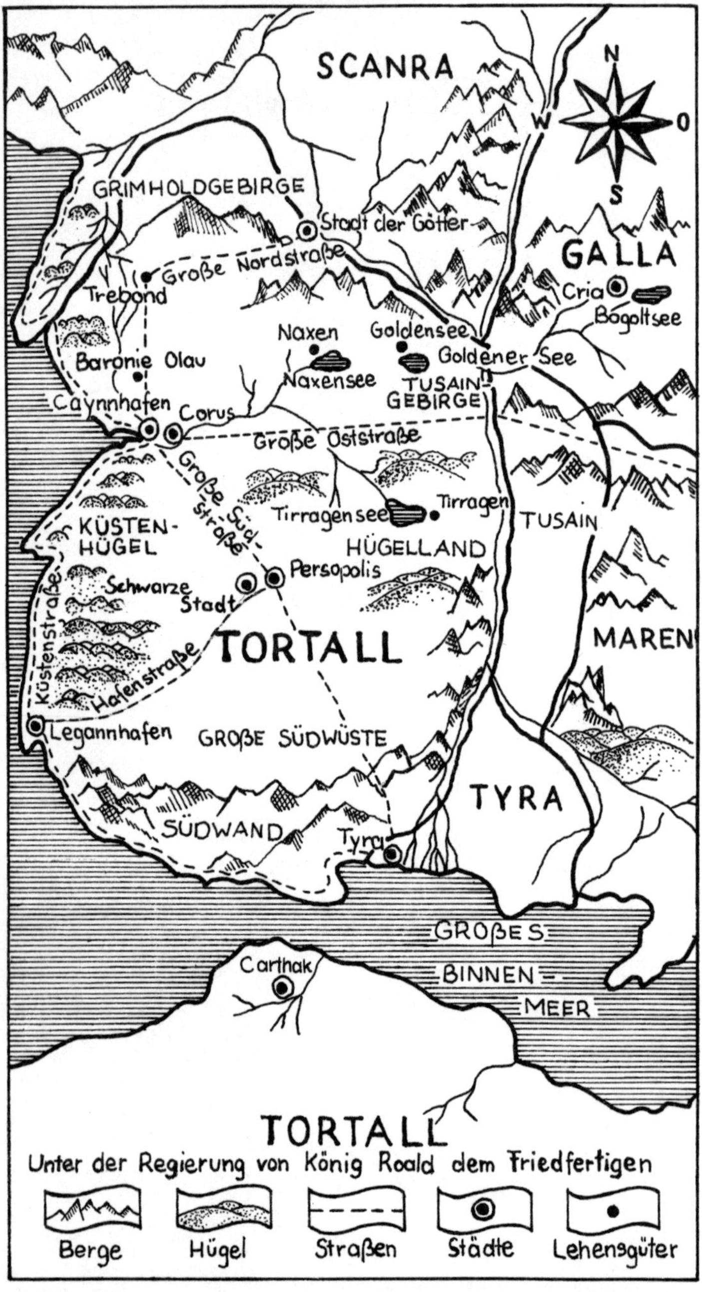
SCANRA
N
W
O
S
GRIMHOLDGEBIRGE
Stadt der Götter
GALLA
Große Nordstraße
Cria
Trebond
Bogoltsee
Naxen
Goldensee
Goldener See
Baronie Olau
Naxensee
TUSAIN-GEBIRGE
Caynnhafen
Corus
Große Oststraße
Große Südstraße
Tirragensee
Tirragen
TUSAIN
KÜSTEN-HÜGEL
HÜGELLAND
Persopolis
Schwarze Stadt
MAREN
Küstenstraße
TORTALL
Hafenstraße
Legannhafen
GROßE SÜDWÜSTE
TYRA
SÜDWAND
Tyra
GROßES BINNEN MEER
Carthak
TORTALL
Unter der Regierung von König Roald dem Friedfertigen
Berge
Hügel
Straßen
Städte
Lehensgüter

Tamora Pierce

Alanna von Trebonds Abenteuer:
Zweites Buch

Im Bann der Göttin

Aus dem Amerikanischen von Ulla Neckenauer
Illustriert von Frantisek Chochola

Arena

CIP-Kurztitelaufnahme der Deutschen Bibliothek

Pierce, Tamora:
Alanna von Trebonds Abenteuer / Tamora Pierce.
Aus d. Amerikan. von Ulla Neckenauer. – Würzburg: Arena
Einheitssacht.: Song of the lioness ‹dt.›
Buch 2. Im Bann der Göttin. – 1. Aufl. – 1986.
ISBN 3-401-04210-6

1. Auflage 1986

Das Buch erschien 1984 unter dem Originaltitel *In the Hand of the Goddess – Song of the Lioness/Book Two* bei Atheneum, New York
Aus dem Amerikanischen von Ulla Neckenauer
Schutzumschlag und Innenillustrationen von Frantisek Chochola
Lektorat: Heinz Seeger
Gesamtherstellung: Tagblatt-Druckerei KG, Haßfurt
ISBN 3-401-04210-6

Inhalt

1
Die Dame im Wald

Die Reiterin mit dem kupferfarbenen Haar sah zum dunklen Himmel empor und fluchte. Gleich würde das Gewitter losbrechen, und dabei gab es weit und breit keinen Unterschlupf. Sie hatte keine Wahl: sie mußte die Nacht im Freien verbringen.

»Ich *hasse* es, naß zu werden«, erklärte Alanna von Trebond ihrer Stute. »Ich friere auch nicht gern, und vermutlich steht uns beides bevor.«

Als Antwort wieherte das Pferd und warf den weißen Schweif. Alanna seufzte und tätschelte *Mondlicht* am Hals – es mißfiel ihr auch, daß ihre treue Stute derart schlechten Witterungsbedingungen ausgesetzt war.

Sie kamen von den Küstenhügeln, wo Alanna etwas zu erledigen hatte. Vor ihnen erstreckte sich ein Wald; dahinter lag die Große Südstraße, und von dort aus war es nur noch ein halber Tagesritt bis zur Hauptstadt und nach Hause. Alanna schüttelte den Kopf. Mit etwas Glück konnten sie vermutlich irgendwo unter den Bäumen einen Unterschlupf finden.

Sie schnalzte Mondlicht zu und ritt schneller. In der Ferne grollte der Donner und ein paar Regentropfen wehten ihr ins Gesicht. Vor Kälte zitternd fluchte sie noch einmal. Sie überzeugte sich, daß die Schriftrolle, die sie zwischen Waffenrock und Hemd gesteckt mit sich trug, gut in der wasserdichten Hülle verwahrt war, und schlüpfte in einen Umhang, der mit einer Kapuze versehen war. Ihr Freund Myles von Olau würde ganz schön wütend werden, wenn das dreihundert Jahre alte Dokument, das sie für ihn geholt hatte, Regen abbekam.

Mondlicht trug sie unter die Bäume, wo Alanna in die sich herabsenkende Dunkelheit starrte. Wenn sie noch lange weiterritten, würde es selbst in einem so dichten Wald wie diesem hier unmöglich werden, trockenes Feuerholz zu finden, denn der Regen fiel inzwischen in dicken Tropfen. Es wäre schön, wenn sie eine verlassene – oder sogar eine bewohnte – Hütte fände, doch war ihr klar, daß sie das nicht erhoffen durfte.

Mit einem nassen Klatschen schlug etwas auf ihren behandschuhten Handrücken – eine riesige, haarige Waldspinne. Alanna stieß einen Schrei aus, schleuderte das Ungetüm beiseite und jagte damit Mondlicht einen Schreck ein. Die goldfarbene Stute tänzelte nervös, bis ihre Herrin sie wieder unter Kontrolle hatte. Einen Augenblick lang hockte Alanna zusammengekauert unter ihrem Umhang und schüttelte sich.

Ich hasse Spinnen, dachte sie wild. *Spinnen sind ekelhaft.* Angewidert schüttelte sie den Kopf und nahm mit immer noch zitternden Händen die Zügel wieder auf. Die anderen Knappen im Palast würden sie auslachen, wenn sie wüßten, daß sie vor Spinnen Angst hatte. Sie würden sagen, sie benähme sich wie ein Mädchen, ohne zu wissen, daß sie ja tatsächlich eines *war.*

»Und überhaupt – was wissen denn die schon über Mädchen?« fragte sie Mondlicht, während sie weiterritten. »Die Dienstbotinnen im Palast gehen mit Schlangen um und töten Spinnen, ohne sich albern aufzuführen. Warum sagen die Jungen, einer benähme sich wie ein Mädchen, als wäre das eine Beleidigung?«

Alanna schüttelte den Kopf und lächelte ein bißchen. In den drei Jahren, die sie nun schon als Junge verkleidet ging, hatte sie gelernt, daß die Jungen die Mädchen ebensowenig kannten wie die Mädchen die Jungen. *Vollkommen verrückt,* dachte sie. *Immerhin sind wir ja alle Menschen.* Aber so war es eben.

Links vom Weg erhob sich steil ein Hügel, an dessen Spitze eine alte Weide mit dichtem Geäst stand. Dort würde es stundenlang dauern, bevor der Regen bis nach unten auf den Boden drang, sofern ihm das überhaupt gelang, und zwischen Geäst und Stamm war Platz genug für sie und ihr Pferd.

In Windeseile hatte sie Mondlicht den Sattel abgenommen und ihr eine Decke übergeworfen. Die Stute graste unter dem Baum, während Alanna trockenes Kleinholz, Äste und Blätter sammelte. Mit einiger Mühe und vielen Flüchen (Coram, ihr erster Lehrer im Feuermachen, war Soldat, und von ihm hatte sie die farbenprächtigsten Ausdrücke gelernt) brachte sie ein Feuer in Gang. Als es schön brannte, sammelte sie große, ein wenig feuchte Äste und legte sie zum Trocknen daneben. All das hatte ihr Coram in Trebond beigebracht, als sie noch klein gewesen war und davon geträumt hatte, eines Tages eine Kriegermaid zu werden.

Wie Coram ihr damals erklärte, als sie zu ihm von ihrem Vorhaben sprach, gab es da nur ein einziges Problem. Die Töchter der Edlen besuchten Klosterschulen und wurden Damen. Die Jungen, vor allem die Erstgeborenen, wurden Krieger. Jedesmal, wenn Coram in seiner Rede an diesem Punkt angelangt war, warf er Thom, Alannas Zwillingsbruder, der oft über seinen Büchern hockte, in denen es meistens um die Zauberkunst ging, einen finsteren Blick zu. Thom war kein Krieger, ebensowenig wie Alanna eine Zauberin war, obwohl sie wie Thom die Zaubergabe besaß. Sie haßte und fürchtete ihre magischen Kräfte – Thom wiederum wollte der größte Zauberer werden, der auf der Götter Erdboden lebte.

Alanna runzelte die Stirn und nahm sich etwas zu essen aus den Satteltaschen. Jetzt, wo sie müde war und sich ein wenig einsam fühlte, wollte sie nicht über Thom nachdenken.

Sie nieste zweimal, schaute auf und starrte angestrengt auf die Lichtung, die hinter dem Netz aus Weidenästen lag. Bevor übernatürliche Dinge geschahen, juckte ihr immer die Nase; weshalb wußte sie auch nicht. Irgendwie hatte sich jetzt auch die Atmosphäre gewandelt, die auf der Lichtung herrschte. Rasch warf sie den Umhang zurück, damit sie die Arme frei hatte. Sie starrte mit ihren weit aufgerissenen violetten Augen in die Dunkelheit und zog *Blitzschlag*, ihr Schwert, aus der Scheide.

Mondlicht wieherte und wich zum Weidenstamm zurück. »Stimmt was nicht, Mädchen?« fragte Alanna. Sie nieste wieder und rieb sich die Nase.

Von den Bäumen hinter ihr erklang ein Geräusch. Sie fuhr herum und hob ihr Schwert. Da war das Geräusch noch einmal. Alanna runzelte die Stirn. Wenn sie nicht gewußt hätte, daß das unmöglich war, hätte sie geschworen, daß da draußen etwas miaute. Als ein schwarzes Kätzchen zwischen den Ästen hervorgetrottet kam, unter denen sich Alanna vor dem Regen untergestellt hatte, lachte sie und steckte Blitzschlag wieder in die Scheide zurück. Das Kätzchen miaute unentwegt, als es Alanna sah, und schwenkte den buschigen Schwanz wie ein Banner. Das winzige Tierchen tappte zu Alanna hinüber und wollte hochgehoben werden.

Alanna gehorchte. Sie drückte es zärtlich an sich und kramte in den Satteltaschen nach ihrer Decke.

»Wo kommst denn *du* her, Kätzchen?« fragte sie und rubbelte es sanft trocken. »So eine gräßliche Nacht sollte *keiner* draußen verbringen müssen.«

Das Kätzchen schnurrte laut, als wolle es zustimmen. *Das arme Ding besteht nur aus Haut und Knochen – bestimmt hat es kein Zuhause,* überlegte sich Alanna. Da sie wissen wollte, wie die Augen des Kätzchens aussahen, hob sie ihm sanft das Kinn. Sie schluckte krampfhaft. Die großen Augen des schwarzen Kätzchens waren so violett wie ihre eigenen.

»Mächtige Gnädige Mutter«, hauchte sie ehrfürchtig. Sie setzte sich ans Feuer, gab ihrem Gast etwas von ihrem Essen und dachte nach. Von einer *Katze* mit violettfarbenen Augen hatte sie noch nie gehört. War sie übernatürlich? Eine Unsterbliche vielleicht? Alanna wußte nicht so recht, ob sie mit dem Kätzchen etwas zu tun haben wollte, falls es tatsächlich zu den Unsterblichen gehörte. Schwierigkeiten hatte sie auch so schon genug!

Als das Tierchen satt war, putzte es sich energisch. Alanna lachte. Nur weil jemand violette Augen hatte, mußte er noch lange nicht übernatürlich sein – dafür waren ja sie selbst und ihr Bruder Thom der beste Beweis. Offensichtlich benahm sich diese Katze ganz normal. Da fiel ihr etwas ein. Sie hob den Schwanz ihres neuen Haustiers. Es war ein Kater. Sie ignorierte sein Protestgeschrei gegen diese würdelose Behandlung und hob ihn auf ihren

Schoß. Er murrte noch ein kleines Weilchen und machte es sich dann bequem. Alanna lehnte sich gegen den mächtigen Weidenstamm zurück und hörte dem lauten Schnurren zu. *Es wird schön sein, ein Tier zu haben, mit dem man reden kann,* dachte sie schläfrig.

Schlagartig mußte sie wieder niesen, und zwar gleich fünfmal hintereinander. Einen Augenblick lang konnte sie nichts mehr sehen. Alanna fluchte wie ein Wachposten und wischte sich die tränenden Augen. Als ihr Blick wieder klar wurde, stand neben ihrem Feuer ein hochgewachsener Fremder, der eine Kapuze auf dem Kopf trug.

Alanna sprang auf, zog das Schwert und ließ den laut protestierenden Kater auf den Boden plumpsen. Sie starrte den Neuankömmling an und mühte sich, Ruhe zu bewahren. Sie hatte nicht das Recht, diesen Mann – oder war es eine Frau? – anzugreifen, nur weil sie überrascht worden war.

»Womit kann ich dienen?« keuchte sie. Das Kätzchen kratzte an ihrem Stiefel und wollte wieder hochgehoben werden. »Sei still«, befahl sie ihm und wandte sich dann wieder dem oder der Fremden zu.

»Ich sah dein Feuer durch die Bäume.« Die Stimme war so heiser und sanft wie der Wind, der durch die Baumwipfel strich, und doch erinnerte sie Alanna irgendwie an eine Meute bellender Jagdhunde. »Gestattest du mir, daß ich mich aufwärme?«

Alanna zögerte und nickte dann. Der oder die Fremde warf die verhüllende Kapuze zurück, und eine Frau – die größte Frau, die Alanna jemals gesehen hatte – kam darunter zum Vorschein. Ihre Haut, von der sich schräggestellte, smaragdgrüne Augen und volle, rote Lippen abhoben, war schneeweiß. Das Haar trug sie offen, und es fiel ihr in schwarzen Locken bis über die Schultern herunter. Alanna schluckte trocken. Das Gesicht der Frau war zu vollkommen, um wirklich zu sein, und sie ließ sich so graziös vor dem Feuer nieder, daß es ausssah, als habe sie keine

Knochen im Leib. Sie musterte Alanna, als diese sich unbeholfen wieder setzte. Die erstaunlich grünen Augen der Fremden waren undurchdringlich.
»Wie merkwürdig, hier an diesem Fleck einen Jüngling so ganz alleine anzutreffen«, sagte sie schließlich. Ihr Mund verzog sich zu einem winzigen Lächeln. »Über diesen Baum und das, was darunter vor sich geht, erzählt man sich seltsame Geschichten.«
Das Kätzchen hüpfte wieder auf Alannas Schoß und schnurrte. Alanna streichelte es nervös, ließ aber ihre Besucherin nicht aus den Augen.
»Das Gewitter hat mich überrascht«, entgegnete sie. »Das hier war der erste Unterschlupf, den ich finden konnte.« *Und jetzt bedaure ich, daß ich ihn fand,* fügte sie insgeheim hinzu. *Überraschungen mag ich nicht!*
Die Frau musterte sie von Kopf bis Fuß. Noch immer lag das undurchdringliche Lächeln auf ihrem Gesicht. »Jetzt bist du also ein Knappe, meine Tochter. In vier Jahren wirst du ein Ritter sein. Bis dahin ist es nun nicht mehr lang, wie?«
Alanna machte vor Überraschung mehrmals den Mund auf und wieder zu. Dann kniff sie die Lippen zusammen. Das mit dem Knappen war leicht zu erraten – unter ihrem Umhang trug sie die königliche Uniform, so wie es Vorschrift war, wenn ein Knappe ohne seinen Oberherrn auf Reisen ging. Aber die Frau hatte sie »meine Tochter« genannt. Die Fremde wußte also, daß sie ein Mädchen war, obwohl sie wie ein Junge gekleidet ging und sich obendrein die Brüste plattgebunden hatte! Und Alannas eigene Mutter war schon bei ihrer Geburt gestorben. Plötzlich wurde ihr klar, daß sie die Stimme der Frau schon einmal gehört hatte. Nur wo? Schließlich gab sie die unverfänglichste Antwort, die ihr einfiel.
»Ich will ja nicht unhöflich sein, aber über die Ritterprüfung möchte ich lieber nicht reden«, sagte sie kurz und bündig. »Wenn möglich, möchte ich nicht einmal daran *denken.*«

»Aber du mußt daran denken, meine Tochter«, schalt die Frau. Alanna zog die Stirn in Falten. Fast wäre es ihr wieder eingefallen, woher sie diese Stimme kannte. »Viele Dinge werden geschehen, wenn du die Ritterprüfung ablegst. Du wirst ein Ritter werden – der erste weibliche Ritter seit mehr als hundert eurer Jahre. Kurz darauf wirst du dein wahres Geschlecht bekennen müssen – so wie du geartet bist, wirst du nicht lange schweigen können. Ich weiß wohl, wie sehr du es haßt, vor deinen Freunden im Palast ein Leben der Lüge zu führen.«

Alanna erstarrte. Jetzt wußte sie wieder, wo sie diese Stimme gehört hatte. Jonathan, der Sohn des Königs, war noch ein Junge gewesen. Er war am Schwitzfieber erkrankt und lag im Sterben. Die Palastheiler sagten, es gäbe keine Hoffnung mehr für ihn. Doch Alanna, die damals noch Page war, brachte Sir Myles dazu, die anderen zu überreden, sie ihre Heilkraft benutzen zu lassen. Die Zauberei, die das Fieber ausgelöst hatte, war zu mächtig für die Magie, die sie beherrschte, und so flehte sie schließlich inständig die Große Muttergöttin an. Daraufhin hörte sie eine Stimme, die ihr in den Ohren schmerzte – eine Frauenstimme, die so klang wie das Gebell einer aufgescheuchten Hundemeute oder wie die der Jägerin, die diese Hundemeute vorwärtshetzte. Und erst vor einem Jahr, als sie mit Jon in der Schwarzen Stadt gefangen war, hatte sie diese Stimme noch einmal gehört. Auch damals riefen sie die Göttin um Hilfe an, und diese antwortete und gab ihnen Anweisungen.

»Unmöglich«, flüsterte sie, und ihre Stimme schwankte. »Ihr – Ihr könnt nicht –«

»Und weshalb nicht?« fragte die Muttergöttin. »Es wird Zeit, daß wir beide uns unterhalten. Du mußt doch wissen, daß du eine meiner Auserwählten bist. Ist es denn so seltsam, daß ich für ein Weilchen zu dir komme, meine Tochter?«

Auch ohne daß die Götter sich einmischen, ist das Leben schon schwierig genug, hatte ihr Myles mehr als einmal gesagt. *Aber*

sie tun es trotzdem. Wir Menschen können nur hoffen, daß es ihnen rasch mühselig wird und sie uns wieder in Ruhe lassen!
Alanna reckte störrisch das Kinn. »Ich habe nie darum gebeten, mit den Göttern zu sprechen«, erklärte sie der Unsterblichen auf der anderen Seite des Feuers.
»Stimmt. Du bittest nur selten um etwas«, sagte die Muttergöttin und nickte. »Du ziehst es vor, so viel wie möglich selbst zu erledigen. Aber das, was in den nächsten Jahren geschieht, wird dein künftiges Leben bestimmen, und du hast keine Mutter, die dir raten könnte.«
Das Kätzchen hüpfte von Alannas Schoß und lief mit einem wütenden Miauen zu der Göttin hinüber. Diese hob es mit einer graziösen Handbewegung hoch und streichelte es mit scharlachrot gelackten Nägeln. »Keine Angst, Kleiner, ihr wird nichts zustoßen. Sie braucht nur einen Augenblick oder zwei, um sich auf ihre Angst einzustellen.«
»Ich *habe* keine Angst«, fauchte Alanna. Smaragdgrüne Augen fingen ihren Blick ein und hielten ihn fest, bis Alanna schluckte und beiseite sah.
»Also gut – ich habe Angst. Aber vermutlich nutzt es mir wenig, wenn ich mich meiner Angst hingebe. Daß Ihr mit mir redet, kann ich sowieso nicht verhindern, also finde ich mich am besten gleich damit ab.«
Die Göttin nickte. »Du hast deine Lektion als Page gut gelernt«, lobte sie. »Doch hast du drei Ängste, mit denen du dich *nicht* auseinandergesetzt hast.« Als Alanna nichts sagte, fuhr sie fort. »Du fürchtest die Ritterprüfung. Du fürchtest dich davor, seit du beim letzten Mittwinterfest bei Prinz Jonathans Prüfung Nachtwache hieltest.«
Alanna sah ins Feuer. Als sie entdeckte, daß es heruntergebrannt war, legte sie frisches Holz in die Flammen. Sie sah vor sich, wie Jonathan mit grauem Gesicht aus jenem mit Eisengittern versperrten Prüfungsgemach gestolpert war. Er hatte sie angeschaut,

ohne sie zu sehen – Jonathan! Selbst jetzt noch wurden seine Augen manchmal dunkel und leer, und ihr war klar, daß er an die Prüfung denken mußte.

Ihre Stimme schwankte, als sie sagte: »Er sah aus, als sei da drinnen ein Teil von ihm gestorben. Und dann, in der darauffolgenden Nacht, legte Gary seine Prüfung ab, dann Alex und dann Raoul – und *alle* sahen sie so aus.« Sie schüttelte den Kopf, ohne die Göttin anzusehen. »Keiner von ihnen ist ein Feigling. Was auch immer geschehen sein mag: wenn es so schrecklich war für sie –« Sie machte einen tiefen Atemzug. »Manchmal wacht Jon nachts schreiend auf. Und es ist die Ritterprüfung, von der er träumt, obwohl er mir nichts Näheres darüber sagen darf. Wenn die Prüfung so schlimm ist, werde ich sie nicht bestehen. Bestimmt nicht. Und dann war alles umsonst: Drei Jahre als Page, vier als Knappe, die Lügerei, alles.« Sie starrte in das undurchdringliche Gesicht. »Oder etwa nicht?«

»Prinz Jonathan hat dich als seinen Knappen erkoren, obwohl er wußte, daß du ein Mädchen bist«, entgegnete die Göttin. »Du hast die Welt kennengelernt, die außerhalb von Trebond liegt. Du kannst reiten; du weißt den Bogen zu benutzen; du kannst mit dem Messer, mit Schwert und dem Speer kämpfen. Du kannst Karten lesen. Du verwaltest mit Corams Hilfe dein Lehnsgut, während dein Bruder studiert. Du schreibst und sprichst zwei Fremdsprachen; du kannst Kranke heilen. Ich glaube, du mußt deine eigene Frage beantworten: hat es sich gelohnt, was du getan hast?«

Alanna zuckte die Achseln. »Jetzt schon. Aber nicht, wenn ich versage. Manchmal wache ich nachts schwitzend auf und will schreien, nur mache ich es nicht. Dann käme nämlich Jon in mein Zimmer, und wir haben abgemacht, daß er das nicht darf. Nicht, nachdem wir zu Bett gegangen sind. Und von meinem Traum weiß ich nur noch, daß sie das Eisengitter hinter mir schließen, und ich bin in diesem Gemach und alles ist stockdunkel.«

»Ein Traum ist lediglich ein Traum«, murmelte die Göttin. Alanna sah skeptisch drein. Sanft fügte die Frau hinzu: »Wäre es denn so schlimm, wenn Jonathan tatsächlich käme, um dich zu trösten?«

Alanna errötete. »Natürlich wäre es schlimm. Er – na ja, *so etwas* gibt es nicht zwischen uns. Das will ich nicht.«

»Weil du Angst hast vor der Liebe«, erklärte ihr die Göttin. »Du hast Angst vor der Liebe Jonathans und vor der des Schurken Georg Cooper. Sogar vor der Liebe Myles', der nur ein Vater für dich sein will, fürchtest du dich. Was ist es denn, was dir Angst macht? Menschliche Wärme? Vertrauen? Die Berührung eines Mannes?«

»Ich *will* von keinem Mann berührt werden!« schrie Alanna. Entsetzt streckte sie mit einer entschuldigenden Geste die Hände aus. »Entschuldigt. Ich wollte nicht respektlos sein. Ich möchte lediglich eine Kriegermaid werden und Abenteuer erleben. Ich mag mich nicht verlieben; vor allem nicht in Georg oder Jon. Sie werden wollen, daß ich ihnen einen Teil von *mir* gebe. Ich will mich aber für mich selbst behalten. Ich will mich nicht weggeben. Seht meinen Vater an. Er ist eigentlich nie über den Tod meiner Mutter weggekommen. Man hat mir gesagt, daß er nach ihr rief, als er letzten Monat starb. Er hat ihr einen Teil von sich selbst geschenkt, und den hat er nie wiedergekriegt. Das soll mir nicht passieren.« Sie atmete tief ein. »Was ist meine dritte Angst? Am besten höre ich es mir gleich an und bringe die Sache hinter mich.«

»Herzog Roger von Conté.« Die Stimme der Göttin klang leise und sanft.

Alanna erstarrte. Schließlich flüsterte sie: »Ich habe keinen Grund, Herzog Roger zu fürchten. Nicht den geringsten.« Dann schlug sie die Hände vors Gesicht. »Grund habe ich keinen, ihn zu fürchten – aber ich tue es doch.« Sofern Alanna bisher noch einen Zweifel gehegt hatte, ob es auch wirklich die Muttergöttin war, die da vor ihr saß, so überzeugte sie jetzt die Tatsache, daß sie – fast gegen ihren Willen – so offen zu der Frau sprach. »Ich hasse ihn!« rief sie plötzlich und hob das Gesicht von den Händen. Es fühlte sich gut an, dies nach so langer Zeit zu sagen. »Wißt Ihr, was ich glaube? Die Schwitzkrankheit hat damals alle Heiler so entkräftet, daß sie nicht mehr heilen konnten. Sie trat nur in der Hauptstadt auf – sonst nirgendwo – und Jon war der Letzte, der sie bekam. Man *wußte,* daß sie das Werk eines Zauberers sein mußte. Man schickte nach Herzog Roger um Hilfe, aber keinem – weder dem König, noch Myles, Herzog Gareth oder Herzog Baird – keinem kam in den Sinn, Herzog Roger selbst könne diese Krankheit hervorgerufen haben! Thom sagt, Roger sei mächtig genug als Zauberer, sie auch von Carthak aus zu schicken, wo er sich gerade aufhielt. Und Thom müßte sich ja eigentlich auskennen.«

Alanna erhob sich. Mit den Daumen fest in den Gürtel gehakt ging sie unter der Weide auf und ab. »Als Roger mich prüfte, ob ich die Gabe besitze, fühlte sich mein Kopf ganz komisch an – als habe einer mit einem Stock in meinem Gehirn herumgestochert. Und Thom schrieb mir aus der Stadt der Götter, er stünde unter Beobachtung. Und letzten Sommer –«

»Letzten Sommer?« half die Göttin nach.

»Ich glaube nicht, daß Jonathan die Schwarze Stadt betreten hätte, wenn uns nicht Roger alle zusammengerufen hätte, um uns zu warnen, wie gefährlich es dort sei. Jonathan ist sehr verantwortungsbewußt, was die Tatsache betrifft, daß er der Thronerbe ist – er würde sein Leben nicht leichtfertig aufs Spiel setzen. Aber Roger trug einen großen blauen Edelstein um den Hals. Er drehte und wendete ihn, während er mit uns sprach, und die Lichtblitze, die dieser Stein ausstrahlte, machten mich schläfrig, bis ich schließlich den Blick abwandte. Mir kam es damals so vor, als sei Rogers Ansprache nur für Jonathan bestimmt – als wolle er ihn herausfordern, in diese Stadt zu gehen, obwohl er dort, wie Roger ganz genau wußte, sein Leben riskierte!« Seufzend lehnte sich Alanna an den Baumstamm. Sie fühlte sich so wohl wie schon lange nicht mehr. »Mit Jon kann ich nicht darüber sprechen. Einmal habe ich es versucht, aber er wurde wütend. Er liebt Roger nämlich. Der König ebenfalls. Roger sieht gut aus, ist jung, klug und ein mächtiger Zauberer. *Alle* finden ihn sagenhaft. Keiner macht sich klar, daß Roger Thronerbe ist, sofern Jonathan etwas zustößt. Keiner außer mir.«

»Was willst du bezüglich dieser dritten Angst unternehmen?« erkundigte sich die Göttin und scheuchte das Kätzchen von ihrem Schoß.

»Ihn beobachten«, sagte Alanna müde. »Warten. Vor allem will ich ihn so gut ich kann im Auge behalten. Georg – der Dieb – wird mir helfen. Thom auch. Jedenfalls soweit es ihm aus der Entfernung möglich ist. Wenn meine Vermutung richtig ist, werde ich nicht aufgeben, bevor ich Roger zur Strecke gebracht habe.«

Die Göttin nickte. »Du stellst dich also deiner Angst, meine Tochter. Mit der Zeit wirst du auch deine Angst vor dem Prüfungsgemach überwinden. Und was ist mit deiner Angst vor der Liebe? Nun ja, wer weiß, was geschehen wird, um dich noch umzustimmen.«

»Nichts wird mich umstimmen«, sagte Alanna entschlossen.

»Vielleicht.« Die Göttin griff ins Feuer und holte ein rotglühendes Stück daraus hervor. »Meine Zeit mit dir neigt sich dem Ende zu. Nimm dies aus meiner Hand.«

Alanna schluckte mühsam. Das war ein bißchen viel verlangt, sogar von einer Göttin. Sie hob den Kopf und sah der Frau in die Augen. Zögernd streckte sie ihre zitternde Hand aus und nahm es entgegen.

Es war kalt! Sie erschrak so sehr, daß sie es beinahe fallenließ. Als sie es anschaute, entdeckte sie, daß die Glut von einer kristallenen Hülle umschlossen schien, in der sogar ein Loch eingelassen war, gerade groß genug, um eine Kette durchzuziehen. Die Glut flackerte in ihrer Hülle; die grelle Röte verblaßte nach und nach zu einem sanften Strahlen.

Die Göttin erhob sich. »Das Prüfungsgemach ist lediglich ein Raum, auch wenn er mit übernatürlichen Kräften ausgestattet ist, und du wirst ihn betreten, sobald die Zeit dafür gekommen ist. Herzog Roger ist nur ein Mann, auch wenn er über Zauberkräfte verfügt. Man kann sich ihm stellen und ihn bezwingen. Aber du, meine Tochter, du mußt das Lieben lernen. Man hat dir einen schweren Lebensweg auferlegt. Die Liebe wird ihn leichter machen. Viel hängt von dir ab, Alanna von Trebond. Enttäusche mich nicht!«

Alanna erinnerte sich ihrer guter Manieren und sprang auf. »Ich werde Euch nicht enttäuschen«, versprach sie, und ihre Hand umschloß fest das Stückchen Glut. »Oder zumindest will ich es versuchen.«

»Mehr kann eine Göttin nicht verlangen.« Die Muttergöttin sah auf das kleine Tier hinunter, das jetzt zu Alannas Füßen saß. »Paß gut auf sie auf, Kleiner.«

Das Kätzchen miaute als Antwort und Alanna sah es durchdringend an. War an ihrem neuen Haustier mehr, als sie ursprünglich angenommen hatte?

Die Göttin reichte ihr die Hand. »Trag mein Andenken und sei mutig. Doch vergiß nicht – ich scherzte nicht, als ich sagte, über diesen Baum erzähle man sich seltsame Geschichten. Bleib in der Nähe deines Feuers!« Sie lächelte. »Leb wohl, meine Tochter.«

Als Alanna die Hand der Unsterblichen küßte, spürte sie, wie eine seltsame Energie ihren Körper durchfloß. Sie trat beiseite und schüttelte den Kopf, um ihre Benommenheit loszuwerden. »Lebt wohl, Muttergöttin!«

Die Frau trat zu Mondlicht hinüber, streichelte sie und sprach mit leiser Stimme zu ihr. Dann hob sie zu Alanna gewandt noch ein letztes Mal die Hand und war verschwunden.

Plötzlich konnte Alanna kaum mehr die Augen offen halten. Sie hatte Mühe, ihre Schlafrolle auszubreiten und das Feuer einzudämmen, doch sie zwang sich, diese Arbeiten zu verrichten. Über das eigenartige Gespräch, das sie soeben geführt hatte, wollte sie später nachdenken. Als sie sich schließlich in ihre Schlafrolle fallen ließ, hatte es sich das Kätzchen schon darin bequem gemacht.

»Untersteh dich, zu schnarchen«, befahl Alanna verschlafen. Das Kätzchen antwortete, solange Alanna nicht schnarche, wolle es sich auch still verhalten. Alanna nickte zum Zeichen ihres Einverständnisses und schlief ein, wobei sie fest das kristallene Glutstück in der Hand hielt.

Sie war erleichtert, als sie am nächsten Tag im Palast angelangt war und wieder bekannte Gesichter um sich hatte. Den stämmigen Coram, der für sie und Thom Trebond verwaltete, bis sie ihren Ritterschild erlangt hatte, vermißte sie immer noch, doch daran war nichts zu ändern. Da Lord Alan tot war und Thom sich abgesehen von seinen Studien um nichts kümmerte, war diese Regelung am besten – zumindest, bis Alanna bereit war, auszuziehen und Abenteuer zu erleben. Dann würde sie Coram an ihrer Seite haben wollen.

An ihrem ersten Abend im Palast gab sie gerade ihrem kleinen Kater sein Abendessen, als sie in Jonathans Gemach Stimmen hörte. Kurz darauf klopfte es an ihrer Tür.

»Ich bin's, Knappe, dein Oberherr«, rief Jonathan. Laut ihrer geheimen Absprache bedeutete das: *Ich bin nicht allein.* »Laß mich ein.«

Alanna öffnete die Verbindungstür, und Jonathan trat mit Gary und Raoul, ihren gemeinsamen Freunden, ein.

»Wir wollten fragen, ob du Lust hättest, mit uns ins Tanzende Täubchen zu kommen und Georg zu besuchen«, sagte Gary.

Alannas Gesicht leuchtete auf. Seit kurz vor dem Tod ihres

Vaters vor fast sechs Wochen hatte sie dem König der Schurken keinen längeren Besuch mehr abgestattet. Gerade zog sie die Stiefel an, als Raoul rief: »Großer Mithros, eine Katze! Was willst du denn mit *der?* Vermutlich hat sie Flöhe.«

Jonathan beugte sich hinunter und ließ das Kätzchen an seinen Fingern schnuppern. »Erkennst du denn nicht den Hausgenossen eines Zauberers, wenn er vor dir steht?« scherzte er. »Und haben derartige Hausgenossen Flöhe?« Er hob das winzige Tierchen hoch und sah es sich genauer an. Seine saphirblauen Augen wurden groß. »Ach du liebe Göttin!«

Raoul und Gary kamen herüber und starrten. Das Kätzchen hatte ebenso violette Augen wie ihr Freund Alan. Raoul schluckte krampfhaft und fragte schließlich: »Wie willst du ihn nennen? Ist er überhaupt ein ›er‹?« Alanna nickte.

»Nenn ihn doch Purpurauge«, schlug Jonathan vor.

»Oder Mohrchen«, meinte Raoul.

»Wie wär's denn mit Raoul?« erkundigte sich Gary.

Das Kätzchen streckte eine Pfote nach Alanna aus und miaute. Sie nahm Jonathan ihren neuen Freund ab und setzte ihn an seinen Lieblingsplatz – auf die Schulter unter ihrem linken Ohr. »Mir gefällt ehrlich gesagt *Immertreu* am besten«, meinte sie.

Jonathan zog seinen Dolch aus der Scheide und berührte den Kater auf beiden Schultern und auf dem Kopf damit, als wolle er ihn zum Ritter schlagen. »Hiermit taufe ich dich auf den Namen Immertreu«, erklärte er feierlich. »Diene redlich und gut.«

Immertreu machte seinem Namen Ehre und folgte Alanna auf Schritt und Tritt. In den Übungshöfen erhob er Anspruch auf einen bequemen Pfosten, auf dem er sitzen und zuschauen konnte, wie sich Alanna mit den anderen Knappen und Pagen zusammen in den Kampfsportarten übte. Es dauerte länger, bis es ihm gelang, sich in die meisten Unterrichtsräume einzuschleichen. Myles ließ ihn von Anfang an zusehen und sagte, ebenso wie allen anderen stünde auch Katzen das Recht zu, Geschichte zu lernen. Aber Alannas andere Lehrer – die meisten waren Mithran-Priester – versuchten tagelang, Immertreu den Zutritt zu verwehren. Doch regelmäßig tauchte er bis zum Ende der Stunde im Unterrichtsraum auf. Schließlich gaben die Lehrer den Kampf auf und streichelten den Kater sogar geistesabwesend, während sie unterrichteten.

Nur zu Herzog Rogers Unterricht für diejenigen, die wie Alanna und Jonathan die Zaubergabe besaßen, ließ Alanna ihren kleinen Freund nicht mitkommen. Sie wußte nicht, was der Zauberer von ihrem Haustier halten würde, und sie wollte es auch gar nicht wissen.

Die restliche Zeit klebte Immertreu an Alanna wie eine kleine schwarze Klette. Herzog Gareth von Naxen, Garys Vater, verwehrte es dem Kater nicht, Alanna auf Schritt und Tritt zu folgen, als er sah, daß er keinen vom Lernen ablenkte. Schon bald war Alanna mit ihrem Katerchen unter dem linken Ohr ein wohlbekannter Anblick im Palast. Obwohl Immertreu Myles, Jon und die meisten von Alannas anderen Freunden (einschließlich Georg) offensichtlich mochte und bei ihnen blieb, wenn Alanna beschäftigt war, gewährte er nur ihr das Vorrecht, ihn auf ihrer Schulter reiten zu lassen.

»Vielleicht hat er was gegen Große«, mutmaßte Gary an einem Regennachmittag im Mai kurz nach Alannas fünfzehntem Geburtstag.

Es war einer jener seltenen, ruhigen Nachmittage für die jungen Ritter und für Alanna. Da Gary und Raoul frei hatten, gewährten sie auch Geoffrey und Douglass Urlaub. Raoul und Jonathan spielten Halma, während Alex – das fünfte Mitglied ihrer Gruppe und der einzige, der nicht insgeheim mit Georg befreundet war – zusah. Gary lümmelte auf einer Fensterbank und überlegte sich, wie er sich wohl diesen Sommer um einen Besuch auf seinem heimatlichen Lehnsgut Naxen drücken konnte. Alanna hatte es sich auf einer anderen Fensterbank gemütlich gemacht und hörte

zu, wie ihr Immertreu ins linke Ohr schnurrte, und dachte an gar nichts.
»Hm?« fragte Alanna schläfrig, als sie merkte, daß Gary mit ihr sprach.
»Vielleicht will Immertreu nicht auf unserer Schulter sitzen, weil er Höhenangst hat.«
»Gut möglich.« Jonathan grinste. »Sogar Alex ist einen halben Kopf größer als unser Alan.«
»Herzlichen Dank«, sagte Alex trocken.
Plötzlich öffnete sich die Tür und Herzog Roger trat ein. Die Ähnlichkeit zwischen ihm und Jonathan war nicht zu übersehen, obwohl die Augen des Herzogs dunkler waren als die seines Vetters. Außerdem hatte er nicht wie Jonathan tiefschwarzes, sondern dunkelbraunes Haar. Doch hatten beide die helle Haut, die gerade geschnittene Nase und das störrische Kinn, das in der Conté-Linie vorherrschte.
»Da bist du ja, Alex«, sagte der Ältere. »Ich bitte dich nicht gern, aber in Caynnhafen ist ein überaus wichtiges Paket für mich angekommen. Außer dir möchte ich es keinem anvertrauen. Holst du es für mich ab?«
Alex strahlte und stand auf. »Es ist mir ein Vergnügen, Eure –«
»Laß mich los, du verdammtes Vieh!« schrie Alanna, als ihr Immertreu die Krallen in die Schulter bohrte. Er sträubte das Fell, machte einen Buckel, knurrte tief in der Kehle und starrte den Herzog an. Alanna versuchte, die Krallen zu lösen und sagte zwischen zusammengebissenen Zähnen hindurch: »Willst du wohl aufhören, dich derart aufzuführen?« Der Zauberer beobachtete sie.
Er war aufmerksam geworden und trat näher. »Hast du einen neuen Freund, Alan?«
»Er *war* mein Freund, bis er *damit* anfing.« Alanna löste die letzten Krallen und hob Immertreu hoch. Das Kätzchen zappelte, um Roger im Blickfeld zu behalten und knurrte. »Was ist denn

bloß los mit dir?« fragte Alanna und versuchte, Immertreu zu sich herzudrehen, damit Herzog Roger seine Augen nicht sah. »Benimm dich! So hat er sich noch nie aufgeführt, Herr –«
Als Roger noch näher trat, schlug Immertreu mit gespreizten Krallen nach ihm. »Ich glaube, er will mich davor warnen, ihm nahezukommen«, bemerkte der Zauberer und blieb stehen. Er musterte Immertreu, während Alanna sich mühte, den großen Kloß hinunterzuschlucken, der ihr in der Kehle saß.
»Ungewöhnliche Augen«, bemerkte Roger schließlich. Immertreu kreischte. »Ich komme gerade aus den Zwingern – vielleicht riecht er die Hunde. Oder vielleicht weiß er, daß ich sie noch nie mochte, die –« Er brach ab, und Alanna spürte, wie ihr der kalte Schweiß ausbrach. »Die Katzen«, endete er.
Alanna drückte das immer noch grollende Tier an die Brust. Roger wußte, wo sie ihren Kater herhatte, oder zumindest vermutete er es, aber er sprach es nicht aus. Das war ihr recht.
»Vermutlich sind es die Hunde, Herr«, stimmte sie zu. »Menschen und Pferde mag er, aber gegen Hunde hat er was.« Die anderen warfen ihr einen Blick zu. Genau wie Alanna wußten auch sie, daß Immertreu die Hunde in Ruhe ließ, während die Hunde den Kater mieden. Eine richtige Lüge war es ja eigentlich nicht, und der Herzog schien ihre Erklärung zu akzeptieren. Er nickte Alex zu, und die beiden verließen zusammen den Raum.
Als sie fort waren, hob Alanna ihren Kater hoch und hielt ihm eine eindringliche Strafpredigt. Ehe sie fertig war, schnurrte Immertreu schon, ihre Freunde lachten, und die ganze Angelegenheit war vergessen. Zumindest hoffte Alanna das.
Trotzdem schrieb sie an diesem Abend ihrem Bruder Thom in die Stadt der Götter und ließ den Brief heimlich von Georg losschikken. Thom war der Zauberer, nicht sie. Er mußte von Immertreu und von dessen Reaktion auf Herzog Roger erfahren.

2
Herzog Roger von Conté

Im Verlauf des heißen Monats Juli kam aus Tusain, Tortalls Nachbarstaat im Osten, eine Abordnung an den Hof. Wichtige Angelegenheiten waren zu besprechen. Kundschafter hatten berichtet, der König von Tusain zöge in Betracht, sich das Flußtal des Drell an der Tortaller Grenze zurückzuerobern, und König Roald wollte um jeden Preis einen Krieg vermeiden. Im Gegensatz zu seinem berühmten Vater wurde Roald nicht »Der Eroberer«, sondern »Der Friedfertige« genannt. Er war stolz auf diesen Titel und wollte ihn behalten. Jedermann wußte, daß Mikal von Donne, der Botschafter, in Wirklichkeit gekommen war, um zu sehen, ob »Der Friedfertige« den Schneid hatte, einen Krieg zu führen.

Die Delegation aus Tusain wurde sorgsam überwacht, doch gleichzeitig tat Roald alles in seinen Kräften Stehende, sie gastfreundlich zu bewirten. Als Jonathans Knappe war Alanna überall mit dabei. Sie servierte bei geheimen Sitzungen und begleitete ihren Prinzen zu unzähligen Festen und Bällen.

Nervöse Spannung lag in der Luft. Bei den Sitzungen benahm sich Botschafter Mikal herablassend, da er annahm, Roalds Milde sei in Wirklichkeit Schwäche. Freundschaftliche Unterhaltungen zwischen Alannas Freunden und den Tusainer Rittern wurden heftig, und die beiden Gruppen forderten sich gegenseitig zu immer schwierigeren Wettkämpfen heraus. Während einer kleinen und ursprünglich ruhigen Abendfeierlichkeit spitzte sich schließlich die Sache zu.

Alanna, Garys Knappe, Sacherell von Wellam, und Raouls Knappe, Douglass von Veldine, schenkten bei diesem Fest den Wein aus, wobei sie sich an Herzog Gareths Anweisungen hielten, die Gläser stets voll zu halten und ihm alles zu berichten, was ihnen an Interessantem zu Ohren kam. Während die Höflinge, die ihre besten Kleider angelegt hatten, plauderten und flirteten, gingen die drei ihrer Arbeit nach und mühten sich, das Fest zu nutzen. Herzog Roger unterhielt Mikal; Lady Aenne, die Frau des Botschafters, erzählte währenddessen Königin Lianne und König Roald Geschichten vom Tusainer Hof.

Gary, Raoul, Alex und Jonathan sprachen mit einigen der jüngeren Ritter aus Tusain. Plötzlich wurden alle anderen auf die kleine Gruppe aufmerksam. Dain von Melor, ein Tusainer, stichelte eben lauthals: »Fechten? Was *Ihr* ›Fechten‹ nennt, habe ich gesehen. Bei uns zu Hause nennt man das ›Herumtänzeln‹! In Tusain gehen schon die *Dreijährigen* geschickter mit dem Schwert um als manch einer Eurer Ritter, Prinz Jonathan!«

»Ihr benehmt Euch rüde im Palast Eurer Gastgeber«, entgegnete Gary. Seine breiten Schultern waren angespannt. Alanna konnte sehen, daß er sich mühte, seine Stimme unter Kontrolle zu halten. »Ich wollte, es wäre möglich, Euch Manieren beizubringen.«

Einen Augenblick lang herrschte Schweigen. Fast alle Tortaller Ritter – mit Ausnahme von Myles, der trinkend zusah – hatten die Hand auf den Knauf ihres Schwerts gelegt. Die Tusainer taten es ihnen nach.

Botschafter Mikal wandte sich an Roger. Seine Stimme klang laut und klar in der Stille. »Ich muß mich für den jungen Dain entschuldigen.«

Er verbeugte sich in die Richtung des Königs. Roald neigte den Kopf und nahm schweigend die Entschuldigung entgegen. Mit verschlagenem Lächeln fügte Mikal hinzu: »Ich fürchte jedoch, daß ich ihm zustimmen muß. Was die Kampfkünste betrifft, scheinen wir in Tusain mehr zu leisten. Vielleicht hat der Friede Euren Kampfgeist geschwächt?«

Alanna berührte den Glutstein unter ihrem Hemd und fragte sich, was jetzt wohl geschehen mochte. Sie drehte sich um. Der am Kamin stehende Raoul nahm eine Kampfhaltung ein. Seine tiefschwarzen Augen blitzten vor Wut, und er packte seinen Schwertknauf so fest, daß die Knöchel seiner Hand weiß hervortraten.

Ungestüm signalisierte sie Douglass, er solle zu seinem Herrn und Ritter hinübersehen. Rasch eilte ihr Freund zu Raoul, drückte dem kräftigen jungen Mann ein Weinglas in die Hand und redete leise und hastig auf ihn ein. Nach kurzem Zögern stieß Raoul einen Seufzer aus und ließ sein Schwert los.

»Ich bin nicht Eurer Meinung, Sir Dain«, sagte Jon, und in seiner Stimme lag ein Hauch von Belustigung. »Sogar unsere Pagen und Knappen wissen gegen einen Ritter das Schwert zu führen. Aber da unsere Ehre und unsere Lehrmeister angegriffen wurden, sollten wir Euch vielleicht zeigen, was die Tortaller leisten können.«

Dain rückte sein Schwertgehänge zurecht. »Laßt Euren besten Schwertfechter hervortreten, Hoheit. Ich bin sicher, ich kann den Beweis erbringen, daß wir Tusainer jedem Mann Eures Hofes überlegen sind.«

Jon warf Alanna einen Blick zu und lächelte ironisch. Sie begriff sofort, was er im Sinn hatte. *Es wäre ein brillanter Schachzug, wenn ich das zuwege brächte,* dachte sie. *In Dains Augen bin ich ein Knappe, der noch nicht mit Blut getauft ist.*

Sie sah sich den Tusainer Ritter von Kopf bis Fuß an. Er war einen Kopf größer als sie, hatte breite Schultern und starke Arme, doch war er zu selbstbewußt und hatte getrunken. Sie nickte, um Jon wissen zu lassen, daß sie einverstanden war.

Der Prinz schenkte Dain einen eisigen Blick.

»Wir werden nicht unseren besten Schwertfechter nehmen, Sir Dain. Ich sagte, ›sogar unsere Pagen und Knappen‹.« Er nickte Alanna zu. Sie reichte ihren Weinkrug Sacherell, der ihn fast fallen ließ, und ging rasch zu der Gruppe der jungen Ritter hinüber. Sie hatte Herzklopfen vor Aufregung. »Eure Hoheit?« fragte sie und verneigte sich höflich.

Jonathan winkte sie näher. »Ich bin sicher, daß Euch mein persönlicher Knappe Alan gefällig sein wird.«

Der Tusainer Ritter starrte die kleine, schlanke Alanna an, und die Kinnlade klappte ihm herunter. »Ihr wollt, daß ich mit einem *Knappen* kämpfe?« Seine Stimme wurde immer höher und schnappte dann über; jemand kicherte.

»Habt Ihr Angst?« erkundigte sich Jonathan.

Der Mann keuchte und geiferte, bevor es ihm gelang, etwas hervorzukriegen. »Ich habe in sechs Duellen gefochten!« fauchte er schließlich. »Ich habe schon Bergräuber getötet, als ich noch nicht mal so groß war wie *der*.« Er deutete auf Alanna. »Sofern ich überhaupt jemals kleiner war!«

Alanna wußte genau, was Jonathan im Sinn hatte, und ihr war klar, daß es nun an ihr war, das Feuer noch zu schüren. »Brauchtet Ihr mich, mein Prinz?«

Jonathan zuckte die Achseln, ohne Dain aus den Augen zu lassen. »Ich dachte, du könntest mit Sir Dain fechten, Alan. Aber er scheint keine Lust mehr zu haben. Es tut mir leid, daß ich dich umsonst hergerufen habe –«

»Bei Mithros, ich mache es!« schnauzte Dain. »Ich habe keine Angst vor einem Kind!«

Jonathan verbeugte sich vor seinen Eltern. »Wenn uns Eure Majestäten entschuldigen wollen, so gingen wir nun gern in die erste Fechthalle.«

Als sich Alanna zum König wandte, fiel ihr auf, daß Alex äußerst merkwürdig dreinschaute. Aus irgendeinem Grund sah er ungeduldig aus. Gewiß konnte er sich doch nicht darauf freuen, daß sie ihr Leben aufs Spiel setzte? Sie waren nun schon seit Jahren Rivalen – jeder versuchte, im Fechten, im Bogenschießen und in den anderen Kampfsportarten besser zu sein als der andere – aber trotz allem war ihre Rivalität freundschaftlich geblieben.

Sie vergaß Alex, als sie den König sagen hörte: »Ich glaube, das wollen wir uns alle ansehen. Botschafter Mikal? Lady Aenne? Meine Gemahlin?«

Die Königin und Lady Aenne nickten, während Mikal trocken bemerkte: »Das müßte eine interessante Vorstellung geben.«

Bedienstete wurden losgeschickt, um den größten der im Innern des Palastes liegenden Fechtsäle herzurichten. Herzog Gareths persönlicher Diener Timon machte sich inzwischen zu Alannas Zimmern auf, um ihr Schwert zu holen. Alle anderen begaben sich nach unten in den Saal. Myles und Roger schlossen sich den jungen Männern an, die Alanna umringten. Myles war ärgerlich, und er gab sich keine Mühe, dies zu verbergen.

»Willst du denn *alles* aufs Spiel setzen?« erkundigte er sich wütend. »Er ist einen Kopf größer als du!«

Alanna zuckte die Achseln. »Das gilt für fast alle, mit denen ich fechte.«

Sie nahm aus Timons Hand ihr Schwert entgegen und legte es um, während Immertreu zu ihren Füßen ein jämmerliches Gezeter vollführte. Schließlich hob sie den Kater hoch und setzte ihn sich auf die Schulter. Sie hatte die Entdeckung gemacht, daß sich für sie das Miauen wirklich und wahrhaftig so anhörte, als spräche er, und jetzt wollte sie wissen, was er ihr zu sagen hatte.

Mach den Fremden lächerlich, empfahl er. *Es dürfte eigentlich nicht schwierig sein. Und laß dich nicht umbringen!*

»Hörst du mir zu?« erkundigte sich Myles. »Dies ist nicht der rechte Augenblick, um den Helden zu spielen!«

Jon legte seine Hand auf Alannas freie Schulter. »Regt Euch nicht so auf, Myles. Habt Ihr Alan denn noch nie fechten sehen? *Ich* schon – in der Schwarzen Stadt.«

Die Erinnerung an Alans und Jons seltsames Abenteuer ein Jahr zuvor (sie hatten den Fluch beseitigt, der über der Schwarzen Stadt lag, und Tausende der stolzen Menschen vom Stamm der Bazhir hatten in den Straßen von Persopolis gekniet) ließ Myles verstummen, jedoch nur für einen Augenblick.

»Dain ist ein erfahrener Ritter! Es ist nicht dasselbe!«

»Hört Ihr meinen Vater protestieren?« fragte Gary. »Er gibt Alan und Alex schon seit Monaten Privatunterricht. Außerdem solltet Ihr Euch auf Jonathans Urteilsvermögen verlassen. Er hat nicht die Absicht, seine Freunde umbringen zu lassen.«

Alex ließ sich zurückfallen, um mit Herzog Roger zu sprechen.

»Was meinst *du*, was geschehen wird?« fragte der Herzog seinen ehemaligen Knappen.

Ein Lächeln überflog Alex' dunkles, verschlossenes Gesicht. »Ich glaube, Dain von Melor wird sein blaues Wunder erleben.«

Roger schüttelte ungläubig den Kopf. »Damit willst du doch wohl nicht sagen, daß Alan so gut ist wie – na ja, so gut wie du zum Beispiel.«

»Aber ja. Das ist er. Eines Tages wird er möglicherweise sogar besser sein.«

Roger hatte keine Gelegenheit mehr, diese Sache weiterzuverfolgen, denn inzwischen waren sie in der Fechthalle angelangt. Da sie weit unter der Erde lag, war es hier trotz der Sommerhitze kühl. Die in eisernen Haltern an den Wänden steckenden Fackeln warfen ihr Licht bis in die hintersten Ecken. An einer Wand standen, durch ein niedriges Geländer vom übrigen Raum abgeteilt, drei Bankreihen. Seide raschelte, als sich die Höflinge setzten. Roger nahm zusammen mit Botschafter Mikal gleich hinter dem König und der Königin Platz.

Am einen Ende der Halle zog Dain seine Stiefel aus, machte Streckübungen und scherzte mit seinen Kameraden. Am anderen Ende stand schweigend Alanna. Sie beobachtete Dain und achtete nicht auf das Gerede ihrer Freunde. Der Tusainer war nicht nervös – gut für ihn. Sie würde ihn lehren, nervös zu werden. Sie übergab Myles ihren Kater, zog die Schuhe aus und streifte die braunen Fechthandschuhe über, die Timon ihr reichte. Sie war sich nicht bewußt, daß sie verwegen grinste, und daß ein unbarmherziger Ausdruck in ihren violetten Augen lag. Jonathan betrachtete sie nachdenklich. Wenn er nicht so wütend auf Dain gewesen wäre, hätte er Mitleid mit ihm gehabt. Er wußte, wozu Alanna fähig war, wenn man sie dazu zwang.

Herzog Gareth trat zu ihnen. Er beugte sich zu Alanna hinunter, die gerade mit ihren Streckübungen begann.
»Denk daran: bring ihn dazu, daß er müde wird, während du ihn einschätzt. Ich kenne diesen Typ. Er wird versuchen, dich zu beleidigen und wütend zu machen. Laß es nicht zu – bleib gelassen. Du bist gut, Alan, aber der Beste bist du nicht.«
Alanna grinste schelmisch zu ihm empor. »Nein, Herr. Der Beste seid Ihr.«
Herzog von Naxen schlug ihr leicht auf die Schulter.
»Sei nicht so vorlaut. Und nimm dich bloß in acht!«
Jonathan lächelte. »Keine Sorge, Onkel. Alan behält einen kühlen Kopf, wenn er kämpft.«
Mikal lehnte sich zu Roger hinüber. Er gab sich keine Mühe, leise zu sprechen. »Der Knappe hat Mut, aber das ist Wahnsinn. Dain ist gut – sehr gut. Und er kann sich nicht immer beherrschen. Ich fürchte, dieser Abend wird einen leidvollen Ausgang nehmen.«
Mit gezogenen, nach unten gerichteten Schwertern traten Alanna und Dain in die Mitte der Kampffläche. Alanna nestelte nervös an dem Glutstein herum, der unter ihrem Hemd hing, und wünschte sich, sie möge ruhiger sein. Der König erhob sich.
»Seid ihr bereit?«
Beide verbeugten sich zu ihm gewandt und grüßten ihn mit ihren Waffen. Rasch verneigten sie sich auch voreinander, grüßten und machten ein paar Schritte, bis sie gerade um eine Schwertlänge voneinander entfernt standen.
»Kreuzt eure Waffen!« befahl der König. Alanna und Dain gehorchten. »Ehrt die Gesetze des Rittertums und die Sitten Eurer Länder. Beginnt!«
Dain schwang sein Schwert, und seine Klinge traf mit einem hellen Ton auf der Alannas auf. Er preßte nach unten und versuchte, ihre Waffe zu Boden zu zwingen. Alanna biß die Zähne zusammen. Ihre Armmuskeln schmerzten höllisch, doch sie hielt stand. Dains Augen wurden größer; dieser Knappe war

wesentlich stärker, als er aussah. Dain löste sich und umkreiste Alanna.

»Bereite dich auf deinen Tod vor, Junge!«

Alanna antwortete nicht. Es war üblich, den Gegner lauthals zu beleidigen und herauszufordern, aber das hatte sie schon immer für eine Verschwendung der Atemluft gehalten. Auch war ihr aufgefallen, daß ihr ungewohntes Schweigen den Gegner nervös machte. Statt dessen ließ sie Dain nicht aus den Augen und wartete auf eine Bewegung seines Oberkörpers, die seinen nächsten Hieb verraten würde.

Er riß sein Schwert nach unten und stieß zu. Alanna schlug es beiseite und ließ ihre eigene Klinge geradewegs auf Dains Herz zuschnellen, war aber durchaus bereit, einen Rückzieher zu machen, falls es nötig werden sollte. Dain trat rasch zurück, und auch Alanna machte einen Schritt nach hinten, bevor sie das Gleichgewicht verlor.

»Ein kindischer Trick!« höhnte Dain.

Der König blinzelte dem hinter ihm sitzenden Roger zu. »Dieser ›kindische Trick‹ hätte fast funktioniert«, murmelte er zu Botschafter Mikals offensichtlichem Unbehagen.

Dain umkreiste Alanna, redete und versuchte sie abzulenken, bis er ihre Schwachstelle gefunden hatte. Er machte rasend schnelle Ausfälle, wich wieder zurück und wartete darauf, daß es ihr ein einziges Mal mißlingen möge, seinen Schlag abzuwehren. Alanna parierte und wartete auf eine Gelegenheit, ihm das Schwert aus der Hand zu schlagen. An einem Blutvergießen lag ihr nichts. Schweiß lief ihr über die Wangen und machte sie nervös – was war, wenn er ihr in die Augen geriet? Es war kein Trost für sie, daß Dains Hemd und Waffenrock auf der Brust und zwischen den Schulterblättern schweißgetränkt waren, und daß er keuchend atmete. Alanna grinste insgeheim. *Er hätte mit Corams riesigem altem Schwert fechten lernen sollen,* sagte sie sich. *Dann wäre er jetzt nicht so müde.*

Rasend vor Wut beleidigte Dain ihre Ahnen, ihre Mutter, ihr Aussehen. Alanna ignorierte ihn. Viel mehr Sorgen machte ihr der Schweiß, den sie auf ihrer Stirn spürte. Der einzige Klang in der großen Halle war das Tapsen ihrer bestrumpften Füße und Dains rauher Atem. Alanna sah eine Chance und machte einen verzweifelten Ausfall. Dain stolperte rückwärts. Während er sich wieder faßte, versuchte sie, ihr Gesicht am Ärmel abzutrocknen. Sie war nicht schnell genug. Mit einem Triumphschrei stürzte der Ritter nach vorn. Sie wich zu langsam zurück, und die Spitze von Dains Schwert sank gerade unter dem Ellbogen tief in ihren rechten Arm. Auf ihre schlechte Reaktion fluchend senkte Alanna das Schwert. Sie hatte verloren. Da er ihr als erster eine Wunde zugefügt hatte, war Dain Sieger. So verlangten es die Regeln. Der Kampf war vorüber.
Mit weit aufgerissenen Augen, in denen der Wahnsinn lag, zielte Dain auf ihre Brust. Alanna sprang beiseite. Dieser Hieb hätte sie fast das Leben gekostet.
»Unfair!« brüllte Gary wütend. Andere fielen mit ein. »Unfair!« schrien auch sie.
Dain kümmerte sich nicht darum. Er umkreiste Alanna und wartete auf eine Blöße in ihrer Deckung. Herzog Gareth trat nach vorn; in seiner Faust schimmerte sein Schwert. Offensichtlich plante er, den Kampf zu beenden, und aus seinem Gesichtsausdruck zu schließen, war es ihm ziemlich gleichgültig, ob Dain dabei zu Schaden kam oder nicht!
Alanna hielt ihren Lehrer mit einem Kopfschütteln zurück. Sie hatte eine kalte Wut im Bauch. Sie achtete die Gesetze des Rittertums, doch dieser Tusainer Barbar hatte sie eben übertreten. Dafür würde er bezahlen, und zwar teuer.
Langsam trat sie zurück und nahm unter Schmerzen ihr Schwert in die linke Hand. Aus ihrem rechten Arm tropfte das Blut auf den Boden. *Ich muß aufpassen, damit ich nicht darauf ausrutsche,* dachte sie, als sie sich bereit machte.

Immertreu stieß einen ermutigenden Schrei aus, als Alanna einen heftigen Ausfall machte. Blitzschlag traf mit lautem Klirren auf Dains Schwert auf. Eilends wich sie zurück und stieß erneut vor. Der Ritter parierte unbeholfen und verlor unter ihrem Angriff an Boden. Ihr Schwert bewegte sich unentwegt, und unentwegt hielt sie Ausschau nach einer Blöße. Da war sie! Sie trieb Blitzschlag nach unten, vorwärts und wieder nach oben, traf Dains Schwertknauf und riß ihm die Waffe aus der Hand. Sie flog in hohem Bogen davon. Hastig wollte der Ritter zurückweichen, doch er stolperte und fiel. Schnell wie der Blitz machte Alanna einen Schritt nach vorn und preßte ihre hell schimmernde Schwertspitze gegen Dains Kehle. Der Ritter aus Tusain sah in die kältesten Augen, die er jemals erblickt hatte.

»Dumm«, sagte Alanna leise, und ihre Stimme zitterte vor Wut. »Das war ausgesprochen dumm. Und Ihr habt Glück, daß ich ein besserer ›Ritter‹ bin als *Ihr*. Sonst wärt Ihr jetzt tot.« Verächtlich drehte sie sich um und ging zu ihren Freunden zurück. Während Herzog Gareth ihre Wunde verband, ließ sie es zu, daß Jon sie stützte.

»Er hat hinterm Berg gehalten«, murmelte Botschafter Mikal nachdenklich. »Dieser Junge hat die ganze Zeit hinterm Berg gehalten.« Er sah Roald an. »Wenn all Eure jungen Ritter so sind wie dieser Knappe, dann muß Euer Heer tatsächlich furchterregend sein.«

»Überzeugt Euch selbst.« Der König deutete auf den stillen, respekteinflößenden Jonathan; den kräftigen Gary und den noch kräftigeren Raoul; den schlanken, dunklen Alex mit seiner katzenartigen Grazie. »Sie sind Teil unserer Zukunft«, sagte der König. »Es ist eine Zukunft, die wir alle schützen wollen.«

Alanna reinigte eben in ihrem Zimmer ihr Schwert, als Myles eintrat. »Du hast ihn nicht getötet«, sagte der Ritter. »Er hätte dich umgebracht, aber du hast ihm das Leben geschenkt.«

Alannas Arm tat weh. Sie hatte noch keine Gelegenheit gefunden, ihre magische Heilkraft anzuwenden. Und weil sie solche Schmerzen hatte, war sie kurz angebunden mit ihrem Freund.
»Na und? Er war ein Narr. Wenn ich jeden Narren umbrächte, käme ich nicht mehr zum Schlafen.«
»Er hat dir allen Grund gegeben, ihn zu töten«, beharrte Myles. »Hättest du es getan, so hätte dies selbst der Botschafter verstanden.«
»Daß *er* sich schlecht benimmt, ist noch lange kein Grund, daß ich mich ebenfalls schlecht benehme.« Alannas Unterlippe begann zu zittern. Es war zuviel gewesen für sie. Sie wollte ins Bett, und sie wollte ihren Arm heilen, damit er nicht mehr so pochte. »Warum hackt Ihr denn auf mir herum? Zumindest Euch hätte doch klar sein müssen, daß ich ihn nicht töten würde!«
Myles zog sie fest an sich, gab aber acht, ihren verwundeten Arm nicht zu berühren. »Du bist ein guter Bursche, Alan von Trebond«, flüsterte er. »Du machst einem alten Mann Hoffnung.«
»Unsinn«, knurrte Alanna. Das unerwartete Lob freute sie, machte sie aber gleichzeitig verlegen. »So alt seid Ihr nicht. Und ich bin kein so guter Bursche.«

Herzog Roger ließ sich in dem Sessel vor seinem Feuer nieder und nahm von dem Schachspiel, das dort aufgebaut stand, eine Figur auf. Es war ein Bauer. Roger lächelte ironisch: bevor das mit der Schwarzen Stadt geschehen war, hatte er angenommen, Alan von Trebond sei ein Bauer. Ein begabter, athletischer Bauer, aber eben doch ein Bauer; ein Bauer, den Roger herumschieben konnte. Die Schwarze Stadt – und der heutige Kampf mit Dain – hatten ihn eines Besseren belehrt.
Alan von Trebond war gefährlich.
Jonathan hätte damals nicht aus der Schwarzen Stadt zurückkommen dürfen. Roger hatte diesen Ort des Bösen gut gekannt und gewußt, daß die dort lebenden Ysandir unbesiegbar waren. Des-

halb war er das Risiko eingegangen, mit magischer Überredungskraft auf Jonathan einzuwirken, damit dieser nicht anders konnte, als den verbotenen Platz aufzusuchen. Doch Jonathan hatte Alan mitgenommen, und beide waren lebend zurückgekehrt. Den jungen, unerprobten Burschen war es damals nicht nur gelungen, den unsterblichen Ysandir zu entwischen – nein, sie hatten diese sogar vernichtet!

Roger zog eine Grimasse und goß sich ein Glas Wein ein. Zumindest einer der Götter beschützte Jonathan, vielleicht sogar mehrere; da war er ganz sicher. Aber das spielte keine Rolle: auch wenn er Himmel und Erde in Bewegung setzen mußte, um den Thron Tortalls zu besteigen, so würde er es trotzdem eines Tages tun.

Doch da war noch dieser Alan von Trebond! Was wußte er über diesen Burschen? Über was für Kräfte verfügte er?

Während der Zauberer wütend im Zimmer auf- und abstapfte, kam ihm die Schwitzkrankheit in den Sinn. Er hatte eine Krankheit herbeigezaubert, die jeden Heiler erschöpfte, der sie zu bekämpfen suchte, und er hatte sie sowohl in die Stadt als auch in den Palast geschickt, um sicherzustellen, daß alle Heiler im Umkreis zu sehr geschwächt waren, um dem Prinzen zu helfen, als auch dieser schließlich erkrankte. Aber Jonathan hatte überlebt, und der junge Heiler mit den großen violettfarbenen Augen hatte behauptet, es sei Sir Myles gewesen, der ihm gezeigt habe, was zu tun sei. Myles war ein Gelehrter: möglich, daß er Zaubersprüche beherrschte, die selbst die mächtigsten Zaubereien außer Kraft setzten.

Also hatte er damals Alans Geschichte akzeptiert. Dann hatte er den Jungen weiter befragt; hatte in dessen Gedanken hineingegriffen, um zu sehen, ob er etwas vor ihm verbarg. An diesen Augenblick erinnerte er sich noch heute – er hatte gespürt, daß seine Zauberkraft hinter den unschuldigen Augen des Jungen wie an einer Glaswand abglitt. Wäre er damals auf eine Kraft ge-

stoßen, die sich ihm entgegenstellte, so hätte Roger den Jungen möglicherweise mit einer *richtigen* Zauberei durchforscht. Statt dessen hatte er gedacht, die Schlüpfrigkeit in Alans Kopf sei Dummheit oder Gedankenlosigkeit. Er hatte den Pagen gehen lassen, ohne weiter zu suchen! Kompletter Narr, der er war!
Und da war das Schwert, jenes abgenutzte und uralte Schwert, das Myles »rein zufällig« in seiner Waffenkammer gefunden und Alan geschenkt hatte. Noch eine Woche nachdem Roger es berührt hatte, war sein Arm gefühllos gewesen. Und der Kater! Wenn Immertreu ein normaler Kater war, wollte Roger seinen Zauberstab am Stück verschlucken. Bis jetzt sah es so aus, als wisse Alan nichts vom Wert der Dinge, die er da besaß. Aber von der vermeintlichen Dummheit dieses Jungen hatte sich Roger schon einmal zum Narren halten lassen. Und selbst wenn Alan den Wert dieser Dinge noch nicht kannte, würde sich das gewiß irgendwann einmal ändern.
Und heute abend hatte Alan eine weitere wichtige Eigenschaft zutage gebracht, mit der er Jonathan dienlich sein konnte: Er hatte gezeigt, daß er ein großartiger Schwertfechter war, der mit der Linken ebensogut – wenn nicht noch besser – wie mit der Rechten fechten konnte. Roger fluchte erneut und stürzte noch ein Glas Wein hinunter. Warum hatte ihm das Alex nie gesagt? Aus Eifersucht? Wollte er nicht zugeben, daß ein Junge, der immer noch Knappe war, ebenso gut war wie er selbst?
Der Herzog machte ein finsteres Gesicht und zupfte an seinem kurzen Bart. Jetzt mußte er vorsichtiger sein als jemals zuvor – Alan verdächtigte ihn, und keinesfalls durfte der Knappe Beweise finden, die ihn in seinem Verdacht bestätigten. Natürlich konnte man derartige Dinge auf verschiedene Art und Weise regeln. Möglicherweise würde er in naher Zukunft etwas unternehmen müssen. Vor allem mußte er dafür sorgen, daß Alan ohne jegliches Aufsehen verschwand. Vielleicht war es sogar unerläßlich, erst einmal Alan umzubringen, bevor er Jonathan aus dem

Weg räumte. Aber er mußte vorsichtig und geschickt vorgehen. Er durfte keinen Verdacht erregen.
Roger wollte keinen heftigen Bürgerkrieg, der Tortall verwüstet und arm zurückließ. Er wollte sich auch keine Männer wie Herzog Gareth oder Sir Myles zum Feind machen. Er wollte lediglich, daß sein Onkel, seine Tante und sein Vetter innerhalb der nächsten fünf Jahre eines natürlichwirkenden Todes starben, damit keiner behaupten konnte, er habe sich den Thron unrechtmäßig angeeignet. Er war nicht in Eile. Jetzt, wo die Königin keine Kinder mehr bekommen konnte, hatte er viel Zeit, obwohl es gewiß nichts schaden konnte, wenn er sicherstellte, daß Herzog Gareth, Myles und vielleicht sogar der König kein Mißtrauen gegen ihn hegten.
Und was war mit Alan von Trebond, der ihn schon jetzt verdächtigte? Das war eine Überlegung wert. Diese Angelegenheit mußte er sich unbedingt durch den Kopf gehen lassen.

3
Der Knappe des Prinzen

Im August, am Tag vor Jonathans Geburtstag, machte sich Alanna spätabends auf den Weg zum Tanzenden Täubchen, das den Untertanen des Königs der Diebe als Treffpunkt diente. Sie erinnerte Immertreu an seine guten Manieren, setzte ihn auf ihre Schulter und betrat die Schenke. Sie brauchte ein Weilchen, bis sie sich an den Rauch und den Lärm in der großen Wirtsstube gewöhnte; die Diebe und ihre Begleiterinnen waren lauter als gewöhnlich. Sie begrüßten Alanna und Immertreu mit Freudengeschrei und luden Knappe und Kater ein, sich zu ihnen zu setzen.

Alanna nickte Georg, dem Schurken, zu, der an seinem gewöhnlichen Platz bei der jetzt kalten Feuerstelle saß. »Danke«, erklärte sie den anderen. »Aber ich bin zu einer Besorgung hier.«

»Kommst du denn nie mal, um was zu saufen?« wollte ein Mann wissen, den man den Gelehrten nannte. »Was 'n nüchterner Bursche! Du und dieser Johnny – nie trinkt ihr auch nur 'n einziges Tröpfchen!« Keiner der Diebe wußte, daß Georgs junger Freund, der reiche Johnny, in Wirklichkeit Prinz Jonathan war.

»Das nenn' ich nicht normal!« bellte Langfinger. Er zog sich eine hübsche Blumenverkäuferin, die ›Lachende Nell‹ genannt wurde, auf den Schoß. »Nicht mal zur Feier von Prinz Jonathans Geburtstag willst du was trinken?«

Alanna lachte. »Ihr feiert den Geburtstag Seiner Hoheit? Es ist ja noch nicht mal Mitternacht! Weiß er denn, daß du ihm so treu ergeben bist, Langfinger?«

Alle blickten zu Georg hinüber, als sich dieser erhob. »Langfinger trinkt ganz einfach gern, Alan.« Langfinger nickte und feixte. »Und wenn er keinen Anlaß findet, dann trinkt er aus Kummer. Komm mit nach oben, Bursche.«

Alanna folgte dem König der Diebe in seine Stuben und ließ sich erleichtert auf einen Stuhl sinken. »Göttin, bin ich müde!« gähnte sie, während Immertreu zuließ, daß ihm Georg die Ohren kraulte. »Ich bin heute schon vor Morgengrauen aufgestanden, und morgen steht mir dasselbe bevor. Vielleicht sollte ich mir's anders überlegen und statt dessen Stalljunge oder so was in der Art werden.«

Georg schenkte sich und Alanna Wein ein und riß dann die Fensterläden auf, um den kühlen Nachtwind hereinzulassen. »Nach meinem Dafürhalten ist jeder übergeschnappt, der Ritter werden will. Ich habe erfahren, daß du dich heute recht gut gemacht hast bei Herzog Gareths Unterricht.«

Alanna lachte, während Immertreu die Stube erforschte.

»Du bist unglaublich, Georg. Wenn sich nur die Spione unseres Königs in Tusain ebenso geschickt anstellen wollten wie du!«

»Das ließe sich machen«, murmelte der Dieb.

Alanna setzte sich kerzengerade. »Willst du damit sagen, du könntest – du würdest –?«

»Ja, ich könnte schon ein paar Erkundigungen einholen. Aber *du* müßtest erst einmal eine Möglichkeit finden, deine Quelle zu vertuschen.«

Alanna nickte. »Ja, das wäre tatsächlich gar nicht so einfach. Ich lasse mir also diesen Teil der Angelegenheit durch den Kopf gehen, und du – würdest du deine Erkundigungen einholen?« Alanna lächelte verlegen. »Es könnte nämlich wichtig sein. Du weißt ja, wie es zwischen Tusain und Tortall steht.«

Georg öffnete eine große Truhe in der Ecke, holte ein umfangreiches und ein zweites, kleineres Paket hervor und legte beide auf den Tisch. »Natürlich«, sagte er. »Ich mache es nicht für den König, sondern für dich und Jon. Wir sind ja schließlich Freunde, oder? Da, Bursche. Von Lord Thom aus der Stadt der Götter für dich höchstpersönlich.«

Das große Paket enthielt ein silbernes, mit winzigen Diamanten und Saphiren geschmücktes Kettenhemd und einen aus Silberdraht gewirkten Gürtel. So eine schöne Arbeit hatte Alanna selten gesehen, und freudestrahlend öffnete sie den Brief ihres Zwillingsbruders.

Liebe Schwester,
ich hoffe, daß dies zum Anlaß des Geburtstags seiner Hoheit als Ehrerbietung derer von Trebond angemessen ist. Hast du vor, mich an den Bettelstab zu bringen? Vergiß bloß nicht, meinen Namen zu erwähnen. Deinem Wunsch entsprechend habe ich das Hemd und den Gürtel mit ein paar schützenden Zaubersprüchen versehen. Tatsächlich habe ich die wirkungsvollsten benutzt, die ich auftreiben konnte. Die Meister haben uns tagelang verhört, weil sie herausfinden wollten, wer von uns unerlaubterweise so viel Zauberkraft benutzt hat. Ich wußte, du würdest nur das Beste wollen.
Wieder einmal werden in der Stadt Fragen gestellt, die uns betreffen. Ich glaube, daß zumindest einer der hier in den Mithran-Klöstern neu eingestellten Diener dafür bezahlt wird, mich im Auge zu behalten. Also stelle ich mich doppelt blöde und bin überaus wachsam. Vielleicht findest du ja, daß ich mir zuviel Sorgen mache, aber ich *glaube, daß du etwas getan hast, was deinen ›lächelnden Freund‹ nervös gemacht hat. Denk darüber nach. Grüße den unehrenhaften Georg von mir, und übermittle der Königsfamilie die förmlichen Grüße des Lord von Trebond – du weißt ja, wie man so etwas macht.*

Thom.

Alanna las Georg den Brief vor, und verbrannte ihn dann in der Kerzenflamme.
»Er leidet unter Wahnvorstellungen«, sagte sie. »Warum sollte Herzog Roger ausgerechnet jetzt besonderes Interesse an uns nehmen?«
Georg trank seinen Wein leer und schenkte sich nach. »Erzähltest du mir nicht, der Herzog habe in letzter Zeit deine Zauberkraft ein wenig unter die Lupe genommen? Außerdem wurdest du schon zweimal von Männern aus dem Palast bis in die Stadt verfolgt.«

Alanna starrte den Dieb an. »Verfolgt?«
Georg tätschelte ihre Schulter. »Sie haben es nicht mal bis zum Marktplatz geschafft. Ich lasse dich und deine Freunde auf dem Weg hierher immer von meinen Leuten beschatten, falls der Oberste Palastverwalter eure Stadtbesuche eigenartig findet.«
Alanna zog die Stirn in Falten. »Warum läßt er mich verfolgen und Thom beobachten? Und warum stellt er meine Zauberkraft auf die Probe?«
Georg zuckte die ausladenden Achseln. »Jetzt haben wir Juli, und im Juni hast du Dain von Melor besiegt. Deine Zauberkraft stellt er auf die Probe, seit du in der Schwarzen Stadt warst; das war vor einem Jahr. Und verfolgt wirst du seit letzten Monat. Ich würde also sagen, daß du ihm letztes Jahr mit deiner Zauberkraft, und jetzt beim Sieg über Dain mit deiner Kampfkraft Angst eingejagt hast.«
Alanna seufzte und schüttelte den Kopf. »Das ist doch unsinnig.«
Georg lächelte dünn. »Ist es nicht. Und das weißt du auch ganz genau.«
Alanna wußte, was er meinte, aber daran wollte sie nicht einmal denken. Sie wechselte das Thema. »Jedenfalls vielen Dank. Hör zu, ich spitze die Ohren, was meinen Obersten Richter betrifft. Du hast dich immer als guter Freund gezeigt. Mehr als das. Ich will nicht, daß dir etwas zustößt.«
»Solange ich Freunde wie dich und Jon habe, bezweifle ich, daß mir jemals viel zustoßen wird.« Plötzlich wurde er nachdenklich. »Wie alt bist du, Mädchen?«
»Das müßtest du doch wissen«, sagte sie. »Ich bin eben fünfzehn geworden.«
Er griff nach ihrer Hand. »Hier in der Stadt heiraten wir manchmal schon mit fünfzehn.«
Alanna lachte. »Ich heirate nicht, Georg, das weißt du doch.«
»Solltest du die Liebe nicht erst mal kennenlernen, bevor du sie zurückweist?« Georg beobachtete sie mit einem ausgesprochen

eigenartigen Blick. Alannas Herz schlug zu schnell; ihre Hand lag noch immer in der seinen. Er stand auf, zog sie auf die Füße und zu sich her.
»Georg, du hast zu viel getrunken.« Sie versuchte, ihre Stimme sorglos und unbeschwert klingen zu lassen. »Ich hätte nie gedacht, daß du jemals so daherreden würdest.«
»Warum nicht?« Seine Stimme war so leicht und unbeschwert wie die ihre. Wenn er nur ihre Hand loslassen würde!
»Weil – na ja, du müßtest mich doch kennen. Ich habe andere Pläne.«
»Bist du nicht mal neugierig?« Er weigerte sich, seinen Blick abzuwenden. Ihr war nie aufgefallen, wieviel Grün in seinen braunen Augen lag und wie lang seine Wimpern waren.
Sie *mußte* ihre Hand wegziehen, auch wenn es unhöflich war. »Nein«, sagte sie rundweg. Dieses Gespräch war ihr viel zu persönlich! »Ich bin überhaupt nicht neugierig.«
Immertreu, der auf dem Fensterbrett geschlafen hatte, gähnte und streckte sich.
»Ich bin ganz deiner Meinung. Es wird Zeit«, erklärte sie ihrem Kater. Nervös nahm sie das Paket mit dem Panzerhemd und dem Gürtel. »Ich muß gehen«, verkündete sie.
Georg griff nach seinem Schwertgurt. »Ich begleite dich bis zum Tempelbezirk. Vergiß nicht, du hast Wertgegenstände bei dir, und nicht einmal *ich* traue meinen Leuten so recht. Ein guter Schwertfechter magst du ja sein, aber vielleicht sind sie in der Überzahl.« Er grinste, als er sein Schwert an die muskulöse Taille legte. »Außerdem wäre es ja möglich, daß dich ein Ringkämpfer attackiert.«
Alanna schnitt eine Grimasse. Sie war erleichtert, daß er wieder vernünftig redete. »Danke. Ich liebe es über alles, wenn man mich mit der Nase auf meine Schwächen stößt.«
Georg steckte sich das zweite, ungeöffnete Paket unters Hemd. »Du würdest mir Angst einjagen, wenn du nicht ein paar Schwä-

chen hättest, Kleine«, erklärte er ihr. »Wir nehmen die Hintertreppe.«
Es machte Spaß, mit ihm durch die Unterstadt zu laufen und über die Feierlichkeiten des kommenden Tages zu plaudern, während sich Immertreu auf die Jagd nach wirklicher oder eingebildeter Beute machte. Es war schon spät, und die Straßen waren verlassen. So beladen wie sie war, hätte sie sich bei einem Angriff tatsächlich kaum zu Wehr setzen können, aber jeder würde es sich zweimal überlegen, bevor er einen Mann angriff, der sich mit derart muskulöser Grazie bewegte. Manchmal war es auch einfach schön, mit Georg zusammenzusein, sich zu entspannen und zu vergessen, daß man von edler Geburt war, daß einem eine Ritterprüfung bevorstand und daß man ein Mädchen war, das sich mühte, den Ritterschild zu erringen. Georg nahm sie einfach als das, was sie war.
»Hm?« fragte sie, als sie mitbekam, daß seine letzte Bemerkung eine Frage gewesen sein mußte.
»Ich wollte wissen, ob die Sache mit den Edlen in Tusain wirklich so ernst ist. Die Tusainer Diebe halten das Ganze nur für einen Sturm am Hof, doch geben sie zu, daß sie die Edlen nicht so gut kennen wie wir.«
»Ich glaube, die Lage ist ziemlich ernst«, sagte sie. »Alles, was du in Erfahrung bringen kannst, wäre hilfreich.«
»Dann werde ich mein Bestes tun.« Sie waren am Rand des Tempelbezirks angelangt. Von hier aus konnte Georg sie gefahrlos alleine gehen lassen. In diesem Bezirk patrouillierten Krieger der verschiedensten Glaubensbekenntnisse, und der restliche Weg bis hinauf zum Palast verlief in voller Sicht der Palastwachen.
Der Dieb zog Alanna in den Schatten eines großen Baumes und zog das kleine Paket aus seinem Hemd. »Das ist mein Geschenk für Jon. Gib es ihm, wenn er alleine ist. Ich will nicht, daß die Leute fragen, von wem es stammt.«

Alanna steckte das Geschenk in ihr großes Paket, hatte aber Mühe, nichts fallenzulassen. Sie schaute vorwurfsvoll zu ihrem Freund auf. »Georg, hast du –«

Er lachte. »Hast du denn kein Vertrauen zu mir? Nein, ich habe es nicht geklaut. Ich habe es eigens für Jon machen lassen. Es ist recht hübsch, auch wenn ich dafür bezahlen mußte.«

Er sah sich um, ob auch keiner kam, und hob plötzlich mit einer Hand ihr Gesicht. »Alanna«, flüsterte er. »Ich nutze jetzt die Situation aus, weil ich dich vielleicht nie mehr mit vollen Händen erwische.« Er küßte sie sanft. Alanna zitterte. Sie war erschrokken, daß sie es einfach geschehen ließ.

»So.« Georg ließ sie los. »Denk darüber nach, was ich über die Liebe sagte.«

»Da lernen noch eher die Schweine das Fliegen«, fauchte sie mit unsicherer Stimme. »Ich hätte dich erdolchen sollen.«

Er kicherte auf eine Art und Weise, die sie wütend machte. »Nein. Ich lasse es nicht zu, daß du mich erdolchst und somit unsere Freundschaft zerstörst. Wirst du nach dem, was eben geschehen ist, in Zukunft Angst haben, mir gegenüberzutreten?«

Alanna spürte, daß sie blutrot wurde. Unglaublich! »Ich habe vor keinem Angst, Georg Cooper!« schrie sie. »Auch nicht vor dir.«

»Dann also bis zum nächsten Mal.« Er winkte ihr zu und machte sich pfeifend auf den Weg hinunter zur Stadt. Immertreu strich schnurrend um Alannas Füße.

»Wo warst du, als ich dich brauchte?« fragte sie ihn verdrossen. »Als Anstandswauwau taugst du nicht viel.«

Ich bin nicht dein Anstandswauwau, entgegnete der Kater. *Außerdem wollte ich nicht stören. Mir kam es so vor, als mache es dir Spaß.*

Auf einen derartigen Unsinn gab es keine vernünftige Antwort. Alanna drehte sich um und ging rasch – *sehr* rasch – zum Palast zurück.

Obwohl sich Alanna anschließend kaum an die Feierlichkeiten

erinnerte, die im Verlauf des Tages zu Ehren von Jonathans neunzehntem Geburtstag abgehalten wurden, blieb ihr der Ball an jenem Abend klar und deutlich im Gedächtnis haften, denn da lernte sie Delia von Eldorn kennen.

Gelangweilt und unglücklich hatte sie auf einer Fensterbank gesessen, als Gary sie fand. Sie haßte derartige Abendveranstaltungen, und normalerweise nahm sie nur daran teil, wenn sie als Knappe Getränke ausschenken und Essen servieren mußte. An diesem Abend besorgten dies jedoch die Diener, und da sie Jonathans persönlicher Knappe war, hatte man ihr mehr oder weniger befohlen, ebenfalls teilzunehmen. Sie hielt das Ganze für eine Zeitverschwendung. Sie tat sich schwer, mit Fremden zu reden, und natürlich konnte sie nicht wie ihre Freunde mit den Damen flirten. Gerade dachte sie darüber nach, wie sie wohl ihre Flucht bewerkstelligen konnte, als der in braunen Samt gekleidete und phantastisch aussehende Gary sie in ihrem Versteck entdeckte. »Ich weiß ja, daß du solche Feste haßt, aber *so* gewöhnst du dich nie daran.«

»Ich brauche mich nicht daran zu gewöhnen«, gab Alanna zurück. »Wenn ich meinen Schild kriege, dann setze ich mich auf mein Pferd und erlebe Abenteuer.«

»Unsinn.« Ihr Freund lachte. »Kriech doch aus deinem Schnekkenhaus heraus. Unmengen von Edelfräulein hätten Lust, den Knappen des Prinzen kennenzulernen. Vor allem seit Juni.«

»Ich bin erst fünfzehn«, entgegnete Alanna automatisch. »Für Mädchen bin ich zu jung.«

Gary glättete seinen erst kürzlich gewachsenen Schnurrbart. »Für Mädchen ist man nie zu jung. Na komm schon. Ich stelle dich der Allerneuesten vor. Sie ist erst gestern angekommen, aber – *mein lieber Mithros!*« Er pfiff anerkennend und fügte selbstgefällig hinzu: »Aber zuerst einmal muß ich sie selbst kennenlernen.« Er umklammerte Alannas Arm und hob sie von ihrer Bank. Alanna hatte die Wahl: Entweder sie folgte ihm freiwillig, oder sie wurde mitgezerrt. Manchmal fragte sie sich, ob Gary eigentlich wußte, wie stark er war.

Sie entdeckte augenblicklich den Unruheherd: Jonathan stand inmitten einer Gruppe von Rittern und sprach mit jemandem, den Alanna nicht sehen konnte. Die jungen Männer machten Gary Platz. Sie grinsten, als sie Alanna entdeckten. Es war im ganzen Palast bekannt, daß der Knappe Alan keine Lust hatte, Damen kennenzulernen.

Als Jonathan die beiden sah, lächelte er und winkte sie zu sich. »Du hast ihn ja gefunden, Gary. Alan, komm her.«

Ein königlicher Befehl war ein königlicher Befehl. Alanna trat widerstrebend neben den Prinzen.

Inmitten der Gruppe saß ein bildschönes Mädchen mit kastanienbraunem Haar. Alanna zog eine Augenbraue hoch. Die meisten jungen Damen im Palast trugen pastellfarbene oder weiße Gewänder, doch diese hier hatte ein tief ausgeschnittenes grünes Seidenkleid an. Alanna mußte jedoch zugeben, daß die kräftige Farbe die grünen Augen des Mädchens mehr unterstrich, als dies ein helles Kleid getan hätte.

Jonathan verbeugte sich vor dem traumhaft schönen Geschöpf. »Lady Delia von Eldorn, darf ich Euch meinen persönlichen Knappen Alan von Trebond vorstellen?«

Alanna verneigte sich und bekam eine zierliche, weiße Hand gereicht. Leicht errötend berührte sie diese flüchtig mit den Lippen. Nie war ihr mehr bewußt, daß sie ein Mädchen war, als in derartigen Momenten! Sie sah in Delias Gesicht empor und betrachtete die vorwitzige kleine Nase und die vollen roten Lippen. *Sie ist eine Schönheit, das steht fest,* sagte sich Alanna. *Und das weiß sie auch ganz genau.*

»Alan von Trebond«, murmelte Delia mit einer sorglosen, kehligen Stimme. »Von Euch habe ich doch schon gehört, oder täusche ich mich?« Sie klopfte sich leicht mit dem Fächer gegen die roten Lippen und zog eine Augenbraue hoch. Dann lachte sie

fröhlich. »Der Super-Knappe! Und Ihr habt diesen gräßlichen Ritter aus Tusain besiegt! Wie aufregend!«
Alanna verbeugte sich höflich. »Es war nicht der Rede wert, Lady Delia«, murmelte sie.
»Ihr seid zu bescheiden. Ich bin sicher, daß keiner der Tortaller denkt, daß ›es nicht der Rede wert‹ war – oder, meine Herren?« erkundigte sich Delia bei den inzwischen vor Neid erblaßten Rittern, die sie umringten. Alanna war vollkommen klar, daß jeder ihrer Freunde sie in diesem Augenblick zum Teufel wünschte und sich Vorwürfe machte, daß er nicht höchstpersönlich diesen Dain besiegt hatte. Gegen beides hätte Alanna nichts einzuwenden gehabt. Sie mochte Delia nicht, und sie wollte fort von hier. »Tanzt Ihr, Alan von Trebond?« fragte Delia eben.
Jonathan grinste boshaft und entgegnete: »Natürlich kann er tanzen. Er hat es als Page gelernt, so wie wir alle.« Alanna entschloß sich auf der Stelle, ihrem Freund in allernächster Zukunft etwas Weiches und Klebriges ins Bett zu legen.
»Und er ist allen ständig auf den Füßen herumgetrampelt«, brummte Raoul.
Delia legte die Hand auf Alannas Arm und erhob sich anmutig aus ihrem Sessel. »Ich bin sicher, daß er jetzt wunderschön tanzen kann.« Sie lachte.
In derartigen Dingen war der Ritterkodex eindeutig. Rot wie eine Tomate führte Alanna Delia zur Tanzfläche, als die Musik einsetzte. So lächerlich war sie sich noch nie im Leben vorgekommen. Zu allem Übel war Delia auch noch größer als sie.
Vorsichtig bewegte Alanna Delia über die Tanzfläche, während das Mädchen erzählte, wie nett doch alle wären, besonders Prinz Jonathan. Alanna war inzwischen klar, daß sie Delia nicht ausstehen konnte, und wenn diese von Jonathan schwärmte, überkam sie ein ganz komisches Gefühl. Endlich war es vorbei, und sie brachte das Edelfräulein zu ihren Bewunderern zurück. Sie selbst hatte vor, das Fest zu verlassen, ob sich das nun schickte oder

nicht. Bestimmt war sogar die Ritterprüfung weniger schlimm, als mit diesem grünäugigen koketten Wesen zu tanzen.

Auf dem Weg nach draußen stieß sie mit Myles zusammen. Ihr Freund war gelinde gesagt nicht gerade in bester Form.

Er prostete ihr mit seinem Branntweinglas zu. »Nicht gesellig, Alan?« fragte er. »Das solltest du lernen. Ein Ritter ist ein geselliges Wesen.«

»Da küsse ich noch lieber ein –«

»Bitte nicht. Manchmal bist zu zu ehrlich für einen alten Mann.«

Alanna musterte ihn. »Soll ich Euch zu Euren Gemächern begleiten?« erkundigte sie sich.

»Nein. Ich bleibe da und sehe mir an, wie sich die hübsche kleine Delia jeden verfügbaren Mann am Hof angelt.«

Alanna biß die Zähne zusammen. »Wenn es ihr nicht gelingt, dann liegt es gewiß nicht daran, daß sie es nicht versucht.«

Myles zog beide Augenbrauen hoch. »Bist du eifersüchtig wegen Jonathan?«

»Warum sollte ich wegen Jonathan eifersüchtig sein?« fauchte sie.

Myles zuckte die Achseln. »Manche Frauen zerstören gern die Freundschaft zwischen zwei Männern. Das würde ich mir an deiner Stelle merken.«

»Ich komme morgen früh mit meiner Medizin vorbei, damit Ihr Euren Kater wieder loskriegt. Mir scheint, Ihr werdet sie brauchen.«

Die eigentümlichen Dinge, die Myles sagte, waren manchmal zu zutreffend für ihren Seelenfrieden.

»Du bist ein guter Junge, Alan. Zu gut, um dich in höfische Spiele verstricken zu lassen. Lauf jetzt und geh zu Bett.«

Alanna gehorchte nachdenklich. Mit »höfischen Spielen« meinte Myles die Tricks, mit denen sich die Leute die Gunst von einflußreichen Edlen erschlichen, mit denen sie sich aneinander rächten, oder mit denen sie sich Macht verschafften. War Delias

Spiel von dieser Art? Wie es auch immer geartet sein mochte, es hinterließ einen schlechten Geschmack.

Es war ein harter Winter für Alanna, und manchmal fragte sie sich, ob sie ihn unentwegt schlecht gelaunt verbringen würde. Die Kälte war schlimmer als jemals zuvor und biß ihr gehörig in die Knochen. Trotz Immertreu, vielen heißen Ziegelsteinen und einem gut geschürten Feuer erwachte sie nachts nur allzu oft zitternd vor Kälte. Einmal oder zweimal ertappte sie sich dabei, daß sie sich überlegte, wie es wohl wäre, zu Jonathan ins Bett zu kriechen! Wenn ihr die Kälte derart zusetzte, benutzte sie ihre Gabe, um sich zu wärmen. Diese Anstrengung führte dazu, daß sie morgens müde und übelgelaunt erwachte, aber alles war besser, als zu frieren und auf derartige Gedanken zu kommen. Wenn sie auf den im Freien liegenden Übungshöfen trainierte, mußte sie voller Sehnsucht an die Hitze in der Großen Südwüste denken.

Die Kälte führte dazu, daß die Dinge auch in Trebond nicht zum besten standen. Coram schrieb ihr, frühe Fröste hätten die Ernte beeinträchtigt, also machte sich Alanna an die Arbeit und ließ Lebensmittel und warme Kleidung nach Hause schicken. Coram tat sein Bestes, aber er hatte noch nicht viel Zeit gehabt, auf dem von Lord Alan vernachlässigten Lehensgut wieder Ordnung zu schaffen. Mehr als einmal suchte Alanna Myles oder Herzog Gareth auf, um sich Rat zu holen. *Für jemanden, der nie ein Lehensgut führen wird,* dachte sie sich oft, *bekomme ich ganz schön viel Übung.*

In diesem Winter mußten die Knappen als Vorbereitung auf die Ritterprüfung eine Januarnacht draußen im Königswald verbringen. Alanna unterdrückte ihre panische Angst – sie würde *nicht* erfrieren, wenn sie sich vorsah – und legte die Dinge zurecht, die sie brauchen würde. Draußen und auf sich alleine gestellt grub sie sich tief in eine Schneebank ein und schaufelte für ihr Zelt und für ihre fellgefütterte Schlafrolle vor einem Baum, der die schlimmsten Schneeverwehungen abhalten würde, falls es wieder schneien sollte, eine gemütliche kleine Höhle. Immertreu hatte sich entschlossen, ihr Gesellschaft zu leisten. Er schien viel weniger zu frieren als sie, obwohl sie mehrere Schichten aus wollener und seidener Kleidung und darüber mit Fell gefüttertes Leder trug.

Sie hatte vorgehabt, für ihr Abendessen eisfischen zu gehen, um Herzog Gareth zu zeigen, daß sie es schaffte, in der Kälte zu überleben, aber am späten Nachmittag zog plötzlich ein Sturm auf und begrub den Wald unter Schnee. Alanna und Immertreu verkrochen sich in ihrer Höhle. Von Zeit zu Zeit bohrte Alanna ihr Schwert durch die Schneedecke, damit sie nicht erstickten. Für den Rest der Nacht schliefen sie und plauderten. Alanna wußte, daß Immertreus Sprache für die meisten anderen wie ein Miauen klang, doch für sie sprach er ebenso verständlich wie ein Mensch.

Kurz vor dem Morgengrauen, als der heulende Wind endlich verstummte, waren die beiden eingeschlafen. Alanna träumte gerade von der Wüste und von einem Schläfchen in der warmen Sonne, als sie schlagartig erwachte. Etwas grub grunzend und zielstrebig im Schnee über ihr. Neben ihr in der Dunkelheit glühten Immertreus violette Augen.

»Ich glaube, es ist ein Eber«, flüsterte Alanna so leise wie möglich. Lautlos und vorsichtig zog sie ihr Schwert. Als ein häßlicher, gespaltener Huf durch die feste Schneedecke über der Zeltöffnung brach, stieß Alanna zu, so fest sie nur konnte. Sie schnellte durch die weiße Decke, schüttelte sich Schneeklumpen aus dem Gesicht und spürte, wie ihr das Schwert aus der Hand gerissen wurde.

Der Eber stieß schrille Wutschreie aus und versuchte, die Klinge loszuwerden, die seine Brust und seinen Rücken durchbohrt hatte. Plötzlich erstarrte er und stürzte. Als sich Alanna vorsichtig näherte, sah sie, wie seine Augen trüb wurden. Sie packte ihr Schwert, um es herauszuziehen und blieb stocksteif stehen; die Augen des Ebers waren so rot wie die eines Dämons. Er zuckte noch ein letztes Mal – und verschwand.

Wortlos packte Alanna ihre Sachen zusammen. Immertreu brauchte ihr nicht zu erklären – wie er es jetzt eindringlich tat –, daß gerade einer versucht hatte, sie zu töten: und zwar einer, der über Zauberkräfte verfügte.

»Ich habe keine Beweise«, gab sie barsch zurück, und damit war die Sache für sie erledigt. Solange sie keine Beweise hätte, würde sie nie jemandem davon erzählen.

Zu allem anderen war da noch Delia. Mehr als einmal in diesem Winter dachte Alanna, sie müsse schreien, wenn sie den Namen dieses Mädchens noch einmal zu hören bekäme. Jonathan verbrachte seine Freizeit damit, Delia schlechte Gedichte zu schreiben, und er bestand darauf, sie erst einmal Alanna vorzutragen. Gary und Raoul duellierten sich um einen ihrer Reithandschuhe, und Herzog Gareth schickte alle beide auf Grenzpatrouille, damit sie sich beruhigten. An dieser Strafe war nur ein Gutes: sie mußten auch Douglass und Sacherell mitnehmen, denn sogar diese beiden hatte die Liebe gepackt.

Alanna hegte noch immer eine unbegründete Abneigung gegen das Mädchen und blieb ihm fern, soweit es ihr gelang. Manchmal hatte sie das Gefühl, als wisse Delia, daß Alanna sie verabscheute. Außerdem hatte sie den Eindruck, als gefiele es Delia, sich von Jonathans Knappen bedienen zu lassen: Sie ließ sich fächeln, wenn ihr heiß war, ließ sich Limonade bringen und verlangte sogar, daß Alanna mit ihr tanzte. Und all diese Dinge führten wiederum dazu, daß Alanna Schwierigkeiten mit ihren vom Liebeskummer geplagten Freunden bekam. Jonathan ging so weit, daß er sie bezichtigte, sie benutze Delia, um ihre Maskerade als Junge glaubhafter zu machen! Später entschuldigte er sich, aber es war ihr erster ernsthafter Streit, und Alanna konnte es dem Mädchen nicht verzeihen, daß es der Anlaß dazu gewesen war.

Alanna mußte sich anhören, wie Jon sich darüber aufregte, daß Delia mit anderen Rittern schäkerte, und sie litt Qualen bei seinen Versuchen als Dichter. Sie versuchte ihm ein guter Freund zu sein, denn es war offensichtlich (wenn auch nicht für Jonathan, so doch für sie), daß Delia mit ihm spielte. Am einen Tag redete ihm das Mädchen ein, sie gehöre nur ihm allein, und am nächsten ignorierte sie ihn. Bald schliefen sie zusammen – ab und zu. Was die Sache noch schlimmer machte, denn dadurch war Jon entweder himmelhoch jauchzend oder zu Tode betrübt.

Nur Alex und sein Knappe Geoffrey von Meron schienen sich nicht von Delia beeindrucken zu lassen, und es war eine schöne Abwechslung, sich mit den beiden zu unterhalten. Im Verlauf eines derartigen Gesprächs mit Alex an einem windigen Tag im März stellte Alanna fest, daß sie beide Lust hatten, sich aneinander zu messen. Bevor Alex die Ritterprüfung abgelegt hatte, war er der Beste unter den Knappen gewesen; jetzt kam er nach und nach in den Ruf, einer der fähigsten Ritter von Tortall zu sein. Er und Alanna hatten sich darüber unterhalten, wie es sich anfühlte, wenn man gut war und wenn einem jeder zusah und nach Fehlern suchte. So ergab es sich schließlich, daß sie zu den überdachten Übungshöfen gingen, um herauszufinden, wer der bessere Schwertfechter war. Sie waren sich einig, daß sie keinen Schiedsrichter brauchten, da sie nur die stumpfen Übungsschwerter benutzen wollten. Nicht einmal Immertreu war zugegen.

Alanna sah Alex bei seinen Streckübungen zu, während sie ihre eigenen absolvierte. Sie war aufgeregt. Sie hatte sich immer gefragt, ob sie so gut war wie ihr dunkelhaariger Freund. Jetzt würde sie es erfahren.

Als sie ihre Lockerungsübungen beendet hatten, grüßten sie sich mit den Übungsschwertern. Ohne Vorwarnung schlug Alex zu.

Seine Hand wirbelte in einem schwierigen, von oben kommenden Pass, und er führte seine Klinge dicht an ihrem ungeschützten Gesicht vorbei. Nur ein rascher Satz nach hinten rettete sie. Sie umkreiste Alex und beobachtete seine Brust. Außer bei den allerbesten Kämpfern verrieten die Muskelbewegungen auf der Brust des Gegners oft, in welche Richtung der nächste Schlag gerichtet sein würde – nur war Alex einer der besten. Wie Herzog Gareth, der ohne jegliche vorherige Anzeichen kämpfte, bewegte sich auch Alex ohne Vorwarnung. Jetzt riß er blitzschnell seine Waffe hoch; der Schlag hätte Alanna vom Unterleib bis zur Brust aufgeschlitzt, wenn sie richtige Schwerter benutzt hätten.

Sie machte wieder einen Satz nach hinten, jedoch nicht schnell genug. Die Schwertspitze zerfetzte ihre Kniehose an der Hüfte und riß ihr einen tiefen Kratzer ins Bein.

»He! Alex!« protestierte sie. »Paß doch auf!«

Der Ritter antwortete nicht. Sein dunkles Gesicht war ausdruckslos; seine Augen verrieten nichts. Alanna wich zurück, machte einen Satz zur Seite und vorwärts und führte einen geradeaus gerichteten Hieb gegen ihn. Alex parierte; die Knaufe ihrer Schwerter trafen aufeinander und verhakten sich. Körper-zu-Körper nannte Herzog Gareth das, und es kam nur selten einmal vor. Für die kleinwüchsige Alanna war eine solche Situation höchst problematisch. Alex preßte mit seinem ganzen Gewicht nach unten und versuchte, sie auf die Knie zu zwingen. Alanna löste sich, kam augenblicklich wieder zurück und schlug seine Klinge beiseite. Dabei traf sie Alex mit der flachen Seite ihres Schwertes fest auf den Wangenknochen. Beschämt trat sie zurück. Es war schändlich, daß sie sich in ihrer Wut so hatte hinreißen lassen.

»Tut mir leid, Alex«, sagte sie kleinlaut und sah den Striemen an, der über seine dunkle Haut lief. »Tut es –«

Alex hob wieder sein Schwert. Er lächelte schwach. In seinen dunklen Augen blitzte etwas, das sie nicht benennen konnte. Er flüsterte: »Weiter.«

Plötzlich hatte Alanna genug von diesem Spiel. Sie war entschlossen, den Kampf auf irgendeine Art und Weise zu beenden und machte einen Ausfall. Alex fing den Hieb mit seinem Schwert auf und warf Alanna zu Boden.

Sie überschlug sich. Die Schwertspitze des Ritters traf einen Zoll neben ihrem Kopf auf dem Boden auf und schlug einen Splitter aus dem harten Holz. Sie erhaschte einen kurzen Blick auf sein Gesicht, und was sie da sah, machte ihr Angst. Seine Augen blitzten; das Lächeln, das auf seinen Lippen lag, war plötzlich gehässig. Sie sprang auf, als er wieder angriff, doch war sie nicht schnell genug. Die Flachseite seines Schwerts klatschte auf ihre Rippen, daß sie nach Luft japsen mußte. Sie führte einen Stoß gegen seine Seite und traf. Alex zuckte vor Schmerz zusammen. Diesmal senkte sie das Schwert. »Ich will aufhören«, erklärte sie ihm. »Da stimmt etwas nicht!«

Sie bekam ihr Schwert gerade noch rechtzeitig hoch, bevor er zuschlug. Ihre Klingen trafen aufeinander, daß es nur so krachte. Alanna löste sich und wich zurück.

Der Schweiß lief ihr in die Augen; sie schüttelte den Kopf, um ihn loszuwerden. Das war verrückt! Alex benahm sich, als wolle er sie wirklich töten, und mit einem stumpfen Übungsschwert würde der Tod ausgesprochen schmerzhaft sein.

Alex griff erneut an. Er riß sein Schwert hoch über den Kopf und ließ es mit voller Wucht heruntersausen. Alanna wich gerade noch rechtzeitig aus, wodurch die stumpfe Kante nicht auf ihren Kopf, sondern auf ihr Schlüsselbein auftraf. Es knackte in ihrer Schulter, als sie mit einem Schmerzensschrei auf die Knie stürzte. Hilflos sah sie zu, wie sich das Schwert von neuem hob und senkte. Sie schloß die Augen. Mit diesem Schlag würde ihr Alex das Genick brechen, und sie konnte sich nicht dagegen wehren.

»Sehr interessant, Alex.«
Wie durch ein Wunder ließ Alex sein Schwert sinken und drehte sich um. An der Tür stand Myles mit Immertreu zu seinen Füßen. »Du hast zweifellos bewiesen, daß du besser bist als Alan. Natürlich bist du auch vier Jahre älter und hast schon einige Schlachten gefochten.« Die Worte des älteren Ritters durchschnitten die Luft wie Peitschenhiebe. »Ich bin jedoch der Meinung, daß Euer Spiel ›Wer ist der beste Krieger im ganzen Land‹ lange genug gewährt hat. Oder solltest du nicht bemerkt haben, daß du Alan verwundet hast?«
Alex drehte sich zu Alanna um. Das gehässige Lächeln war verschwunden, und nun lag Sorge auf seinem Gesicht. »Alan, ich habe nicht – da, laß mich dir aufhelfen –«
»Rühr mich nicht an!« schrie Alanna, als er nach ihr griff. Rasch fügte sie hinzu: »Bitte, Alex – es ist mein Schlüsselbein. Ich glaube, es ist gebrochen.«
Alex kniete sich mit angespanntem Gesicht neben sie. »Alan, das werde ich mir nie verzeihen –«
Sie lächelte verkniffen. Langsam wurde ihr schlecht. »Mach dir keine Sorgen. Wir haben uns lediglich – na ja, ein bißchen hinreißen lassen. Da ich ja die Gabe besitze, bin ich in ein paar Tagen wieder in Ordnung.«
Alex sah zu Myles hinüber. »Sir Myles, ich wollte nicht –«
»Der Oberste Palastverwalter sucht nach dir«, entgegnete Myles, ohne Alex aus den Augen zu lassen. »Ich glaube, er will dich auf Grenzpatrouille schicken. Es muß schwierig für dich gewesen sein, den ganzen Winter hier eingesperrt zu verbringen, während alle anderen Pflichten übertragen bekamen.«
Alex stand auf. »Wenn es irgend etwas gibt, was ich tun kann –«
Alanna nickte. Auf ihrer Stirn standen Schweißtropfen. »Ich lasse es dich auf der Stelle wissen.«
Alex eilte hinaus. Myles kam raschen Schrittes zu Alanna herüber. »Bleib ruhig liegen«, erklärte er ihr. »Ich hole einen Heiler

und ein paar Bedienstete. Ich fürchte, wir werden dich tragen müssen.«

»Weshalb seid Ihr denn gekommen?« flüsterte Alanna. »Keiner wußte –«

Myles nickte zu dem Kater hin, der gegen Alannas gesunden Arm stupste. »Immertreu hat mich geholt. Er ließ nicht locker. Ich bin froh, daß ich auf ihn hörte. Alan – Alex wollte dich umbringen!«

Alanna schüttelte den Kopf. Von der Anstrengung wurde ihr wieder übel. »Er ist schon seit Jahren mein Freund.«

Er sah nicht sonderlich freundlich aus, als wir hereinkamen, erklärte ihr Immertreu.

Alanna zog eine Grimasse. »Ich will nichts mehr davon hören.« Aber in ihrem Kopf sagte eine Stimme: *Er ist schon seit Jahren kein guter Freund mehr gewesen. Seit er Herzog Rogers Knappe wurde.* Sie seufzte und schob den Gedanken beiseite. Damit wollte sie sich erst befassen, wenn sich ihr Kopf nicht mehr so drehte. Bis sie Beweise hatte, mußte sie ihren Verdacht für sich behalten.

4
Krieg

Vor dem Tanzenden Täubchen strömte der Aprilregen vom Himmel, während Alanna den schmutzigen Zettel betrachtete, den ihr Georg übergeben hatte. Es wäre ihr lieber gewesen, dieser Zettel hätte nicht existiert.

»Besteht keine Möglichkeit, daß da ein Irrtum vorliegt?« fragte sie ihren Freund.

»Nicht die geringste«, entgegnete der Dieb. »Ich habe gleichlautende Berichte aus den Schlössern, in denen sich die Soldaten verborgen halten, und vom Obersten Schurken in der Hauptstadt Tusains erhalten. Herzog Hilam – König Ains Bruder – hält sich für einen Eroberer. Er mobilisiert das ganze Heer, und die vorderste Truppenspitze ist genau auf das Flußtal des Drell gerichtet. Da die Gebirgspässe offen sind –« Er zuckte die Achseln. »Ich rechne damit, daß sie zwei Wochen brauchen, um zum rechten Flußufer vorzustoßen. Die dortige Festung wird einem Angriff kaum länger als eine Woche lang standhalten können.«

Alanna sah auf die winzige Karte. »Was für eine närrische Stelle, um einen Krieg auszutragen«, flüsterte sie. »Ringsherum sind Berge. Keiner von beiden wird Platz haben, sich zu rühren. Die Berge werden auch den Nachschub aufhalten und die Lieferung von Versorgungsmaterial erschweren. Und viele Schlachten werden im Fluß ausgetragen werden!« Sie faltete die Karte zusammen und steckte sie unters Hemd. »Danke, Georg.«

»Ich wollte, ich hätte bessere Neuigkeiten.« Der Dieb berührte sanft ihr Kinn und zwang sie, den Kopf zu heben. Alanna errötete. Seit Jons Geburtstag vor fast einem Jahr hatte Georg sie nicht mehr geküßt, doch zeigte er ihr durch kleine, sanfte Berührungen und zärtliche Blicke, daß er sie noch immer umwarb.

Jonathan machte ein ähnliches Gesicht, wenn er Delia anschaute. Daß Georg ihr derartige Aufmerksamkeiten schenkte, jagte ihr Angst ein.

»Ich muß gehen«, sagte sie und nahm ihren Umhang.

»Na gut.« Er öffnete ihr die Tür. »Laß mich wissen, was unternommen wird.«

Alanna konnte sich ein Grinsen nicht verkneifen. »Sei nicht albern. Das erfährst du vermutlich noch vor mir.« Sie eilte hinaus in die Regennacht.

Sie fand Myles von Olau in seinen Gemächern, wo er ein altes Dokument übersetzte. Immertreu, der ihr zuvor erklärt hatte, er wolle lieber vor einem warmen Kamin ein Schläfchen machen, anstatt mit ihr im Regen in der Stadt herumzulaufen, hatte sich vor dem Feuer des Ritters zusammengerollt. Jetzt begrüßte er Alanna, indem er auf ihre Schulter hüpfte.

Sobald Myles Alanna sah, legte er seine Übersetzung beiseite. »Was ist geschehen?«

Alanna zog die zusammengefaltete Karte unter ihrem Hemd hervor. Sie ließ Myles nicht aus den Augen, während sie das Papier entfaltete. »Ihr habt einige Freunde in der Stadt«, entgegnete sie leise. »Einen jungen Dieb namens Marek. Einen alten Fälscher, den man den Gelehrten nennt.« Sie lächelte. »Die beiden sagen, Ihr wärt ein guter Saufkumpan. Das hätte *ich* ihnen auch sagen können.« Myles öffnete den Mund, um zu sprechen, doch Alanna schüttelte den Kopf. »Ich verlange nicht von Euch, daß Ihr es zugebt. Ich sage Euch lediglich, daß *ich* Marek, den Gelehrten und ihre Kameraden kenne. Ich bin mit dem Mann befreundet, der über sie regiert.«

»Mit dem Schurken höchstpersönlich?« flüsterte Myles. »Wie kommt denn das?«

»Es ist eine lange Geschichte, aber ich kenne ihn und die anderen schon seit Jahren. Letzten Sommer sagte ich Georg, dem Schurken, es gelänge uns nicht, verläßliche Informationen aus Tusain zu erhalten. Er bot seine Hilfe an.« Alanna reichte ihrem Freund die Karte. »Das gab er mir heute. Die kleinen roten Pfeile stehen für die Tusainer Legionen –«

Myles zählte. »Zwanzig Stück.« Er stieß einen Pfiff aus. »Wenn

man pro Legion hundert Mann rechnet, dann sind es also zweitausend Infanteristen.«
»Die blauen Pfeile sind Einheiten. Sie bestehen aus jeweils zehn Rittern.«
»Also insgesamt hundertfünfzig.« Myles schaute auf die Karte und rieb sich müde die Stirn. »Und in diesen Schlössern und Städten haben sie Quartier bezogen?«
Alanna nickte. »Schaut Euch an, was sie eingekreist haben.«
»Das Flußtal des Drell.« Myles warf Alanna einen Blick zu. »Inwieweit vertraust du dem Schurken?«
»Ich würde ihm mein Leben anvertrauen. Und das von Jon.«
Myles erhob sich. »Das muß ich unverzüglich Herzog Gareth und dem König zeigen. Ich versichere dir, daß dein Name und der deiner Informanten nicht zur Sprache kommen werden.«
»Noch eins, Myles. Georg sagte, die Gebirgspässe, die von Tusain aus ins Drelltal führen, seien offen.«
»Dann haben wir sehr wenig Zeit und vorbereitet sind wir auch nicht.« Myles schüttelte sein struppiges Haupt. »Gareth und ich haben versucht, den König davon zu überzeugen, daß Hilam etwas Derartiges im Schilde führt. Hätten wir nur mit König Ain zu tun, gäbe es keine Schwierigkeiten. Er ist es zufrieden, mit seinen Frauen in seinen Lustgärten zu wandeln. Aber Hilam –« Myles stockte.
»Hat Pläne?« ergänzte Alanna.

Die Nachricht, die Myles überbrachte, hatte augenblickliche Auswirkungen auf den Palast. Jeder Edle von hohem Stand wurde zum Kriegssaal beordert, wo man sich den ganzen nächsten Tag bis spät in die Nacht hinein beriet. Boten und Brieftauben verließen scharenweise den Palast, und die Korridore summten nachgerade von all den Klatschgeschichten. Alanna konnte lediglich warten. Jonathan nahm an den Beratungen teil, nicht aber sein Knappe.

Sie war in ihren Zimmern und las, als der Prinz am nächsten Tag spätnachts wiederkam. Er schüttelte den Kopf, als sie auf einen Stuhl deutete. »Ich muß ins Bett«, sagte er. »Ich wollte dich nur wissen lassen, daß es Krieg geben wird. Vater hat den Musterungsbefehl ausgegeben. Die Vortruppe – und das sind wir – reitet in fünf Tagen.«
Alanna bekam Herzklopfen. Es fühlte sich nicht angenehm an. Ob es ihr nun gefiel oder nicht, würde sie an ihrer ersten Schlacht teilnehmen, noch bevor sie sechzehn war. »Wer führt das Kommando?« fragte sie den erschöpften Jon.
»Onkel Gareth«, entgegnete er. »Geh jetzt ins Bett. Du wirst deinen Schlaf noch brauchen.«

Waffen und Vorräte wurden zusammengetragen, Männer aus den umliegenden Städten wurden ausstaffiert, und schon bald war die Vortruppe bereit. Drei Tage, nachdem der Musterungsbefehl ausgerufen worden war, formierte sich das Heer auf dem weitläufigen, grasbewachsenen Hügel zwischen dem Palast und dem Tempelbezirk, wo der König und Herzog Gareth es inspizieren wollten. Alanna, die gleich hinter Jonathan stand, betrachtete die Reihen der Männer, als Herzog Gareth gerade in eine andere Richtung schaute. *Dafür, daß wir unvorbereitet waren, haben wir unsere Sache recht gut gemacht,* dachte sie stolz, als plötzlich das Wiehern eines Pferdes durch die Frühlingsluft gellte.
Herzog Garehts Brauner, ein mächtiges, gutmütiges Tier, bäumte sich mit wedelnden Hufen auf, rollte mit den Augen und wieherte. Der erschreckte Herzog mühte sich, den Wallach unter Kontrolle zu bekommen, als plötzlich sein Sattel zur Seite glitt. Gefährlich nahe bei den wirbelnden Hufen seines Pferdes stürzte Gareth von Naxen zu Boden.
»Haltet Stellung!« brüllte Jonathan, als sich ein Dutzend Männer in Bewegung setzten. König Roald hatte schon die Zügel des Braunen ergriffen, und seine Diener kümmerten sich um den

Gestürzten. Energisch hielt Jon Gary zurück, der trotzdem zu seinem Vater reiten wollte. »Haltet Stellung, sagte ich!«
Der kräftige Knappe funkelte seinen Vetter wütend an, und einen Augenblick lang hatte Alanna Angst, Gary wolle sich auf Jon stürzen. Der Prinz setzte sich jedoch über die drohende Haltung des anderen hinweg und fügte leise hinzu: »Was kannst du denn für ihn tun, abgesehen von dem, was schon getan wird? Wir sind ein Heer, Gareth – also laß uns versuchen, uns dementsprechend zu benehmen!«
Einen Augenblick lang hielt die Spannung zwischen den beiden an. Dann nickte Herzog Gareths Sohn grimmig und kehrte auf seinen Platz in der Reihe der Ritter zurück.
Schon stand Herzog Baird, der Oberste Palastheiler, neben Garys Vater. Herzog Gareth war bleich. Er biß sich auf die Lippen, und ganz offensichtlich litt er Schmerzen. Alannas Hände verkrampften sich in den Zügeln, bis Mondlicht nervös zu tänzeln begann. Herzog Gareths linkes Bein lag eigenartig abgewinkelt da. Als sie kurz danach hörte, das Bein des Herzogs sei an drei Stellen gebrochen und der König wolle einen neuen Oberbefehlshaber bestimmen, verstärkte sich ihr ungutes Gefühl. Das Ganze war ihr zu glatt gelaufen, und sie faßte den Entschluß, auf die Verkündung des neuen Oberbefehlshabers zu verzichten und statt dessen den Ställen einen Besuch abzustatten.
Sie gab Mondlicht einen Apfel und pfiff eine kurze Melodie. Aus dem Heuschober erklang ein Geräusch; dann kam ihr alter Freund Stefan mit einer Decke in der Hand die Leiter heruntergeklettert.
»Hab mir gedacht, daß du vermutlich rüberkommst«, brummte der Pferdeknecht. »Du hast wohl 'nen Riecher für krumme Dinger, wie?«
Alanna lächelte gezwungen. »Woher willst du denn wissen, daß ich nicht nur deshalb gekommen bin, weil ich mein Pferd streicheln will?«

»Dann hättest du nicht nach mir gepfiffen«, meinte der spitzbäuchige Pferdeknecht. »Aber vielleicht willst du ja mal wieder mit mir schwatzen, wie schon so oft. Oder aber du willst wissen, wieso dieser Gaul seinen Herrn abgeschmissen hat, wo er doch sonst noch frömmer ist als deiner.«
»Ja, deshalb bin ich hier«, gab Alanna zu.
Stefan entfaltete seine Decke. »Vielleicht hab ich unrecht. Vielleicht lag's aber auch daran.« Er zeigte ihr eine große, stachlige Klette, die im Gewebe der Decke hing. Alanna hatte Mühe, sie zu lösen. »Dort wo das Ding steckte, ist das arme Vieh ganz verkratzt«, fuhr Stefan fort. »Und wer hat bloß den Sattel Seiner Gnaden so locker gegürtet? Hier rennen so viele neue Männer fürs Heer herum, daß ich nicht mehr alles sehe, was ich sehen müßte.«
»Dann wurde Herzog Gareths Pferd also nicht von einem der regulären Pferdeknechte gesattelt?«
Stefan schüttelte den Kopf. »Es war ein Neuer. Und vielleicht hat er Angst gehabt, daß es ihm an den Kragen geht, als Herzog Gareth abgeworfen wurde. Vielleicht aber auch nicht. Jedenfalls ist er weg.«
Alanna dachte nach und gab Stefan die Decke zurück. »Danke, daß du das für mich aufgehoben hast«, sagte sie schließlich.
Der Pferdeknecht zuckte die Achseln. »Mir war klar, daß du fragen würdest«, sagte er schließlich. »Aber sieh dich vor. Wir Schurken wissen, was mit denen geschieht, die zu viele Fragen stellen. Übrigens, hast du gehört, wer an Herzog Gareths Stelle das Kommando führt?«
Alanna schüttelte den Kopf.
»Seine Gnaden, der Herzog von Conté.« Stefan kaute auf einem Strohhalm. Dabei ließ er Alanna nicht aus den Augen. »Müßte interessant werden mit 'nem Zauberer als General, oder was meinst du?«
»Sehr«, sagte Alanna trocken und ignorierte das komische Ge-

fühl, das sich in ihrem Magen ausbreitete. Sie drehte sich um und wollte gehen.

»Knappe Alan«, fügte Stefan hinzu. »Du solltest vielleicht mal 'nen Blick in die Kleine Bibliothek werfen. Du hast nämlich Besuch.«

Rasch ging Alanna mit der stachligen Klette in der Hand in den Palast. Zu ihrer Überraschung wartete ein mit Kapuze bekleideter Mönch in der Kleinen Bibliothek. Da die Nachricht von Stefan gekommen war, hatte sie einen anderen erwartet.

»Entschuldigt«, begann sie. Der »Mönch« schob seine Kapuze zurück, hielt einen Finger vor den Mund und grinste. Gereizt knallte Alanna die Tür zu und verriegelte sie.

»Bist du übergeschnappt?« flüsterte sie Georg heiser zu. »Du wirst es nicht glauben, aber ein paar von den Männern des Obersten Richters kennen dein Gesicht.«

»Sorgst du dich um mich?« lachte der Dieb. »Ich bin gerührt.«

»Verrückt bist du«, fauchte Alanna. »Wie auch immer: da du schon einmal hier bist – *weshalb* bist du hier?«

»Ich dachte, du hättest vielleicht keine Gelegenheit mehr, in die Stadt zu kommen, bevor du losreitest, und ich wollte noch mit dir reden. Aber *du* wolltest *mich* etwas fragen.«

Alanna zeigte ihm die Klette. »Das hat Stefan in Herzog Gareths Satteldecke gefunden. Er sagte, ein neuer Mann habe das Pferd des Herzogs gesattelt und sei dann verschwunden.«

»Und du vermutest, daß da nicht alles mit rechten Dingen zugegangen ist«, half Georg nach.

»Klar. Aber das Ganze kommt mir so unsinnig vor. Warum sollte sich Tusain die Mühe machen, Herzog Gareth daran zu hindern, das Heer anzuführen? Das wird uns nicht davor zurückhalten, übermorgen auszurücken.«

Georg schüttelte den Kopf. »Du denkst wie ein Krieger. Denk mal wie ein Ränkeschmied. Vielleicht liegen die Gründe für Herzog Gareths Sturz direkt vor deiner Nase.«

»Direkt vor meiner Nase?« fragte Alanna.
»Wer zieht einen Nutzen daraus?« erkundigte sich Georg. »Laß mal den Krieg beiseite. Denk statt dessen an *Macht*. Wer erringt durch den ›Unfall‹ Seiner Gnaden am meisten Macht?«
Keiner, wollte Alanna eben sagen, als ihr einfiel, wen König Roald an Herzog Gareths Stelle zum Oberbefehlshaber ernannt hatte.
Plötzlich wurde ihr schlecht, und sie wankte.
»Das ist kein Befehlshaber, dem du auf dem Schlachtfeld Vertrauen schenken wirst, was?« fragte der Dieb leise.
Alanna zitterte. »Darüber muß ich erst mal nachdenken.«
Georg nickte. »Denk darüber nach, soviel du willst«, sagte er. »Und gib acht, wo er Jonathan plaziert und jene, die ihm treu ergeben sind.« Er fuhr ihr mit der Hand über das kupferfarbene Haar. »Ich wollte, ich müßte nicht hierbleiben und auf meine Leute aufpassen. Es gefällt mir nicht, daß ich dich ganz ohne Hilfe losschicken muß. Aber es läßt sich nicht ändern. Ich wäre ein toter Schurke, wenn ich meinen Leuten so lange den Rücken zukehren würde, wie du unterwegs sein wirst.«
Alanna lächelte ihn an und wünschte sich, er könnte tatsächlich mitkommen. Die Dinge waren immer klarer, wenn Georg in der Nähe war. »Ich werde es schon schaffen«, sagte sie gespielt selbstsicher. »Immertreu ist ja dabei, und wenn es schwierig wird, habe ich Myles. Er ist so klug wie drei von uns zusammengenommen.«
Georg lächelte auf sie hinunter. Er sah immer noch besorgt aus. »Das ist er. Damit müssen wir uns begnügen. Halt die Augen offen nach weiteren ›Unfällen‹.«
»Ich glaube nicht, daß er mir etwas *antun* will«, wandte Alanna ein. »Er will lediglich erfahren, was ich vor ihm verberge.«
»Ich glaube, daß er dich aus dem Weg schaffen will, bevor er seine Pläne weiterverfolgt.«
Alanna mußte lachen. »Was hat er denn von *mir* zu befürchten?

Nein, so mißtrauisch wie du bin ich nicht, Georg. Das muß an deinem Beruf liegen.«
Georg spürte, daß sie das Thema wechseln wollte. Er zuckte die Achseln. »Möglich, daß ich meinen Beruf aufgebe, sobald Jon König wird.«
Alanna starrte. »Du machst Witze.«
Der hochgewachsene Dieb ließ sich auf einen Stuhl sinken und sah sie durchdringend an. »Ich denke daran, ein ehrlicher Mann zu werden und mir eine Frau zu nehmen.«
Alanna schnaubte. »Ich glaube, ich spinne!«
Er ließ sie nicht aus den Augen. »Die Dinge kriegen ein anderes Gesicht, wenn man älter wird.«
Alanna setzte sich auf einen Tisch und baumelte mit den Beinen. »Ich kann mir einfach nicht vorstellen, daß du ein ehrlicher Bürger werden willst. Wem wirst du deine Ohrensammlung vermachen? Und was für ein Gewerbe könntest du betreiben? Juwelen verkaufen? Willst du all das zurückgeben, was du gestohlen hast – gegen Gebühr selbstredend?«
»Ich hab's nicht eilig. König Roald ist noch jung. Weißt du«, fuhr er fort, »ich warte, bis die Braut, die ich mir ausgesucht habe, erwachsen wird. Mit 'ner Bürgerstochter wäre mir nicht gedient, oder was meinst du? Ich brauche eine, die nichts auf Althergebrachtes gibt, die meine Vergangenheit kennt, die sich nicht darum kümmert, was sich gehört und was nicht. Eine, die keine spitzen Schreie ausstößt, wenn sie meine Schatztruhe aufmacht und die Sammlung findet, von der du eben sprachst.«
Alanna wischte sich die schweißnassen Handflächen an ihrem Waffenrock ab. Sie hatte das Gefühl, als wisse sie, worauf er hinauswollte, und es wäre ihr lieber gewesen, er hätte aufgehört. »Viel Glück, Georg. Ich glaube nicht, daß so eine Frau existiert.«
Georg stand auf. Er faßte sie an den Schultern und zog sie vom Tisch. »Ich habe sie schon gefunden, und das weißt du auch genau.«

Alannas Augen sprühten, als sie zu ihm aufsah. »Du bildest dir eine ganze Menge ein!« fauchte sie. »Ich bin die Tochter eines Edlen –«

Er lachte leise. »Ist das wirklich ein Hinderungsgrund? Wenn du einen liebtest, würden dich dann dessen Herkunft und Wohlstand kümmern?«

»Gleich und gleich gesellt sich gern«, flüsterte Alanna. Am liebsten wäre sie davongerannt, doch es gelang ihr nicht. Zauberer war er ja keiner, aber mit was für einem Bann umwob er sie da?

»Es gibt wichtigere Dinge als Herkunft. Was nutzt dir denn ein Ehemann von edler Geburt, wenn du erst mal deinen Ritterschild hast?«

»Am meisten nützt es mir, wenn ich überhaupt keinen Ehemann habe. Ich beabsichtige nicht, zu heiraten, und ich beabsichtige ganz bestimmt nicht, mich zu verlieben.«

»Das sagst du *jetzt*. Ich habe Geduld, Mädchen. Wenn es sein muß, warte ich jahrelang. Und ich werde dich nicht mehr darauf ansprechen. Ich wollte dich nur wissen lassen, daß du mich haben kannst, wenn du mich willst.« Er lächelte.

Alanna versuchte, ihn zurückzustoßen. Sie hatte Herzklopfen, und schwummrig war ihr auch. Sie mußte ihm unbedingt Einhalt gebieten. »Können wir Freunde bleiben wie zuvor?«

»Freunde werden wir bleiben, gute Freunde, hoffe ich. Gib es zu, Mädchen – du würdest mich mächtig vermissen, wäre ich nicht mehr da.«

Alanna machte den Fehler, in seine lachenden Augen hinaufzusehen. Da lag das Problem, da, in seinem Gesicht. Dem, was sie darin sah, war sie absolut noch nicht gewachsen. Erschreckt senkte sie die Augen wieder. »Ich – ich werde nicht zulassen, daß deshalb unsere Freundschaft zerbricht«, flüsterte sie.

»Und ich werde nicht mehr davon sprechen, bevor du mich darum bittest. Schau mich an, Alanna.«

Alanna sah auf. Georg zog sie eng an sich und küßte sie. Seine Lippen waren warm und tröstlich. Alanna hatte das letzte Mal nicht vergessen, und sie hatte entdeckt, daß sie seine Küsse mochte. Sie entspannte sich und ließ es zu, daß er sie fest an sich drückte.

Georg schob sie weg. Zwei rote Flecken brannten auf seinen Wangen. »Das geht zu weit«, sagte er mit rauher Stimme. »Ich – ich wollte nur, daß du weißt, wie es um mich steht, bevor du in den Krieg ziehst.«

Alanna errötete. »Du hast eine komische Art, dich zu verabschieden, Georg.«

Er zog spöttisch eine Augenbraue hoch. »So? Im ganzen Königreich verabschieden sich Liebende auf eben diese Art und Weise.« Fest küßte er sie noch einmal, ging zur Tür und zog seine Kapuze über den Kopf.

»Georg?« rief sie leise, als er den Riegel öffnete. »Ich komme wieder, und wir bleiben Freunde.«

Er nickte und verschwand. Abgesehen von dem lockeren Sattel und der Klette gab es jetzt noch etwas anderes, über das sie nachdenken mußte.

Am nächsten Tag beraumte Roger eine Sitzung seiner Truppenführer an. Diesmal nahm auch Alanna teil. Mit Erleichterung erfuhr sie, daß Gary und Raoul zu den Rittern in Jonathans persönlicher Einheit gehörten. Noch erleichterter war sie darüber, daß Alex und Geoffrey bei Roger in der Festung sein würden. Sie vertrug sich wieder mit Alex, aber ihr »Duell« hatte sie nie vergessen.

Als sie sah, wo Herzog Roger Jonathans Truppe stationieren wollte, war ihr nicht so wohl.

Roger von Conté stand vor einer großen Detailkarte des Drelltals. In der Mitte, dort wo die den Fluß säumenden Felder am breitesten waren, drängten sich am rechten Ufer die für die Tusainer Truppenlager stehenden blauen Kreuze.

»Wie ihr sehen könnt«, erklärte ihnen Roger und deutete auf die Kreuze, »hat der Feind gegenüber der Festung am anderen Ufer Position bezogen.« Roger deutete auf das Viereck, das die Festung bezeichnete. »Den größten Teil des Heeres werde ich hier in der Festung und in der näheren Umgebung stationieren. Lord Imrah von Leganns Truppe bezieht über der Festung bis zur Flußbiegung unter den Drellfällen Stellung. Unterhalb der Festung hält Graf Hamrath von Königsbucht das Ufer bis hinab zu den Stromschnellen am Ende des Tales. Da die Klippen und Stromschnellen zu dieser Jahreszeit unüberwindlich sind, erwarten wir kaum Schwierigkeiten für Hamraths Männer.

An den Wasserfällen selbst –« Rogers Finger fuhr wieder nach Norden bis zum oberen Ende des Tales, »ergibt sich eine interessante Situation. Dort ist der Fluß flach und breit; trotzdem ist die Strömung recht stark. Ein entschlossener Feind könnte eine Überquerung aber möglicherweise schaffen, obwohl am rechten Flußufer aufgrund der Klippen kein Platz für ein ordentliches Lager bleibt. Die Angreifer dürften bei ihrer Überquerung natürlich von keinem der oberhalb der Festung plazierten Späher gesehen werden, doch in einer nebligen Nacht und wenn sie sich schlau anstellen, bestünde tatsächlich eine gewisse Gefahr. Ich habe beschlossen, Prinz Jonathan und seine Ritter gleich unterhalb von den Wasserfällen zu stationieren. Sofern es notwendig werden sollte, ist Imrah von Legann in Reichweite; zusätzlich werde ich dem Prinzen die gegenwärtige Infanteriegarnison aus der Drellfestung schicken. Es sind mutige Männer, auch wenn sie augenblicklich ein wenig schlachtenmüde sind. Eigentlich müßten wir jede Bewegung des Feindes sehen, lange bevor er versucht, den Fluß zu überqueren, deshalb finde ich, daß diese Stelle für meinen jungen Vetter einen ausgezeichneten Befehlsstand abgibt, an dem er keinen unnötigen Gefahren ausgesetzt ist.«

Alanna, die hinter Jons Stuhl stand, sah, wie der Prinz vor Wut erstarrte. Rasch warf sie dem König einen Blick zu, doch der nickte zustimmend. Herzog Gareth hatte geplant, Jon bei sich in der Festung zu behalten, damit der Prinz aus allernächster Nähe mitbekam, wie man einen Krieg führte. Aber das hielt Roger offensichtlich für unnötig. Herzog von Conté fuhr fort: »Da mein Neffe zum ersten Mal eine Truppe befehligt, wird ihm Sir Myles als Berater zugeteilt. Wir – mein Onkel und ich – hegen die Hoffnung, der Prinz möge auf diesen Mann, der so viel Weisheit besitzt, gut hören.«

»Und sehr wenig Kampferfahrung«, hörte Alanna Myles in seinen Bart brummen.

»Ich habe noch eines hinzuzufügen«, sagte der König und erhob sich. »Bis wir die moralische Seite der Frage, ob wir auf das rechte Flußufer des Drell, das bis zu den Zeiten unserer ehrwürdigen Väter Tusain gehörte, Anspruch erheben wollen, erteile ich euch den königlichen Befehl, lediglich *das linke* Flußufer zu verteidigen. Ich verbiete euch, *den Fluß zu überqueren,* sei es nun, um den Feind zu verfolgen, sei es, um ihn anzugreifen.«

Die Truppenführer wurden unruhig und begannen zu murmeln. Sie durften den Fluß nicht überqueren? Sie durften die Tusainer nicht hinter ihre Grenze zurücktreiben? Die Stimme des Königs fuhr durch den Raum wie eine Peitsche. »Wir kämpfen nur um das linke Ufer! Sorgt dafür!«

Alle standen auf und verneigten sich, als der König den Raum verließ. Als sich die Tür schloß, seufzte Hamrath von Königsbucht: »So, Burschen, ruht euch aus. Das wird ein langer Sommer werden.« Er sah Herzog Roger an: »Euer Gnaden?«

»Das ist alles«, erklärte Roger. »Wir reiten morgen, eine Stunde nach Morgengrauen.«

Zwölf Tage lang ritten sie ostwärts. Als sie schließlich den Paß erreichten, der ins Flußtal des Drell hinunterführte, zügelte Jon sein Pferd Nachtschwarz und ließ die lange Reihe der Soldaten an sich vorüberziehen. »Schau, Alan!«

Unter ihnen erhob sich die Drellfestung. Auf der anderen Seite des Flusses schwärmten Tausende von Männern in Tusainer Uniform. Sie bezogen gerade ihr Hauptlager. Alanna folgte Jons ausgestrecktem Finger flußaufwärts, bis sie durch die Bäume einen weiß-silbernen Schimmer sah.

»Die Drellfälle«, erklärte ihr Jonathan. »Unser neues Zuhause.«

Immertreu, der in einer an Mondlichts Sattelhorn hängenden Schale saß, verkündete lauthals, sein *altes* Zuhause sei ihm lieber gewesen. Alanna streichelte ihren staubigen Kater. Sie mußte ihm recht geben. Sie hatte ein unangenehmes Gefühl, was diese neue »Heimat« betraf – ein ausgesprochenen unangenehmes Gefühl.

5
Am Fluß

Die Männer, die bis zur Ankunft des königlichen Heeres die Drellfestung verteidigt hatten, lagerten unterhalb der Wasserfälle und warteten auf Prinz Jonathan. An ihrem ordentlichen Lager und daran, wie gut vorbereitet sie wirkten, konnte man sehen, daß sie Veteranen waren. Alanna fühlte sich gleich wohler, als sie die Männer sah: sie spürte, daß diese einfachen Soldaten mit den grimmigen Gesichtern gute Kämpfer waren. Sie hatten ihr die Arbeit abgenommen, für Jonathan und für Myles Zelte aufzuschlagen. Dafür war sie dankbar. Aram, einer der Soldaten, erklärte ihr, er sei beauftragt, sich um die Pferde zu kümmern. Alanna, die bei diesem Feldzug Jonathan und Myles zu versorgen hatte, mußte nur noch deren Sachen zurechtlegen.

Bis es Mittag wurde, war sie am Verhungern. Sie hätte zur Festung hinunterreiten können, um dort mit Jon, Myles und den anderen Rittern zu essen, die sich dort versammelt hatten, um Kriegsrat abzuhalten. Aber sie war sicher, sie müsse Hungers sterben, bevor sie dort anlangte. Also ließ sie Immertreu auf ihrem Feldbett schlafend zurück und durchsuchte das Lager, bis sie das Messezelt fand. Es war keine schwierige Aufgabe – sie folgte einfach ihrer Nase.

Nachdem sie ihren Teller mit Bohnen und Fleisch vollgehäuft hatte, nahm sie an einem der langen Tische Platz. Kurz darauf ließ sich ein großer und kräftiger Infanterist zu ihrer Rechten nieder. Voller Neid sah Alanna, daß die Muskeln fast seine derben Kleider sprengten. Sein gebräuntes und wettergegerbtes Gesicht war von einem dichten roten Bart umrahmt. Als ihn die anderen Männer lauthals begrüßten, antwortete der Riese mit einer tiefen, polternden Stimme. Alanna widmete sich ihrem Essen und ließ sich kein Wort entgehen.

»Was gibt es Neues vom Feind, Thor?« fragte einer.

»Nichts«, dröhnte der Riese. »Sie hocken so still wie die Karnikkel, wenn der Jäger in der Nähe ist. Vielleicht haben sie erfahren, daß Verstärkung gekommen ist.«

Da nur ein Blinder die tausend Soldaten und Ritter hätte übersehen können, die an diesem Morgen in die Tortaller Lager geströmt waren, wurde diese Bemerkung mit schallendem Gelächter quittiert.
»Das wird sie ein bißchen im Zaum halten«, sagte ein verlottert wirkender Mann, als sich die anderen beruhigt hatten. »Wißt ihr auch, wer hier an den Wasserfällen das Kommando führt? Seine Hoheit, der Prinz.«
Der Mann namens Thor runzelte die Stirn. »Dabei ist das ja wohl sein erstes Kommando, oder? Vermutlich nehmen sie an, daß der Feind hier oben nicht viel im Schilde führt –«
»Möglich, daß sich die Tusainer von uns erholen müssen«, scherzte einer.
Alanna, die mit den anderen lachte, verschluckte sich an einer Bohne. Sie hustete und fluchte, und ihre Augen tränten. Eine riesige Hand klopfte auf ihren Rücken und brach ihr fast das Rückgrat.
»Na, Kleiner? Hast du was in den falschen Hals gekriegt?« fragte Thor. Alanna japste nach Luft und bemühte sich, den blauäugigen Riesen anzulächeln. Thor starrte. »Sieh mal einer an!« flüsterte er. »Der Lümmel hat violettfarbene Augen!«
Die anderen drängten sich näher. Alanna starrte mit großen Augen zurück und errötete.
»Wo kommst denn *du* her?« wollte Thor wissen.
Alanna bekam wieder Luft. »Ich bin heute früh mit den neuen Truppen gekommen.«
»Bist du nicht ein bißchen jung für 'nen Krieg?« fragte der verlottert aussehende Mann.
Alanna reckte stolz die Schultern. »Ich werde nächsten Monat sechzehn.«
»Das ist gelogen!« antwortete er ungläubig. »Du bist keinen Tag älter als zwölf!«
Aram drängte sich durch die Menge und nickte in Alannas

Richtung. »Nein, es stimmt. Er ist fast sechzehn. Er ist der Knappe vom Prinzen. Ich versorge ihre Pferde.«

»Wie hat es denn so ein kleines Bürschchen wie du geschafft, der persönliche Knappe des Prinzen zu werden?« erkundigte sich Thor, während die anderen untereinander tuschelten.

»Dieses winzige Bürschchen«, sagte einer unter ihnen kühl, »ist einer der besten Schwertfechter am Hof. Letztes Jahr hat er höchstpersönlich einen ausgewachsenen Tusainer Ritter beim Schwertkampf geschlagen.«

Alanna spürte, wie sich ihr beim Klang dieser unbekannten Stimme die Haare sträubten. Thor sah auf und machte ein finsteres Gesicht. »Da bist also wieder, Jem Tanner. Und immer hast du Neuigkeiten zu verkünden. Stimmt's?«

Ein junger Mann mit einem unangenehmen Lächeln kam an ihren Tisch geschlendert. Man hätte ihn als gutaussehend bezeichnen können, wären seine Augen nicht so kalt gewesen.

»Macht es dir Spaß, bei uns gemeinen Soldaten zu hocken, Knappe?«

Alanna mochte ihn nicht. »Bis jetzt ja.«

»Laß das Bürschchen in Ruh!« protestierte einer.

»Ich will lediglich sicherstellen, daß er seinen Herren einen vorteilhaften Bericht erstattet. Worüber habt ihr gesprochen? Wie gut es euch gefallen hat, die Drellfestung zu halten, bis sich der Feind nun derart verschanzt hat, daß tausend Heere vonnöten wären, um ihn wieder auszubuddeln? Darüber, was ihr von der Taktik des Königs haltet? Oder von seinen persönlichen Gewohnheiten?«

Bleich vor Zorn stand Alanna auf. »Ich spioniere für keinen, das kannst du dir merken, Jem Tanner«, fauchte sie. »Halt gefälligst deine Zunge in Zaum!«

Der Mann lachte. »Gewaltige Worte, Bürschchen!«

Eine große Hand drückte Alanna wieder auf den Sitz zurück. »Sachte, mein Junge«, sagte Thor. Er drehte sich zu Jem. »Du

hast es ganz schön eilig, mit 'nem fremden Burschen, der besser erzogen ist als du, Streit anzufangen. Mal sehen, wann du es ebenso eilig haben wirst, dich mit *mir* anzulegen.«
Jem grinste höhnisch. »Ich wollte euch lediglich einen Gefallen tun, und vor dem Spion warnen, der zwischen euch sitzt, ihr Idioten.« Er verließ das Zelt.
Alanna atmete tief ein und unterdrückte ihren Zorn. Die Männer versicherten ihr, Jem sei ein übler Bursche, und sein Geschwätz habe nichts zu bedeuten. Nur Thor schwieg.
»Spionierst du für den Prinzen?« erkundigte er sich dann.
Alanna packte ihren Teller. »Ich wollte lediglich mein Mittagessen. Ich glaube, das erledige ich in Zukunft woanders.«
Thor grinste und zog sie wieder auf ihren Platz. »Ruhig Blut, Knappe. Kannst du's uns übelnehmen, daß wir Bescheid wissen wollen? Verschone mich mit deinem Edelmannsstolz! Erzähl uns lieber, was es in der Hauptstadt Neues gibt!«

Der Tagesablauf im Lager an den Wasserfällen war unkompliziert. Morgens versorgte Alanna Jon und Myles und kümmerte sich darum, daß ihre Zelte sauber und ihre Sachen in Ordnung waren. Sie half Aram, die Pferde zu pflegen und machte einen Morgenritt auf Mondlicht. Das Mittagessen nahm sie mit den Soldaten ein. Zur Festung zu reiten und dort mit den Rittern zu essen, war ihr zu mühsam. (Sofern sie sich bewußt war, daß sie Herzog Roger mied, so erwähnte sie es jedenfalls keinem gegenüber.) Nachmittags übte sie sich in den Kampfsportarten. Vom Mächtigen Thor, wie ihn die anderen nannten, und seinen Freunden lernte sie Tricks im Speer- und Axtfechten. Im Kampf mit dem Dolch war sie den anderen gewachsen, und im Gebrauch des Schwertes hatte sie ihnen einiges voraus. Insgesamt fand sie, daß sie einen gerechten Austausch betrieben. Oft kehrte auch Myles am Nachmittag zurück. Dann gab er ihr Unterricht in Geschichte. Das hatte ihr schon immer Spaß gemacht, und jetzt, wo sie älter wurde, leuchtete ihr Myles' praktische Art und Weise, die Dinge zu betrachten, immer mehr ein.

Nach dem Abendessen ritten ihre Freunde, die Ritter, auf Patrouille, und Myles und Jonathan kehrten in die Festung zurück, um mit Roger zu beratschlagen, wie man am besten gegen den Feind vorging. Alanna blieb mit den anderen im Lager. Im Verlauf dieser langen, feuererhellten Abende lernte sie eine ganze Menge: Lieder, die den rauhesten Stallburschen aus dem Palast zum Erbleichen gebracht hätten; wie man würfelte, ohne den letzten roten Heller zu verlieren; ja, sogar, wann sie stillzuschweigen und zuzuhören hatte. Wohin sich Alanna tagsüber oder nachts auch wenden mochte, behielt der Mächtige Thor sie im Auge. Es war Thor, der sie davon abhielt, die Beherrschung zu verlieren, wenn sich Jem Tanner die Zunge an ihr wetzte, was der junge Mann häufig tat. Thor zeigte ihr Kunstgriffe, wie sie trotz ihrer geringen Körpergröße mit so schweren Waffen wie dem Speer und der Axt umgehen konnte. In den Nächten, wo er Wachdienst am Flußufer hatte, erzählte er ihr Geschichten von früher, als er noch Schmied in den Südbergen gewesen und dann Soldat des Königs geworden war.

In den ersten beiden Wochen, die Alanna im Tal verlebte, wurden flußaufwärts und flußabwärts mehrere kleinere Scharmützel gefochten. Die Festung selbst wurde nie direkt angegriffen, aber sowohl Hamrath als auch Imrah erlebten tagsüber Attacken. Alanna, die in Jonathans Lager bleiben mußte, kam nicht zum Kämpfen. Jonathan dagegen schon: einmal, als er Graf Hamrath besuchte; ein anderes Mal, als er Lord Imrahs Männer inspizierte. Wenn flußabwärts gekämpft wurde, bekam Alanna dies jedesmal mit, aber es wäre ihr in keinem Fall gelungen, rechtzeitig zu ihrem Herrn und Ritter vorzustoßen. Außerdem ließen gute Soldaten nicht ihren Posten im Stich, um an anderer Stelle zu kämpfen, denn dann hätte der Feind ja ein unverteidigtes Lager vorgefunden. Alanna konnte nur abwarten, an den Fingernägeln kauen und sich Sorgen darüber machen, ob Jon, Raoul, Gary und Myles jemals wieder zurückkehren würden.

Schließlich ging sie eines Morgens zu Herzog Baird. Die Heilerzelte lagen in einer breiten, weißen Reihe hinter der Festung, und jeder Flußpfad führte darauf zu. Baird ruhte sich gerade einen Augenblick aus, als Alanna bei ihm eintraf. Das jüngste Scharmützel war eben vorüber, und die Betten lagen voll mit verletzten und sterbenden Männern.

»Flußaufwärts bin ich überflüssig«, erklärte Alanna dem Obersten Heiler. »Ich muß lediglich die Rüstungen von Jon und Myles putzen, und solange die beiden sie anhaben, kann ich nicht einmal das. Wenn man mir nichts zu tun gibt, schnappe ich über.«

Der Herzog sah sie an. »Du bist gern tätig, Knappe Alan. Habe ich recht?«

»Ich mag nur nicht meine Zeit verschwenden. Ist das dasselbe?«

Herzog Baird hob ein weißes Gewand auf und warf es ihr zu. »Komm! Ich habe nicht vor, dich abzuweisen.«

Alanna folgte dem Herzog von Bett zu Bett und tat, was er ihr befahl. Sofern sie jemals eine gute Meinung vom Krieg gehabt hatte, so war es damit bis zum Nachmittag vorbei. Männer starben vor ihren Augen, und für diese Männer zählte nicht, wofür sie gekämpft hatten. Für sie zählte nur noch der Schmerz und die Ankunft des Dunkelgotts. Alanna konnte nur wenig helfen.

Erst als man Fackeln entzündete, wurde ihr gewahr, wieviel Zeit verstrichen war. Es war fast dunkel, und langsam wurde sie müde. Jedesmal, wenn sie ihre Heilgabe benutzte, erschöpfte sie sich ein bißchen mehr. Aber aufhören konnte sie nicht – nicht, so lange diese Männer litten.

Prinz Jonathan fand sie, als sie gerade den Arm eines Soldaten verband. »Ein Bursche, den sie den Mächtigen Thor nennen, sagte mir, du seist hier. Was machst du?«

Sie brauchte einen Augenblick, bis sie merkte, daß jemand mit ihr sprach. »Was? Oh, Jon.« Sie wischte sich mit dem Handrükken über die Stirn und hinterließ dort einen blutigen Streifen. »Ich beschäftige mich.«

»Immertreu schnappt über. Myles sagte, dein Kater habe Angst, du könnest dich umbringen.« Jon entdeckte Herzog Baird. »Euer Gnaden? Wie lange ist Alan schon hier?«

Der Heiler warf Alanna einen Blick zu. »Großer Mithros, Bursche, ich hätte dich schon vor Stunden wegschicken sollen. Du bist nicht dafür geschult, so lange zu arbeiten. Prinz Jonathan, bringt ihn weg von hier.«

»Unsinn«, protestierte Alanna, der es nun, da ihre Konzentration unterbrochen worden war, in den Ohren rauschte. »Ich bin so gut in Form wie –« Sie taumelte. Jonanthan fing sie auf.

»Das bist du. Daran besteht kein Zweifel«, sagte er trocken. Er ignorierte ihren Protest und schob sie aus dem Zelt. »War er den ganzen Tag hier?« fragte er Baird, der ihnen folgte.

Der Herzog nickte. »Er hat mehr Männern das Leben gerettet, als ich zählen kann. Geh zu Bett, Junge«, befahl er Alanna. »Du hast hier mehr als genug geleistet. Das Schlimmste ist vorbei.«

Alanna protestierte noch immer, als Jon Nachtschwarz bestieg und sie vor sich aufs Pferd hob. »Mein lieber Mann, bist du ein streithaftes Kerlchen«, murmelte er ihr ins Ohr, als sie sich auf den Weg machten. »Du kannst dich ja kaum mehr auf den Beinen halten. Warum hast du nicht aufgehört?«

Alanna lehnte sich gegen den Prinzen. Sie war sehr müde. Nachtschwarz störte sich nicht an der doppelten Last und bahnte sich seinen Weg den Flußpfad entlang. »Sie brauchten Hilfe«, sagte sie mit rauher Stimme.

Jonathan nickte Imrahs Wachposten zu, als sie an dessen Lager vorüberritten. »Weshalb bist du denn überhaupt hergekommen?«

»Weil ich im Lager zu nichts nutz war.« Sie war froh über den

starken Arm, der sie hielt und seufzte dankbar. »Hm?« murmelte sie.
»Ich fragte, ob du immer zu etwas nutz sein mußt.«
»Ja.«
Schweigend ritten sie ein Weilchen. Dann sagte Jon nachdenklich: »Vielleicht könnte auch *ich* mich dort nützlich machen, anstatt an all den Sitzungen teilzunehmen, bei denen Roger die Entscheidungen trifft und mich nie nach meiner Meinung fragt. Meinst du, ein Versuch würde sich lohnen?«
Alanna gähnte und drehte sich halbwegs um, bis ihr Kopf unter Jonathans Kinn ruhte.
»*Jeder* Versuch lohnt sich.«
Aus dem Dunkel begrüßte sie ein Miauen. *Das Heilen ist ja schön und gut,* erklärte ihr Immertreu, *nur dann nicht, wenn du dich selbst dabei umbringst. Macht es dir übrigens Spaß, dich bei Jonathan anzukuscheln wie eine Verliebte?*
Alanna setzte sich kerzengerade. »Hör mir mal zu, du gouvernantenhaftes Vieh –« begann sie.
»Eure Hoheit. Ihr kehrt spät zurück.« Jem Tanner trat mit einem Speer in der Hand zwischen den Bäumen hervor. »Und Knappe Alan. Wohl den ganzen Tag herumgebummelt, wie?«
»Hast du Wachdienst, Jem Tanner?« entgegnete Alanna, die spürte, daß Jonathan vor Wut erstarrte. »Dann halte Wache!«
Immertreu hüpfte auf Alannas Schoß, als sie weiterritten, und jagte Nachtschwarz damit einen mächtigen Schrecken ein.
»Wer war das?« erkundigte sich Jonathan leise.
»Einer der Männer aus dem Lager. Es ist sein Zeitvertreib, ekelhaft zu sein. Du wolltest mich vor ihm warnen, nicht wahr, Immertreu?«
Wenn du dich in den Prinzen verliebst, dann laß dir nichts anmerken, riet der Kater. *Höchstens du willst, daß das ganze Lager über euch beide tuschelt.*
»Nein, ich verl –« Alanna brach ab, da sie merkte, daß Jonathan,

dessen einer Arm noch immer um ihre Taille lag, gespannt zuhörte.

»*Unterhaltet* ihr beiden euch?« wollte er wissen.

»Frag Immertreu«, sagte Alanna kurz angebunden. »Ich beantworte nur seine Fragen.«

Als sie ins Lager ritten, trat ein Soldat herbei und nahm ihnen Nachtschwarz ab. Myles rief den Prinzen in sein Zelt, und Alanna blieb mit ihren Gedanken allein zurück. Unentwegt spukten ihr die Männer mit den gräßlichen Verletzungen und den vor Schmerzen glasigen Augen im Kopf herum. Sie erinnerte sich an jede Wunde, an jeden Knochenbruch, bis ihr langsam schlecht wurde. Sie konnte sich nicht zwingen, an etwas anderes zu denken.

Ihr Körper rebellierte. Sie rannte nach draußen und hinters Zelt, wo sie das Wenige, was sie an diesem Tag gegessen hatte, heftig von sich gab. Sie mühte sich, leise zu sein; sie wollte nicht, daß einer von ihrer Schande erfuhr. Von Kriegern erwartete man nicht, daß sie sich beim Anblick von Blut und Tod übergeben mußten.

Kühle Hände strichen ihr über den Kopf und hielten sie. Als sie aufhörte zu würgen, reichte ihr Jon einen Schöpfer mit Wasser. Dankbar bespritzte sie sich das Gesicht und spülte sich den Mund aus.

»Wenn es Immertreu war, der dir Bescheid gesagt hat, dann ziehe ich ihm das Fell über die Ohren«, flüsterte sie heiser.

»Nein«, entgegnete Jon. »Ich kam zurück und hörte dich.«

»Du mußt mich für einen schlimmen Waschlappen halten.«

Einen Augenblick lang schwieg Jon. Dann entgegnete er: »Ich habe mich nach meinem ersten Scharmützel auch übergeben.«

Alanna sah ihren Freund verdutzt an. »Hast du nicht.«

Er nickte. »Doch. Ich hatte nur keinen, der mir den Kopf hielt.« Er wuschelte ihr durchs Haar. »Sag es meinen Männern nicht, ja?«

»Ich sage nichts, wenn du auch nichts sagst.«
»Abgemacht.« Er hob die Klappe ihres Zeltes an. »Sie dürfen uns ja schließlich nicht für Waschlappen halten, oder?«

Zwei Nächte später machte sich Alanna auf die Suche nach dem Mächtigen Thor. Er brauchte einen neuen Speer, und sie hatte einen für ihn. Er stammte von einem Mann, der in den Heilerzelten gestorben war. Der Wachhauptmann sagte ihr, Thor und Jem Tanner hielten auf der gleich unter dem Lager liegenden bewaldeten Landspitze Wache. Also machte sich Alanna auf den Weg, wobei sie den zu schweren Speer hinter sich herzerrte. Es war spät. Außer den Wachposten gingen alle schlafen. Als sie das Lager hinter sich ließ, versank alles um sie her im Dunkel. In den nahen Bäumen konnte sie Tiere hören, und selbst das sanfte Tapsen Immertreus, der neben ihr herging, machte ein Geräusch. Plötzlich sauste der Kater zwischen die Bäume, die Alanna von Thors Posten trennten. Alanna folgte mit gerunzelter Stirn. Sie mußte daran denken, daß Jon Einwände gegen diesen kleinen Wald vorgebracht hatte, der die Landzunge so vortrefflich abschirmte. Hier konnte der Feind mühelos übersetzen und Jonathans und Imrahs Wachsoldaten töten, sofern es ihnen nicht gelang, noch vorher Alarm zu schlagen. Jonathan war der Meinung gewesen, es sei für alle Beteiligten einfacher, wenn man die Bäume fällte. Roger hatte es dem Prinzen mit dem Argument ausgeredet, er wolle nicht, daß die Männer vom Baumfällen müde seien, wenn der Feind angriffe, was fast täglich vorkam. Sein Einwand klang vernünftig, und Jon hatte nachgegeben.
Gerade als Alanna zwischen den schützenden Bäumen hervortreten wollte, stieß Immertreu einen Warnschrei aus. Sie duckte sich hinter eine große Eiche, lugte zu der Stelle hinaus, an der gewöhnlich die Wachsoldaten standen, und lauschte.
Thor war nicht auf seinem Platz, ebensowenig wie Jem Tanner. Statt dessen standen auf der Landzunge drei dunkel gekleidete

Männer. Einer entzündete eine Fackel, während ein anderer einen Pfeil an seinen Bogen legte. Immertreu schrie noch einmal und baute sich zwischen den drei Männern und Alannas Versteck auf.

Er fauchte wütend; seine violetten Augen funkelten in der Dunkelheit.

»Verdammtes Vieh!« flüsterte der Bogenschütze und ließ seinen Pfeil fliegen. Der verfehlte den Kater jedoch und blieb im Stamm der Eiche stecken.

»Hör auf!« befahl der dritte Mann. Ein anderer schwenkte die Fackel über seinem Kopf und gab Signal zum anderen Ufer. »Mach nicht so viel Krach!«

Alanna hörte Ruder im Fluß platschen. Länger wartete sie nicht. Sie legte den Speer ab und schlich sich mit Immertreu auf den Fersen leise durch das Wäldchen. Als sie es hinter sich gelassen hatte, rannte sie so schnell sie konnte in die Richtung von Jons Lager und zu den nächsten Wachen.

»Blast eure Hörner!« schrie sie den Männern zu, sobald sie in Hörweite war. Japsend ließ sie sich neben ihnen zu Boden fallen. »Thor und Tanner ist etwas zugestoßen – der Feind überquert den Fluß!«

Die Männer bliesen Alarm. Andere Hörner in beiden Lagern nahmen den Ruf auf, während Alanna zu Jonathan eilte und einen der Wachposten losschickte, um die Hauptmänner zu alarmieren.

Der Prinz kleidete sich gerade an, als sie bei ihm eintraf. »Was ist los?« fragte er, während er sein Kettenhemd überzog. Alanna erklärte und reichte ihm Waffen und Helm. Myles trat ein. Er sah eigenartig aus in seinem Plattenharnisch.

»Eben kam ein Bote; Imrah hat ebenfalls zwei Wachposten verloren«, sagte er ohne jegliche Förmlichkeit. »Die Tusainer führen einen Großangriff auf den Punkt zwischen den beiden Lagern. Sie werden uns geradewegs in der Mitte trennen; möglicherweise kommen die Soldaten aus der Festung nicht mehr rechtzeitig an.«

»Wir werden sehen«, sagte Jon grimmig. »Laßt die Männer einen Halbkreis um die Landzunge bilden. Wir verjagen sie von unserem Gelände, und dann kommen wir Imrah zu Hilfe. Geht schon voraus, Myles. Ich setze mich mit Roger in Verbindung.«

Alanna eilte mit Myles hinaus, um sein Pferd zu satteln.

»Was hat er vor?« fragte der Ritter, als sie sich an die Arbeit machte.

»Magie.« Sie überprüfte die Gurte an Myles Sattel. Das Pferd spürte ihre mühsam zurückgehaltene Erregung und wurde unruhig unter ihrer Berührung. Alanna half Myles hinauf. »Er benutzt das Feuer, um Roger zu rufen.«

»Äußerst praktisch«, lobte Myles und griff nach den Zügeln. Er schob das Visier seines Helms über das Gesicht und gab dem Pferd mit einem Tritt den Befehl zum Galopp.

Grimmig lächelnd sattelte Alanna auch Jonathans Pferd. Sogar ein Gelehrter wie Myles wurde zum Krieger, wenn es notwendig war!

Immertreu miaute zu ihren Füßen, als sie Jonathans Hengst zum Zelt führte. »Nein«, sagte sie streng. »Du bleibst da. Ich will nicht, daß du von irgendeinem in zwei Stücke gehackt wirst. Du kannst zu den Wasserfällen hinaufgehen und dort Ausschau halten, aber von der Schlacht hältst du dich fern!«

Offensichtlich merkte der Kater, daß es ihr ernst war. Mit hocherhobenem Schwanz trottete er davon. Jonathan trat aus dem Zelt und sprang auf den Rücken seines Pferdes; er wirkte wie ein silbern schimmernder Geist auf seinem schwarzen Hengst. »Ich vermute, du hast Immertreu erklärt, er solle dem Kampf fernbleiben.«

Alanna überprüfte ein zweites Mal die Sattelriemen. Von einem Pferd, das *sie* aufgezäumt hatte, würde keiner herunterstürzen! »Vielleicht gehorcht er mir ausnahmsweise sogar einmal.«

Eine starke Hand packte nach ihrer Schulter. Sie sah in Jonathans besorgtes Gesicht hinauf. „Vermutlich kann ich dir nicht denselben Befehl erteilen, wie?« flüsterte er.
»Das ist der größte Angriff bisher, und ich soll mich in meinem Zelt verkriechen?« fragte sie erstaunt. »Als dein Knappe? Bist du verrückt geworden?«
Trompeten ertönten und verkündeten, der Feind sei schlagkräftig übergesetzt, doch Jonathan zögerte noch immer. Seine saphirfarbenen Augen funkelten. »Wenn es um einen einzigen Krieger geht, mache ich mir keine Sorgen um dich. Du hast bewiesen, daß du damit fertig wirst. Aber gegen ein *Heer* –«
Sie legte ihre Hand auf die seine. »Es ist meine Pflicht, Hoheit. Und Tortall ist auch *meine* Heimat. Ich bin ausgebildet, sie zu verteidigen, und genau das werde ich tun.«
Jonathan seufzte und setzte seinen Helm auf. »Du weißt, wo du mich finden kannst, wenn du dich bewaffnet hast.« Damit ritt er davon.
Alanna verschwendete keine Zeit damit, sich über die neue und eigenartige Fürsorge zu wundern, die ihr Jon angedeihen ließ. Statt dessen machte sie sich eilends fertig. Rüstung besaß sie keine, denn den Plattenharnisch, den ihr der Waffenmeister im Palast angeboten hatte, hatte sie abgelehnt. Er war viel zu schwer für sie gewesen. Jetzt zog sie Kniehose und Jacke an, beides aus mit Steppfutter versehenem Leder bestehend. So gingen auch die meisten Soldaten gekleidet. Blitzschlag und ihren Dolch hatte sie schon umgegürtet. Sie nahm sich nur noch die Zeit, einen Schild und eine kurze Axt zu packen, bevor sie wieder nach draußen eilte. Mondlicht, die spürte, daß da etwas im Gange war, scharrte mit dem Huf. Alanna beruhigte die Stute mit sanften Worten, während sie hastig den Sattel auflegte.
»Wir müssen doch Jonathan und Nachtschwarz beschützen, meinst du nicht?« Sie schwang sich auf Mondlichts Rücken. »Los geht's, mein Mädchen.«

Da sie als eine der letzten auf der Landzunge ankam, konnte Alanna deutlich sehen, daß der Feind bis über das Wäldchen hinaus vorgestoßen war und auf der den Hauptpfad säumenden Lichtung den Angriff auf Jons Männer eröffnete. Als sich Nachtschwarz aufbäumte, um ebenfalls zu kämpfen, erhaschte sie einen Blick auf Jonathans silbernes und mit Saphiren besetztes Kettenhemd, das mitten im Kampfgetümmel funkelte. Myles ritt neben dem Prinzen, und die beiden wurden von Gary und Raoul flankiert. Dem Feind würde es schwerfallen, den Prinzen oder dessen Berater zu verwunden, solange es ihm nicht gelang, an den beiden kräftigen Rittern vorbeizukommen.

Im Licht der flackernden Fackeln veränderte sich plötzlich das Bild. Alanna biß die Zähne zusammen, bis ihr der Kiefer schmerzte. Den Tusainern war es gelungen, an den Tortaller Soldaten vorbeizustoßen und den Prinzen und dessen Freunde einzukreisen. Alanna schüttelte den Kopf, damit sie wieder klar denken konnte, setzte sich aufrecht und zog ihr Schwert.

»Mir nach, Männer!« schrie sie ungestüm.

Ihre Freunde schwärmten hinter ihr her, als sie sich mitten ins Schlachtengetümmel stürzte. Die von dem unerwarteten Angriff überraschten Tusainer wandten sich dem schlanken, wütenden Jungen auf der weiß-goldenen Stute zu. Sie sahen sich einem Trupp von rauhen Infanteristen gegenüber und waren gezwungen, zurückzuweichen, als der Junge seine Begleiter immer weiter vorwärtsdrängte.

»Alan!« schrie da einer. »Der Ritter!«

Augenblicklich riß sie ihren Schild hoch, gerade noch rechtzeitig, um einen mächtigen Keulenhieb abzufangen. Ihr Schild verformte sich ein wenig, doch hielt er stand. Alanna fluchte, als ihr Schildarm gefühllos wurde, und ließ Mondlicht herumwirbeln, um sich ihrem ersten berittenen Gegner zuzuwenden. Der feindliche Ritter war groß und stark, und er trug seinen dicken Plattenharnisch, als bestünde er aus Luft. Sie hatte Mühe, sich seiner Keule zu erwehren. Sie packte Mondlichts Zügel mit den Zähnen, lenkte die gut ausgebildete Stute mit den Knien und hielt Ausschau nach einer Lücke in der Deckung des Mannes. Ihre Chance kam, als der Ritter beide Arme hob, um ihr einen Schlag zu versetzen, der ihren Schild und ihren Arm zerschmettert hätte. Rasch führte sie Blitzschlag zwischen dem Arm- und Brustpanzer des Mannes hindurch und stieß zu. Mit einem überraschten Keuchen fiel der Feind tot vom Pferd.

Alanna hatte keine Zeit, über den ersten Mann, den sie getötet hatte, nachzudenken. Noch immer schwebte Jon in Gefahr. Mit den Männern aus dem Lager auf den Fersen stürmte sie wieder nach vorn. Sie warf ihren nun nutzlos gewordenen Schild einem angreifenden Ritter ins Gesicht und preschte an ihm vorbei, solange er geblendet war. Ein anderer kam angeritten und schwenkte sein zweischneidiges Schwert. Alanna stupste Mondlicht mit den Knien an, damit sie zur Seite hin auswich. Mit der Axt in der linken und Blitzschlag in der rechten Hand versuchte sie, einen Bogen um den neuen Angreifer zu schlagen.

»Tortall!« erklang es laut und wild über das Getöse der Waffen und das Geschrei der Männer hinweg. »Trebond für Tortall!«

Alannas Angreifer sah zu Jonathan hinüber, der sich einen Weg freischlug, um zu Alanna vorzustoßen. Alanna ergriff die Gelegenheit, schlug dem Ritter das Schwert aus der Hand, daß es in hohem Bogen davonflog, und verwundete ihn mit dem gleichen Hieb an der Schulter. Sie drängte sich an Jonathans Seite und schob sich zwischen ihn und Myles. Die Männer aus dem Lager schlossen sich in einem Kreis um sie und schirmten sie so gegen den Feind ab.

Alanna sah sich um. Obwohl der Prinz von Soldaten und Rittern umrundet war, spürte sie, daß ganz aus der Nähe Gefahr drohte. Etwas funkelte in den Bäumen und zog ihren Blick an. In einem Ahorn stand ein Schütze, und er hatte soeben einen Pfeil angelegt, der auf Jonathan gerichtet war.

Alanna schrie auf, warf sich zur Seite und stieß Jon halb aus dem Sattel. Der Pfeil prallte am Schild des Prinzen ab. Einer der Tortaller Bogenschützen schoß den Feind aus dem Baum. Alanna setzte sich wieder aufrecht. Sie fühlte sich schwach und schwindlig. Ihr linker Arm – ihr Schildarm – schmerzte höllisch. Jonathan zog sich mit Myles' Hilfe wieder in den Sattel hinauf und warf ihr einen dankbaren Blick zu. »Danke«, sagte er. »Du –«

Er wurde vom Klang blasender Hörner unterbrochen. Hunderte ausgeruhter Männer in Tortaller Farben kamen von Herzog Roger angeführt auf die Lichtung gestürmt. Die neuen Soldaten drängten den Feind zurück in den Wald und auf die Landzunge hinaus und ermöglichten es somit Jonathans Leuten, zu verschnaufen. Als Herzog von Conté zurückkehrte, war sein sonst so ordentliches Haar zerzaust, und auf einer Seite seines Gesichtes trug er einen blutigen Kratzer.

»Sie haben ihre Boote bestiegen«, sagte er und zog eine Grimasse. »Wir können nicht folgen; vergeßt nicht, was mein Onkel befohlen hat.«

Die Männer begannen sich zu zerstreuen, um sich um die Verwundeten und die Toten zu kümmern. Alanna blieb, wo sie war. Unruhig rutschte sie in ihrem Sattel hin und her. Es war an der Zeit, nach einem ganz bestimmten Mann zu suchen. Ein scharfer Schmerz, der ihr fast die Besinnung raubte, fuhr ihr durch die Schulter. Er ging von einer an ihrem Arm hinunterlaufenden tiefen Schnittwunde aus. Sie war verwundet worden, ohne es zu merken. Die Wunde mußte rasch verbunden werden, aber zuvor hatte sie noch etwas anderes zu erledigen. Sie entdeckte den Wachhauptmann zwischen den Heilern und den Verwundeten und ritt zu ihm hinüber.

»Wo ist der Mächtige Thor?« fragte sie unverblümt.

Der grauhaarige Mann sah zu ihr hoch. »Ich fürchte, dem ist etwas zugestoßen, Knappe Alan. Ich habe nach ihm gesucht –« Er deutete auf das Schlachtfeld. »Er ist nicht zu finden, weder tot noch lebendig. Gerade als das Ganze anfing, kam Jem Tanner mit 'ner Beule am Schädel ins Lager gewandert. Er sagte, Thor habe ihn bewußtlos geschlagen.«

Alanna betrachtete Mondlicht, die von dem Blutgeruch, der von den Verwundeten aufstieg, unruhig wurde. »Jem Tanner hat den Mächtigen Thor beschuldigt, zum Feind übergelaufen zu sein?«

Der Hauptmann nickte grimmig. »Ich glaube ihm nicht. Ich kenne Thor; er dient schon seit fünf Jahren unter mir. Thor hat nicht ein winziges bißchen Falschheit im Leib. Ganz im Gegensatz zu Jem Tanner.«

Alanna runzelte die Stirn. »Finde Jem Tanner und setz ihn hinter Schloß und Riegel. Ich befehle es.«

Der Hauptmann verbeugte sich. »Zu Befehl, Knappe Alan.«

Alanna sah zu den Bäumen hinüber und hielt sich ihren verwundeten Arm. Hätte sich Thor tatsächlich zum Feind geschlagen, dann hätte sie es inzwischen schon erfahren. Vielleicht war es nicht Jem sondern Thor gewesen, an dem man Verrat begangen hatte? Sie überlegte krampfhaft. Wo würde sich Thor hinwenden, falls er benommen oder verwundet war? In die Richtung des Lagers – vielleicht am Flußufer entlang?

Sie drängte Mondlicht zur Landzunge hin, wo noch mehr verwundete und sterbende Männer am Boden lagen. Thor würde man schon an seiner Größe erkennen. Er war nicht dabei. Aufmerksam suchte sie den Boden ab, bis sie fand, wonach sie Ausschau hielt. In der Nähe der Stelle, wo die Wachen gewöhnlich Posten bezogen, war etwas Schweres hinunter zum Fluß gezerrt worden. Sie lenkte Mondlicht den Hang hinab bis zum Wasserrand, wo sie eine Gruppe von Büschen entdeckte, neben denen die Schleifspur aufhörte. Mondlicht roch an dem dunklen Fleck auf der Erde und scheute. Alanna stieg mühsam ab, hob ein wenig von der dunkel gefärbten Erde auf und roch daran. In letzter Zeit war ihr dieser Geruch nur allzu vertraut geworden: es war der Geruch von Blut.

Plötzlich wurde ihr schwindlig. Sie packte Mondlichts Mähne und versuchte krampfhaft, sich gerade zu halten. Sie biß die Zähne aufeinander, holte sich die Branntweinflasche aus der Satteltasche und nahm einen großen Schluck. Sie mußte husten und spucken von dem scharfen Getränk, aber ihr Kopf wurde wieder klar. Sie steckte die Flasche weg und dachte nach. Thor war verletzt, das war offensichtlich. Sofern das sein Blut war, mußte er schwer verwundet sein, und sie durfte keine Zeit verlieren. Sie schloß die Augen und griff in sich hinein, um das Feuer ihrer Gabe hervorzuholen. Sie öffnete die Hand und ließ ihre Zauberkraft in die Handfläche fließen, bis sie ein leuchtendes, weiß-purpurnes Licht verstrahlte. Sie öffnete die Augen und nickte mit grimmiger Genugtuung. Das Licht, das von ihrer Hand ausging, war weit heller als jede Fackel, und um sie herum war alles strahlend hell erleuchtet. Von der Anstrengung brummte ihr der Kopf, aber sie hielt sich aufrecht. Wenn sie Thor erst einmal gefunden hatte, hatte sie noch massenhaft Zeit, schlapp zu machen.

Die Fußstapfen, die als dunkle Löcher vor ihr in der Erde erschienen, führten, wie sie vermutet hatte, am Fluß entlang Richtung Norden und zum Lager. Mit ihrer freien Hand ruckte Alanna an Mondlichts Zügeln und führte die Stute vorwärts, während sie sich mühte, die Spuren zu erkennen. Einmal hielt sie an, um ihren Arm zu verbinden. Sie verlor eine gefährliche Menge Blut, und der Gebrauch ihrer Zauberkraft ermüdete sie rascher als gewöhnlich. Sie hatte jedoch Angst, einer, der es nicht so gut mit Thor meinte, könne ihn finden und töten, wenn sie ihre Suche abbrach.

Als Mondlicht stehenblieb, stürzte Alanna fast herunter. Die Stute stupste mit der Nase eine mächtige Gestalt an, die zur Hälfte im Wasser und zur Hälfte auf dem Trockenen lag.

Alanna kniete sich schwerfällig neben den Körper. »Thor?« flüsterte sie. Der Mann rührte sich und stöhnte. Es war mehr als mühsam, ihn mit einer Hand umzudrehen, doch abgesehen von dem Licht, das er verstrahlte, war ihr verwundeter Arm nutzlos geworden. Schließlich kam ihr Mondlicht zu Hilfe und stupste mit der Nase. Als sie Thor endlich auf den Rücken gerollt hatte, wünschte sich Alanna, es wäre ihr nicht gelungen.

»Ja.« Die Stimme des Riesen war nur noch ein Flüstern. »Er hat mich geblendet. Hast du einen Schnaps für mich?«

Alanna öffnete ihre Flasche und legte sie ihm vorsichtig an die Lippen. Er hatte nicht die Kraft, sie selbst zu halten.

»Jem Tanner hat uns verraten«, keuchte Thor. »Wie er das angestellt hat, weiß ich nicht. Schon vom ersten Moment an, als wir unseren Posten bezogen, war er nervös. Jemand muß ein Signal gegeben haben, und dann hat er mich niedergeschlagen. Als ich wieder zu mir kam –« er legte die Hand an sein Gesicht, »da war ich so benommen, aber ich konnte hören, wie die Hörner geblasen wurden.«

Während Thor sprach, untersuchte ihn Alanna mit ihrer Gabe und fühlte, wie ihrem Freund das Leben entglitt. Selbst wenn seine Verwundung nicht so schwer gewesen wäre, hatte er doch zu viel Blut verloren, um noch von irgendeinem gerettet zu werden.

»Kannst du mir helfen?« flüsterte Thor. »Ich würde am liebsten einfach einschlafen. Ich bin so müde.«

Alanna zitterte. Das Heilen war ihr angeboren, doch hatte sie ihre Gabe bisher noch nie dazu verwendet, einen Menschen zu töten.

Sie glaubte nicht, daß sie das konnte.

Thor tastete, bis seine Hände ihre Arme fanden. »Du bist verletzt«, murmelte er, als er ihre durchweichte Binde berührte.

»Nein. Kümmere dich um deine eigenen Wunden. Ich habe es jetzt fast geschafft – es macht mir nichts, noch ein wenig länger auf den Dunkelgott zu warten.«

Alanna legte ihre gesunde Hand auf Thors Stirn, und ihre Gabe erleuchtete die Lichtung mit einem tief-violetten Feuer. »Schlaf, Thor«, flüsterte sie.

Sie fühlte, wie er sanft in einen tiefen, dunklen Schacht glitt. Alanna erhob sich. Thors Herz stand still, und er lächelte. Unsicher erwiderte sie sein Lächeln, und dann drehte sich alles um sie. Ihre Knie begannen zu zittern und gaben nach.

Mächtige gnädige Mutter, dachte sie angewidert, als sie stürzte. *Ich habe mich übernommen.*

Eine mächtige Schattengestalt beugte sich über sie. »Thor«, seufzte sie, als sie den Dunkelgott erkannte. »Ihr wollt Thor.« Der Gott streckte eine Hand aus, die schwärzer war als die Nacht, und berührte ihre Augen. Alanna machte sie zu – wenn das der Tod war, dann kümmerte es sie nicht mehr.

6
Gefangen!

Die Sonne schien, als Alanna die Augen öffnete. Als sie ihren Arm berührte, in dem ein dumpfer Schmerz pochte, spürte sie dort einen dicken Verband.
»Den habe ich dir selbst angelegt.« Jonathan saß neben ihr auf einem Feldhocker. Er legte sein Buch beiseite. »Ich dachte, du wolltest nicht, daß dir Herzog Baird so nahe kommt, jedenfalls nicht, solange du bewußtlos bist. Übrigens war einer deiner Armmuskeln durchtrennt. Selbst mit deiner Gabe wird es eine Weile dauern, bis er wieder heilt. Das ist ein schlechtes Jahr für dich, was Muskeln und Knochen betrifft.«
Alanna lächelte mühsam. »Danke. Hast *du* mich gefunden?«
»Eigentlich war es Immertreu. Dieser Kater ist intelligenter als die meisten Menschen.«
Immertreu gähnte. *Klar bin ich das.* Er sprang auf das Fußende von Alannas Bett und legte sich neben sie. *Du hast drei Tage lang geschlafen,* fügte er hinzu.
»Drei Tage!« keuchte Alanna. »Unmöglich!«
»Wie – hat dir das der Kater verraten?« Jonathan schüttelte den Kopf. »Wie auch immer. Ich will es gar nicht wissen. Ja, es waren drei Tage. Warum hast du deine Gabe benutzt? Du hast immer noch geglüht, als wir dich fanden.«
Alanna rieb sich den Kopf. »Ich mußte Thor finden, und ich hatte kein Licht. Und dann –« Plötzlich wurde ihr die Kehle eng, und ihre Augen brannten. »Ich habe ihm geholfen, einzuschlafen. Der Dunkelgott kam.« Sie sah zu Jonathan auf. »Hat man Jem Tanner gefunden?«
Der Prinz schüttelte den Kopf. »Er ist verschwunden. War Thor unschuldig?«
Alanna nahm sich Zeit, ein paar Schlückchen Wasser zu trinken und erklärte dann ihrem Freund, was geschehen war. Als sie geendet hatte, ging der Prinz wütend im Zelt auf und ab.
»Verrat!« stieß er hervor. »Gnädige Mutter, darauf hätten wir selbst kommen müssen!« Plötzlich mutlos geworden setzte er

sich. »Und wir können nichts daran ändern. Die Anweisungen meines Vaters sind immer noch dieselben. Er zieht sogar in Betracht, Tusain das rechte Flußufer zu überlassen.«

»Wenn man ihnen das rechte Ufer läßt, werden sie keine Ruhe geben, bis sie das ganze Tal haben«, sagte Alanna unverhohlen.

Jonathan nickte. »Aber davon läßt sich mein Vater nicht überzeugen. Er nimmt es sehr ernst, daß man ihn den ›Friedfertigen‹ nennt.«

»Nach den Eroberungszügen des Alten Königs hat er ja auch tatsächlich für Frieden gesorgt«, sagte Alanna. Sie wollte versuchen, unparteiisch zu bleiben.

»Ja, aber diesmal hat er unrecht!« grollte Jonathan. Einen Augenblick lang hing er finsteren Gedanken nach, doch dann lächelte er und nahm ihre Hand. »Sieh mich nur an. Kaum bist du fünf Minuten wach, da lade ich dir auch schon meine Sorgen auf. Mithros, bin ich froh, daß es dir wieder besser geht!«

Alanna drückte seine Hand. »Vielen Dank, daß du mich versorgt hast.«

Er streckte die Hand aus, um ihr eine Strähne aus dem Gesicht zu streichen. Ganz plötzlich war er ihr sehr nah. Alanna merkte, daß sie nicht zu atmen wagte. Zart, fast schüchtern, küßte Jonathan sie.

Da kommt einer, bemerkte Immertreu.

Als Myles das Zelt betrat, fand er einen äußerst bleichen Jonathan, der eben ein Buch in die Hand nahm, und einen sehr roten, eben aus einer Wasserflasche trinkenden Knappen vor. Myles' Augen wanderten vom einen zum anderen, und wieder einmal fragte sich Alanna, ob Myles wußte – oder vermutete – wer sie in Wirklichkeit war.

»Es wird Zeit, daß du wieder zu dir kommst«, bemerkte Myles mit ruhiger Stimme. »Ist dir klar, daß du drei Tage lang geschlafen hast?«

Es hatte Alanna sehr geschwächt, daß sie ihre Gabe trotz ihrer Verletzung in so starkem Maß beansprucht hatte. Herzog Roger befahl ihr, jeglichem Kampf fernzubleiben, was dazu führte, daß sie sich jedesmal Sorgen machte, wenn Jonathan unterwegs war. Nicht, daß sie Angst hatte, Raouls Knappe Douglass sei nicht fähig, bei den Schlachten auf den Prinzen aufzupassen. Sie war jedoch davon überzeugt, daß er seine Sache nicht so gut machte wie sie selbst. Aber Herzog Roger hatte Interesse an ihrem Wohlergehen genommen, und Jonathan, Myles und Herzog Baird schlugen sich auf seine Seite: sie wurde für kampfunfähig erklärt. Im Innersten ihres Herzen wußte Alanna, daß sie recht hatten – ihr Arm würde noch monatelang schmerzen, und sie litt immer noch an Schwindelanfällen. Es gelang ihr nicht einmal mehr, mit Hilfe ihrer Gabe eine Kerze zu entzünden.

Ihre Suche nach einer Beschäftigung führte sie flußauf- und flußabwärts. Schließlich ging sie wieder zu den Heilerzelten. Zwar konnte sie ihre Gabe nicht benutzen, aber Schüsseln halten, Wunden verbinden und unzählige kleine Arbeiten erledigen, das konnte sie während dieser langen Junitage nach ihrem sechzehnten Geburtstag. Jonathan kam sie oft besuchen, blieb, redete mit den Männern und heilte.

Manchmal, vor allem dann, wenn Herzog Baird sah, daß sie müde wurde, scheuchten die Heiler sie fort. Dann versuchte sie es bei den Waffenschmieden. Diese barschen Männer ignorierten sie, schoben ihr höchstens einen Blasebalg oder eine Zange in die heile Hand und gaben ihr zu verstehen, sie solle sich nützlich machen. Sie flickte Schwerter, Speere, Messer und Rüstungen, lernte, eine Klinge mit einer scharfen Schneide zu versehen und ein Feuer eine Stunde lang oder länger auf der gleichen Temperatur zu halten. So geschickt wie Coram, der ihr die Grundbegriffe der Schmiedekunst beigebracht hatte, würde sie nie werden, aber sie würde immer in der Lage sein, ihre Ausrüstung in Ordnung zu halten.

Auch Wachdienste übernahm sie. Bei dem großen Tusainer Angriff hatten Jonathans Männer die größten Verluste erlitten, und sie waren dankbar, wenn ihnen einer den Wachdienst abnahm.
Eines Abends Ende Juli stand sie gleich unter den Wasserfällen mit Immertreu zusammen auf ihrem Posten. Im Augenblick waren sie allein. Der Soldat, der mit ihr Dienst tat, hatte Schwierigkeiten mit seiner eben verheilenden Beinwunde, und Alanna hatte ihn ins Lager geschickt, damit er einen Ersatzmann holte. Er war noch nicht lange fort, als hinter ihr ein Zweig knackte. Alanna fuhr herum und richtete ihren Speer auf den Neuankömmling.
Orangefarbenes Licht flammte von einer Hand auf und erleuchtete kurz Herzog Rogers Gesicht.
Immertreu schmiegte sich an Alannas Knöchel und fauchte und spuckte.
»Hör auf«, befahl ihm Alanna und ließ langsam den Speer sinken. Immertreu gehorchte. »Euer Gnaden. Ihr seid spät unterwegs.«
»So spät ist es eigentlich noch nicht. Setz dich bitte. Ich weiß, daß du immer noch rasch ermüdest.«
Alanna gehorchte und setzte sich auf einen großen Stein. Immertreu hüpfte auf ihren Schoß. »Ich fühle mich geehrt, daß Ihr Euch um mich sorgt, Euer Gnaden.«
»Du hast Mut bewiesen, Thor aufzuspüren und dir seine Geschichte anzuhören. Es ist ein Jammer, daß du zusammengebrochen bist, bevor du das Lager erreicht hast; möglicherweise hättest du noch den Verräter erwischen können.«
Alanna zuckte die Achseln, ohne Jonathans Vetter aus den Augen zu lassen. »Ihr könnt mir glauben, daß ich mir dafür am liebsten einen Tritt – nein, mehrere – versetzt hätte.«
Stille senkte sich zwischen ihnen herab, die sich über nicht endenwollende Augenblicke erstreckte. *Ich werde ihn nicht fragen, warum er hier ist,* sagte sich Alanna verbissen. *Er wird es*

mir schon von alleine sagen, wenn er soweit ist. Er kommt nicht aus reiner Höflichkeit hier herauf.

Plötzlich sagte Herzog Roger: »Wir sind keine Freunde, oder was meinst du, Alan?« Alanna krampfte die Hände um den Speer. Dieser Roger versetzte ihr einen ganz schönen Tiefschlag. »Nein, Euer Gnaden, das sind wir nicht«, sagte sie gelassen.

Sein Zauberlicht brannte nicht mehr, und es war schwierig, in seinem Gesicht zu lesen. »Wäre es möglich, daß wir Feinde sind?«

Darüber und über seine Gründe für diese Frage mußte Alanna erst nachdenken. »Ich weiß nicht«, sagte sie schließlich. »Vielleicht solltet *Ihr* mir das sagen.«

»Ich könnte ein sehr guter Freund sein, Alan.«

Ihr wurde die Kehle trocken. Was für ein Spiel spielte er? War das eine Warnung – oder eine Drohung? »Ich hege nicht den Wunsch, Euch zum Feind zu haben. Ich würde gern ein schönes Alter erreichen und im Schlaf sterben.«

Als er lachte, hoben sich seine Zähne weiß von dem im Dunkeln liegenden Gesicht ab. »Das kann ich dir nachfühlen. So ein Ende könntest du haben – wenn wir Freunde wären. Du könntest viele Dinge haben.«

Alanna packte ihren Speer anders; ihre Finger schliefen ein. »Ich müßte die Gewähr haben, daß meine Freunde dieselbe Chance haben, Euer Gnaden«, sagte sie unverfroren. »Offen gesagt bezweifle ich, daß das in Eurem Sinn ist.«

Lange Zeit sagte er nichts. Dann sah sie, wie er die Achseln zuckte. »Ich verstehe. Also – solange du so denkst, werden wir –«

»Nicht gerade Freunde sein«, ergänzte Alanna diplomatisch.

Roger verbeugte sich. »Ich schätze deine Ehrlichkeit, Alan von Trebond. Nicht jeder wagt es, so offen zu mir zu sprechen.«

Alanna lächelte schief. »Es gibt nicht viele, in deren Familie der Wahnsinn erblich ist.«

Das entlockte ihm ein Lachen. »Meinst du? Nun, ich wünsche dir eine gute Nacht, Knappe Alan.«

Alanna stand auf. Von der Feuchtigkeit, die aus dem Fluß aufstieg, war sie ein wenig steif geworden. »Euer Gnaden.« Sie sah zu, wie Roger im Dunkel verschwand. »Er hat Stil«, bemerkte sie leise.

Stil mag er ja haben, aber er ist so tückisch wie eine Schlange, warnte Immertreu.

Alanna berührte den Glutstein unter ihrem Hemd. »Ich weiß«, entgegnete sie leise. »Ich wollte, ich hätte etwas, womit ich ihn zur Strecke bringen könnte.«

Gib ihm Zeit, miaute der Kater. *Er wird dir eine Menge Dinge liefern, mit denen du ihn zur Strecke bringen kannst.*

Alanna runzelte die Stirn. »Das Problem ist nur, daß er vermutlich unbesiegbar geworden ist, bis ich soweit bin.«

Stimmt, gähnte Immertreu. *Da zieht Nebel auf.* Und damit rollte er sich zusammen und schlief ein.

Alanna sah zu, wie sich die gespenstischen weißen Girlanden aus dem Fluß erhoben. Sie war sehr müde. »Das hat mir gerade noch gefehlt«, gähnte sie. »Ich hätte nicht gedacht, daß heute nacht Nebel aufzieht.«

Rasch wurde der Nebel dichter und dämpfte alle Nachtgeräusche. Alles klang anders: der Fluß, das Lager in der Ferne, selbst die nahen Wasserfälle. Alanna juckte die Nase, bis ihr die Augen tränten. Sie hatte Lust, sich an Ort und Stelle hinzulegen und ein Weilchen zu schlafen. Unmöglich – sie hatte Wachdienst! Wo war nur der zweite Wachposten? Inzwischen hätte längst ein Ersatzmann da sein müssen. Nervös ging Alanna zum Fluß und spritzte sich kaltes Wasser ins Gesicht. Das half ein wenig. Als sie zu ihrem Posten zurückkehrte, entdeckte sie, daß es ihr nicht gelang, Immertreu zu wecken. Da ging irgend etwas ganz und gar nicht mit rechten Dingen zu; daß ihre Nase so juckte, bedeutete, daß da eine Zauberei im Gang war, und Immertreu schien das Opfer zu sein. Sollte sie Hilfe holen gehen?

Der Stein, der sie am Kopf traf, erledigte diese Frage. Alanna

brach zusammen. Die Männer, die sich im Nebel angeschlichen hatten, lachten hämisch in sich hinein.
»Rasch!« zischte Jem Tanner, als sie ihr Hände und Füße banden. »Es dauert nicht mehr lange, bis der Zauber auch auf uns wirkt!«
»Was ist mit der Katze?« gähnte einer. »Er sagte, die –«
»Vergiß die Katze!« sagte Jem barsch. »Bring den Jungen ins Boot zu den anderen!«

Ein Soldat, der eben die zweite Wache übernommen hatte, kam mit dem schlaffen Immertreu in den Händen ins Lager gerannt. »Knappe Alan ist entführt worden!« erklärte er keuchend dem Prinzen. »Der Kater lebt, aber ich kriege ihn nicht wach! Und der andere Wachsoldat, der mit dem Knappen Dienst tat, liegt in seinem Zelt. Den kriege ich auch nicht wach!«
Jonathan nahm Immertreu und griff mit seiner Gabe in das schlafende Tier. Ohne Vorwarnung verdrehte der Prinz die Augen und brach zusammen. Immertreu rührte sich und schlief wieder ein.
Der Wachposten rannte los und holte Myles. Der Ritter verschwendete keine Zeit: er packte einen Wassereimer und kippte den Inhalt über Jon und Immertreu aus. Der Kater drehte sich um und seufzte. Der Prinz wurde unruhig und sah verschlafen zu seinem Freund empor. »Magie«, flüsterte er und setzte sich auf. »Magie, die dazu diente, den Kater einzuschläfern –«
Plötzlich wurde er bleich und packte den Wachsoldaten. »Alan wurde *entführt?* Bist du sicher?«
Der Wachhauptmann kam ins Zelt gerannt. »Eure Hoheit, Sir Myles – drei am Flußufer postierte Männer sind verschwunden. Zwei Infanteristen namens Micah und Keel. Und –«
»Alan von Trebond«, sagte Myles grimmig.
»Richtig, Herr. Dieser verdammte Nebel ist so dicht, daß man kaum die Hand vor den Augen sieht. Aber wir fanden Spuren. Die hinterlistigen Kerle sind unterhalb von Micahs Posten gelan-

det, haben sich bis zu den Wasserfällen durchgeschlagen und die drei mitgenommen. Ich habe Männer aufgestellt, falls die Tusainer gleich einen Angriff planen. Das Lager ist in Alarmbereitschaft.«

Immertreu kämpfte sich auf die Beine und schüttelte sich. Sein Fell stand in nassen Spitzen ab. Plötzlich stieß er einen wütenden Schrei aus und rannte in die Nacht hinaus. Myles und die Soldaten starrten ihm überrascht nach.

»Irgend jemand wußte, daß er mit Alan auf Wache sein würde«, sagte Jonathan. Er sah alt aus, und sein Gesicht war hart geworden. »Sie haben eine Zauberspruch gesprochen, der vor allem auf Immertreu wirkte. Als ich ihn berührte, verlor sogar *ich* das Bewußtsein.« Er biß sich auf die Lippen. »Sie mögen ja drei mitgenommen haben, aber sie waren vor allem auf Alan aus. Sie wußten, daß er mit seinem Kater dort sein würde.« Er packte Myles am Arm. »Myles, wir müssen etwas unternehmen! Wenn sie herausfinden –«

»Still, Jonathan!« unterbrach Myles. »Wir werden tun, was wir können.«

Der Posten, der Immertreu gebracht hatte, rief: »*Gar nichts* können wir tun. Wir werden durch die blödesten Befehle, die jemals ausgegeben worden sind, hier zurückgehalten –«

Sein Hauptmann und die beiden Edlen starrten ihn an. Er schluckte und fuhr fort. »Verzeiht, Hoheit, mein Gebieter, aber es stimmt. Micah und Keel sind meine Kumpels, und es ist noch nicht mal zwei Wochen her, daß mir Knappe Alan das Auge gerettet hat. Und jetzt können wir ihnen nicht einmal helfen!«

Jonathan legte dem Mann die Hand auf die Schulter und lächelte gezwungen. »Wir werden sehen, mein Freund.« Er nickte Myles zu. »Ich reite zur Festung. Vielleicht hat Roger eine Ahnung, was da vor sich geht.«

Myles zupfte an seinem Bart. »Möglich«, sagte er nachdenklich. »Durchaus möglich.«

Roger wußte lediglich, welche Art von Zauber für den Kater und den schlafenden Wachsoldaten verwendet worden war.
»Den kann jeder Dorfheiler zuwege bringen, fürchte ich«, erklärte er Jonathan. »Schlaf läßt sich besonders einfach erzeugen, weil er für den Körper natürlich ist.« Er sah zum Fenster hinaus und seufzte. Er wußte, daß ihn Jonathan genau beobachtete. »Es ist ein Jammer mit diesem jungen Burschen. Aber der Befehl deines Vaters . . . Wir müssen auf eine Lösegeldforderung warten. Alan ist ja ein Edler, und selbst Herzog Hilam wird es nicht wagen, die Kriegsgesetze zu mißachten.«
Aber keine Brieftaube kam mit einer Lösegeldforderung über den Fluß geflogen. Es war schon lange nach Mittag am Tag nach der Entführung, als Jonathan mit roten Augen in sein Zelt zurückkehrte. Immertreu lag neben ihm auf dem Feldbett und sah verloren aus. Jon schlief ein, während er den Kater streichelte, aber schon ein paar Stunden später strich er wie ein ruheloser Tiger am Flußufer entlang. Er war nicht allein – da waren Soldaten aus dem Lager, Waffenschmiede, Heiler, Jonathans Freunde – und alle starrten zur anderen Seite, als könnten sie die drei Verschollenen sehen, wenn sie die Augen nur weit genug aufrissen. Als Jonathan ins Lager zurückkehrte, fand er dort Myles vor, der in einen vollen Becher Branntwein starrte. Zu seiner Überraschung trank der zottelhaarige Ritter nicht.
»Die Sache ist zu ernst zum Trinken«, sagte Myles, der die Gedanken des Prinzen erriet. Er nickte zu Immertreu hinüber, der mit dem Kopf auf den Pfoten und mit weit geöffneten Augen dalag, ohne zu blinzeln. »Er macht sich Sorgen. Was wiederum *mir* Sorgen macht. Ich lasse es mir nicht nehmen – Alans Entführung war der einzige Grund für den Überfall.«
Jonathan setzte sich und verkrampfte die Hände ineinander. »Myles, ich *kann* ihn nicht da drüben lassen«, flüsterte er. »Er –«
Myles schüttelte den Kopf. »Tu es nicht.«
»Wie bitte?«

»Du wolltest mir eben sagen, warum vor allem Alan nicht lange unter Feinden bleiben darf. Das würde ich lieber von Alan selbst hören, sobald er bereit ist, es mir zu sagen.«

»Ihr wißt es schon«, beschuldigte ihn Jonathan.

Der ältere Mann lachte. »Sagen wir mal, ich habe da eine Vermutung. Ich habe es nicht eilig mit einer Bestätigung.«

Jonathan machte ein finsteres Gesicht, erhob sich und ging wieder auf und ab. »Wenn Alan auf der anderen Seite des Flusses bleibt, braucht Ihr nicht mehr lange zu warten.«

Myles sah, daß Jon den Fluß beäugte. »Euer Vater hat sich sehr klar ausgedrückt, Prinz Jonathan«, erklärte er leise. »Es würde jeden den Kopf kosten, der versuchte, die drei herauszuholen. Ich hoffe, Ihr werdet die anderen warnen, denn ich fürchte, daß sie vorhaben, eine Rettungsaktion zu starten.«

Jonathan starrte Myles an. Plötzlich hatte er einen Einfall. Zwar war es ein verrückter Einfall, aber er war besser als gar nichts. »Vielleicht würde die Strafe davon abhängen, wer die Rettungsaktion anführt.«

Myles begegnete dem starren Blick Jonathans mit ruhigen Augen. »Ich wäre durch meinen Eurem Vater geleisteten Eid verpflichtet, einen Rettungsversuch zu verhindern.«

Jonathan lächelte. Er wußte, was ihm der Ritter damit sagen wollte. »Natürlich, Myles. Übrigens, was macht Ihr nach dem Abendessen?« Myles zupfte am Bart. »Ich glaube, ich werde zur Festung hinunterreiten, um mich mit unseren Befehlshabern zu beraten. Vermutlich wird es sehr spät werden.«

Jonathan nickte abwesend. »Ihr solltet ein paar Männer mitnehmen«, murmelte er, während er angestrengt überlegte. »Ich will nicht, daß man Euch auch noch entführt, jetzt, wo unsere Abschirmung plötzlich so schlecht geworden ist.« Mit entschlossenen Schritten ging er davon.

Myles sah ihm nach und lachte in sich hinein. »Dieser junge Mann wird dem Alten König von Tag zu Tag ähnlicher.«

Der Kater, der plötzlich besser aussah, streckte sich. *Ja*, stimmte er zu.

Jonathan besprach seinen Plan nur mit einem der Männer – mit dem Soldaten, der in der Nacht zuvor Immertreu gebracht hatte. Das genügte. Als Jon, Gary, Raoul und ihre Knappen gleich nach Sonnenuntergang an den Wasserfällen ankamen, fanden sie dort dreißig Männer und Immertreu vor.

»So viele?« flüsterte Sacherell nervös.

»Es ist mir nicht gelungen, weniger mitzunehmen«, entgegnete der junge Soldat. »Zehn weitere stehen Wache und decken unseren Rückzug.«

Jonathan nickte zufrieden. »Also los.«

Myles und Roger spielten Schach, als ein Wachposten hereingeplatzt kam und hastig in Rogers Ohr flüsterte. Myles sah mit Interesse, wie Jons Vetter plötzlich erbleichte.

»*Was?*« fauchte der Herzog.

Der Wachposten verbeugte sich. »Es stimmt, Euer Gnaden. Vermutlich sind es über dreißig. Sie haben die Hütten in Brand gesetzt, die der Feind auf der Nordseite des Tusainer Lagers gebaut hat. Ich habe es mit eigenen Augen von der Mauer aus gesehen.«

Roger sprang auf und wandte sich mit flammenden Augen zu Myles. »Wißt Ihr, was mein teurer Vetter getan hat? Er versucht, seinen verdammten Knappen zu retten!«

Myles nahm ein Schlückchen von seinem Wein. »Wirklich?« entgegnete der Ritter freundlich. »Der König wird nicht begeistert sein.«

»Wie kommt es, daß Ihr nichts davon erfahren habt?« erkundigte sich Roger heftig. »Ihr wart den ganzen Nachmittag dort – Ihr müßt sie doch beim Pläneschmieden beobachtet haben?«

»Sie verraten ihre Pläne doch keinem, der sie verhindern könnte«, sagte Myles. »Natürlich wußte ich, daß sie außer sich sind.

Es ist ganz normal, daß die Männer wütend werden, wenn man ihnen drei Kameraden direkt unter der Nase wegschnappt. Es gehen sogar Gerüchte um, Jem Tanner sei nicht der einzige Verräter unter uns gewesen.«

»Soll ich eine Truppe aufstellen, die ihnen zu Hilfe kommt, Euer Gnaden?« wollte der Wachposten wissen. »Sie sind ja zahlenmäßig weit unterlegen –«

»Sei kein Idiot!« gab Roger barsch zurück. »Der König wird unsere Köpfe fordern, wenn wir die Narrheit meines Vetters noch unterstützen.«

»Ich bezweifle, daß Seine Majestät den Prinzen zum Tode verurteilt, weil er einen Freund rettet«, bemerkte Myles. »Ich bezweifle ebenfalls, daß er so ungerecht sein wird, die Begleiter des Prinzen zu bestrafen.« Und damit widmete sich Myles seinem Weinbecher.

Roger machte einen tiefen Atemzug. Jetzt gewann er endlich seine eiserne Selbstkontrolle wieder. »Was meinem Vetter erlaubt sein mag, ist anderen *nicht* erlaubt.« Er wandte sich an den Wachposten. »Stell am Flußufer Bogenschützen auf. Sie können Prinz Jonathans Rückzug decken.« Er schritt zu seinem Schreibtisch und griff nach seinem Seherkristall. »Bitte entschuldigt mich, Sir Myles. Ich muß meinem Onkel Bescheid geben.«

Alanna kam in einer kleinen Holzhütte zu sich. Da lagen noch zwei andere Männer aus Jonathans Lager, Micah und Keel, doch waren sie noch besinnungslos. Als sie zu dem winzigen, mit einem Eisengitter versehenen Fenster hinaufschaute, sah sie, daß Mittag längst vorüber war. Sie holte einen Schöpfer Wasser aus dem Eimer und spritzte es den Männern ins Gesicht. Es fiel ihr schwer, denn erstens war ihr Arm immer noch steif, und zweitens trug sie ebenso wie die beiden anderen schwere Ketten. Als sie die kleine Reserve an Zauberkraft, die sie im Laufe der letzten beiden Wochen angesammelt hatte, in Anspruch nahm, um das

Pochen in ihrem Kopf und Arm zum Verschwinden zu bringen, überkam sie eine Schwäche und sie japste nach Luft. In den Ketten lag eine Zauberkraft, die ihre Gabe und ihren Körper gleichermaßen lähmte.

Micah und Keel kamen langsam zu sich. Sie waren noch immer von dem Zauber betäubt, der sie hatte einschlafen lassen.

»Hexerei – puh!« knurrte Micah und spuckte auf die Erde. »Kein anständiger Krieger nimmt Hexerei zu Hilfe!«

»Ein anständiger Krieger nimmt auch keine Verräter zu Hilfe«, erklärte Micah seinem Kameraden. »Und Herzog Hilam hat beides getan. Der macht vor nichts halt.«

Sie wurden durch schwere Fußtritte und das Klappern eines Schlüsselrings unterbrochen. Die Tür ging auf und gab den Blick auf einen von zwei Soldaten flankierten Tusainer Hauptmann frei. Er deutete auf Micah und Keel.

»Ihr beiden werdet gut bezahlt und freigelassen, sofern ihr uns Informationen gebt.«

Micah deutete mit dem Kopf auf Alanna. »Was ist mit dem Jungen? Er ist ein Edler – er hat ein Recht darauf, ausgelöst zu werden.«

Der Hauptmann schüttelte den Kopf. »Der nicht. Seine Gnaden will persönlich mit ihm reden.« Er zog ein finsteres Gesicht. »Was für eine schmutzige Art und Weise, einen Krieg auszufechten«, murmelte er.

Alanna und ihre beiden Freunde wechselten verwirrte Blicke. Wovon sprach der Mann?

»Man wird euch das Leben schenken, wenn ihr uns sagt, was wir wissen wollen«, fuhr der Tusainer fort.

»Da würde ich noch eher die Ehre meiner Mutter verschachern«, fauchte Keel. »Was habt ihr mit Knappe Alan im Sinn?«

Der Hauptmann zuckte die Achseln. »Ihr hattet eure Chance.« Er nickte seinen Männern zu. Die drei gingen nach draußen und verriegelten die Tür.

»Das hast du schön gesagt«, meinte Alanna bedächtig, »aber ich habe das Gefühl, daß du soeben euer Leben verspielt hast.«
»Vielleicht versuchen unsere Leute, uns hier rauszuholen«, sagte Keel hoffnungsvoll.
Alanna schüttelte den Kopf. »Der König hat Befehl gegeben, daß sich jeder, der eine Befreiungsaktion startet, des Hochverrats schuldig macht.«
»Hilf mir da hinauf«, befahl Micah plötzlich zu Keel gewandt. »Ich will etwas sehen.«
Alanna sah zu, wie der Jüngere Micah zum Fenster hinaufhob. Schließlich sprang Micah wieder herunter. »Man hat uns am hintersten Ende des Lagers einquartiert und uns vor dem Heer versteckt«, sagte er. »Wir hätten freie Bahn bis zu den Bäumen da drüben.« Er schüttelte die Ketten an seinen Armen. »Wenn nur diese Dinger da nicht wären –«
»Oh!« Alanna schlug sich vor die Stirn. »Ich bin ein Idiot. Da.« Sie zog einen langen Metallstreifen aus dem Versteck in ihrem Gürtel und machte sich daran, die Schlösser an den Ketten der beiden Männer zu öffnen. »Sobald ihr Gelegenheit dazu habt, rennt ihr zu den Bäumen hinüber und schlagt euch durch zu unserem Lager. Das ist ein Befehl. Verstanden?«
»Aber –« protestierte Micah, als seine Ketten zu Boden fielen.
»Kein ›aber‹. Die wollen *mich.* Möglich, daß sie sich keine große Mühe geben, euch wieder einzufangen, wenn euch die Flucht gelingt. Prinz Jonathan muß erfahren, was geschehen ist.« Sie machte sich an Keels Ketten, während sich Micah stirnrunzelnd die Knöchel rieb.
»Wo hast du das gelernt?« fragte Keel.
Alanna lachte kurz auf. »Du würdest dich wundern.« Als auch Keel frei war, versuchte sie, die Schlösser an ihren eigenen Fesseln aufzukriegen. Aber sie hatte schon damit gerechnet: das Metallstück wurde weißglühend. Sie ließ es zu Boden fallen. Es hatte sich völlig verformt und war damit nutzlos geworden.

»Dachte ich mir. Jemand hat dreifach sichergestellt, daß ich nicht von hier wegkomme.« War es ein Zufall, daß nur ihre Ketten der Zauberkraft und dem Instrument, mit dem sie sonst jedes Schloß aufbekam, widerstanden? Sie konnte kaum glauben, daß das ein Zufall war.

Gerade als das Abendrot versank, kam weiterer Besuch. Beim Klang der sich nähernden Schritte versteckten sich Micah und Keel rechts und links von der Tür und hielten ihre Ketten bereit, um sie als Waffen zu benutzen. Die Schritte verstummten.

»Hauptmann!« zischte eine männliche Stimme. »Wenn Ihr mit Euren Einwänden fortfahrt, werde ich dafür sorgen, daß man Euch einen weniger unangenehmen Posten verschafft – zum Beispiel direkt vor der Nase der Bogenschützen von der Festung.«

»Es gefällt mir nicht, auf diese Art und Weise einen Krieg zu führen.« Es war die Stimme des Hauptmanns, der schon zuvor dagewesen war. »Das ist unehrenhaft.«

»Mir sind *Resultate* wichtig, und nicht die Ehre.« Der Fremde stieß drei Zauberworte aus. Rote Flammen barsten durch die Hütte. Alanna war geblendet; Micah und Keel stürzten bewußtlos zu Boden, und die Tür ging auf. Alanna blinzelte, um die Flecken vor ihren Augen zu verjagen, als zusammen mit dem Hauptmann und zwei kräftigen Soldaten ein prächtig gekleideter Edler eintrat. Er war nicht viel größer als Alanna, hatte große, braune Augen, scharfgeschnittene Gesichtszüge und sah gut aus. Als er jedoch mit der Spitze seines elegant bekleideten Fußes Keel anstupste, bekam sein Mund einen häßlichen Zug und sein gutes Aussehen war dahin. »Dachte ich mir doch, daß etwas Derartiges geschehen würde. Wer hat die Schlösser geöffnet?« Seine schönen Augen wanderten zu Alanna. »Du?«

Alanna stellte sich aufrecht und faltete die Arme vor der Brust. »Wer will das wissen?«

Der Edle lächelte grausam. »Ich habe von deinen schlechten Manieren gehört, Alan von Trebond.«

»Komisch. *Ich* hatte immer gehört, die Männer von Tusain besäßen wenigstens ein Fünkchen Ehre.« Sie sah den Hauptmann an, der sich blutrot verfärbte. »Ist es nicht komisch, wie Gerüchte lügen?«

Noch jemand trat durch die offene Tür. »Laß ihn nicht die Oberhand gewinnen, Bruder«, warnte Jem Tanner. »Er ist durchtrieben.«

Alanna stürzte sich auf den Mörder des Mächtigen Thor. Die Wachen packten sie, warfen sie zu Boden, und einer hielt ihr die Spitze seines Speers an die Kehle. »Mach das nicht nochmal«, riet er ihr barsch. Einen Augenblick später hob er den Speer und ließ Alanna sich aufrichten. Jem war unter seiner Sonnenbräune bleich geworden und zog sich zur Tür zurück.

»Bring diese kleine Schlange um, Hilam!« drängte er. Micah und Keel kamen zu sich. »Bevor er einen Weg findet, dich zu überlisten!«

Alanna sah den gutgekleideten Mann an. Das war also Herzog Hilam, derjenige, der für diesen langen, abscheulichen Sommer verantwortlich war. Es war schwer zu glauben, daß so viele Schwierigkeiten von einem derart kleinen Mann herrühren konnten.

Herzog Hilam unterdrückte ein Gähnen. »Ich werde ihn umbringen, wenn ich dazu bereit bin, Bruder«, verkündete er. »Und keinen Augenblick früher.«

Alanna starrte. »Ihr seid *Brüder?*«

»Wir sind uns nicht sehr ähnlich«, sagte Hilam mit einem grausamen Lächeln. »Deshalb eignet sich Jemis ja auch so gut als Spion.«

Jetzt fiel Alanna ein, daß König Ain von Tusain zwei Brüder hatte: Herzog Hilam und Graf Jemis. Jemis – oder Jem – sah man kaum in der Öffentlichkeit, da er im Land herumreiste, um Premierminister Hilam Berichte zu liefern. Ein wirklicher Spion also!

Vor Wut schäumend kniete sich Alanna nieder. »Vergebt mir, daß ich Euch nicht früher erkannte, Herzog Hilam«, fauchte Alanna. »Eure liebenswerte Art hätte ich –«
Hilam versetzte ihr einen Tritt, daß sie zu Boden stürzte. »Dein Humor gefällt mir nicht. Ich rate dir, meine Geduld nicht auf die Probe zu stellen.«
Alanna krümmte sich. Vor Schmerz brach ihr der Schweiß aus. Keiner beachtete ihre beiden Kameraden. Alle hatten ihre Aufmerksamkeit auf sie und den Herzog gerichtet. Wutentbrannt sah sie zu ihm auf. »Wie mutig Ihr doch seid, einen angeketteten Gefangenen zu treten. Bestimmt singt man an den Winterabenden ruhmreiche Balladen über Euch!«
Hilam packte ihre Ketten und zerrte sie auf die Beine. »Ich habe von deiner bösen Zunge gehört, Knappe.« Er lächelte ruhig – und *das* machte Alanna Angst. Keiner, der so wütend war wie Hilam, lächelte, es sei denn, er war wahnsinnig. »Vielleicht werde ich sie dir herausschneiden.« Er warf Alanna gegen die hintere Wand der Hütte und kam auf sie zu.
Sie rappelte sich mühsam auf die Beine, wobei sie ihn nicht aus den Augen ließ. »Ihr legt ein Verhalten an den Tag, das ich eher von dem Bastard eines Ziegenhirten als von einem Edlen erwartet hätte«, höhnte sie, während Micah und Keel zollweise auf die Tür zukrochen. »Vielleicht hat Eure Mutter Euren Vater betrogen?«
Hilam versetzte ihr einen solchen Schlag, daß sie auf die Knie fiel. Micah und Keel stürmten zur Tür hinaus und rasten so schnell sie nur konnten davon. Als sich Hilam umdrehte, um sie zu verfolgen, packte Alanna nach ihm und umschlang seinen Rumpf mit den Armen. Somit wurde der Tusainer von der Magie, die Alanna hilflos machte, daran gehindert, den fliehenden Männern einen Zauber nachzuschleudern.
»Laßt sie laufen!« befahl Hilam, riß sich von Alanna los und ohrfeigte sie. »*Der* hier ist es, um den wir uns kümmern müssen!«

»Überlaß ihn mir!« drängte Jemis. »Er ist mir schon lange ein Dorn im Auge. Wenn der nicht gewesen wäre, hätte ich in jener Nacht Prinz Jonathan töten können.«

Aus der Ferne hörte Alanna Schreie. Sie drückte die Daumen und betete, daß ihren Freunden die Flucht gelingen möge.

»Er ist vielen schon lange ein Dorn im Auge«, sagte Hilam barsch. Sein glattrasiertes Gesicht war erbarmungslos. »Bevor ich dich mit ihm spielen lasse, wird er mir alle Pläne des Prinzen und des Königs verraten. Und dann wird er mir Dinge erzählen, die mich überhaupt nicht interessieren, ganz einfach deshalb, weil er alles mögliche plappern wird, nur damit der Schmerz aufhört.«

»Da lernen noch eher die Schweine fliegen«, fauchte Alanna und spuckte dem Mann ins Gesicht.

Hilam wischte sich die Spucke weg. Seine wunderschönen Augen waren nachdenklich geworden. »Du wirst ein Weilchen brauchen, bis du weich wirst.« Plötzlich lächelte er, und Alanna sank das Herz. »Das wird mir eine wahre Freude sein. Denk dir nur – dir wird die zweifelhafte Ehre zukommen, dafür verantwortlich zu sein, daß ich mir das ganze Tal nehme. Wie gefällt das deinem heißgeliebten Ehrgefühl, Knappe Alan?«

»Vielleicht hat Eure Mutter Euren Vater mit einem Warzenschwein betrogen?« sagte Alanna nachdenklich. Wenn sie dem, was er da sagte, zuhörte, wurde ihr höchstens schlecht. »Gewiß habt ihr alle beide die Manieren eines Warzenschweins, und Jem sieht sogar wie eines aus.«

Jem wollte sich auf sie stürzen, doch ein Soldat hielt ihn zurück.

»Jemis ist äußerst unbesonnen«, erklärte Hilam. »Ich nicht. Um *meinen* Panzer zu durchbohren, ist viel mehr vonnöten, als diese kleinen Stacheln –«

»Vielleicht schafft es aber mein Schwert?« erkundigte sich Jonathan gelassen von der Tür her. »Dank dir, Immertreu. Du scheinst uns an den richtigen Ort geführt zu haben.«

Micah, Keel, Gary, Sacherell, Raoul und Douglass standen hinter dem Prinzen. Immertreu rannte zwischen ihren Füßen hindurch, baute sich zwischen Alanna und ihrem Peiniger auf und fauchte wütend. Hilam, den das violette Starren des Katers – das dem Alannas so ähnlich war – aus der Fassung brachte, machte einen Schritt rückwärts in Sacherells Arme.

Jonathan legte die Spitze seines Schwerts neben Hilams Nase. »Rührt Euch bitte nicht und versucht keine Magie. Ich werde dafür sorgen, daß sie Euch im Hals stecken bleibt.« Er drehte sich zu den drei Soldaten, die Garys und Raouls gespannte Bogen nicht aus den Augen ließen. »Die Schlüssel zu den Ketten meines Freundes, bitte. Sofort.«

Der Hauptmann warf sie Alanna zu, die ihn anstrahlte, bevor sie sich an die Arbeit machte. »Jonathan, die Soldaten sind in Ordnung. Aber diese beiden –«, sie deutete auf Hilam und Jemis, »sind König Ains Brüder.«

»Jem Tanner – ein Bruder des Königs?« stieß Micah hervor.

Langsam verzog sich Jons Gesicht zu einem Grinsen. »Ich glaube, ich weiß, wie es uns gelingen wird, das Lager unbehelligt zu verlassen. Wir nehmen zwei Gäste mit, zwei ausgesprochen wichtige Gäste. Und ich bin sicher, daß uns ein gerechtes Lösegeld einfallen wird. Meint Ihr nicht auch, Herzog Hilam? Ich glaube nicht, daß König Ain finden wird, der Frieden sei ein übermäßig hoher Preis für das Leben seiner Brüder.«

König Roald war nicht begeistert, aber wie Myles und Jonathan vorausgesehen hatten, konnte er ja nicht gut seinem eigenen Sohn den Kopf abhauen lassen. Statt dessen handelte er den Drell-Frieden aus, in dem Tusain gelobte, für alle Zeiten jeglichen Anspruch auf das Tal preiszugeben. König Ain war bereit, noch viel mehr zu gewähren: er wollte seine Brüder wiederhaben, damit sie sein Land für ihn regieren konnten. Bis Ende August war der Friedensvertrag unterzeichnet, und Alanna und ihre Freunde konnten heimwärts ziehen.

7
Winterlicher Unterricht

Alanna zog fest den Umhang zu, damit der Wind nicht hineinblasen konnte, und klopfte laut an die mit dem Heilerzeichen versehene Tür. Sie wartete, bis Frau Cooper kam, und sah zu, wie die letzen Herbstblätter durch die Straße tanzten.
»Guten Tag«, sagte Alanna schüchtern und ließ die Kapuze von ihrem Gesicht zurückfallen, damit Georgs Mutter sehen konnte, wer ihre spätabendliche Besucherin war. »Kann ich Euch sprechen?«
Frau Cooper lächelte und winkte Alanna herein. »Es ist lange her, Kleine«, bemerkte sie, während sie die Tür verriegelte. »Komm in die Küche. Dann mache ich uns einen Tee.« Sie ging voraus. Ihre majestätische Gestalt warf einen langen Schatten durch den Flur. »Ich hoffe, deine Wunden sind verheilt? Was macht dein Arm?«
Alanna nahm den Umhang ab und breitete ihn vor dem Küchenfeuer aus, bevor sie ihren linken Arm gehorsam im Kreis drehte. »Manchmal ist er noch ein bißchen steif, aber abgesehen davon ist er jetzt in Ordnung. Es war keine so schlimme Wunde, wie die anderen glauben.«
Frau Cooper setzte den Teekessel auf. »Mein Sohn ist da anderer Meinung. Aber vielleicht gibt es einen Grund dafür, daß er sich Sorgen macht?«
Das Mädchen errötete. »Georg sorgt sich zuviel um mich. Ich hoffe, daß sich das legt, bevor ich mich auf die Reise mache.«
»Also planst du noch immer, uns zu verlassen, sobald du deinen Schild hast?« Die Frau ging auf leisen Sohlen durch den Raum, holte Tassen und einen Teller mit Gebäck. Alanna biß hungrig in einen der Kuchen; sie hatte nur wie ein Spatz an ihrem Abendessen herumgepickt.
»Natürlich«, sagte sie mit vollem Mund. Sie schluckte schnell hinunter. »Ich habe so ein Gefühl, daß sie mich loshaben wollen, sobald sie erfahren, daß ich ein Mädchen bin.«
»Vielleicht tust du ihnen unrecht«, sagte Frau Cooper und

schenkte Tee ein. »Georg sagte mir, man möge dich und habe Vertrauen zu dir.«
Alanna runzelte die Stirn. »Nicht alle.« Sie drängte den Gedanken an Herzog Roger in den hintersten Teil ihres Kopfes zurück und legte beide Hände um die Tasse.
»Wie geht es dem Prinzen?« fragte die Frau und setzte sich.
Alanna rührte mit der Fingerspitze im Tee und antwortete leise: »Ich weiß nicht so recht. Er ist ausgesprochen komisch in letzter Zeit. Seit wir aus dem Drelltal zurück sind.«
»Inwiefern?«
»Er – mal ist er hitzig, mal eiskalt. Manchmal bin ich für ihn der beste Freund der Welt. Und manchmal benimmt er sich, als sei ich ein Ungeheuer. Ich begreife das nicht. Er –« Alanna errötete. »Diesen Sommer hat er mich geküßt. Ich glaube, er hätte Lust, es wieder zu tun, aber er tut es nicht. Manchmal spricht er über Georg, als hätte er was gegen ihn, dabei weiß ich, daß das nicht stimmt, weil er nämlich in die Stadt geht und ihn besucht, wenn ich beschäftigt bin. Er verlangt eine Menge von mir!« stieß Alanna hervor. Sie stand auf und ging auf und ab. »Wenn ich mit ihm in Gesellschaft bin – und er zwingt mich, mitzukommen – muß ich piekfein aussehen und mich besser benehmen als jeder andere. Ebenso wie er selbst muß ich mit allen Damen tanzen, dabei muß das außer mir keiner. Ich sagte ihm, daß ich mir wie eine Närrin vorkomme, worauf er mir entgegnete, es sei besser, eine höfliche Närrin zu sein als eine unhöfliche. Aber wenn ich mich dann wirklich ein bißchen mit einer Dame – oder sogar mit Gary oder Raoul – unterhalte, dann wird er wütend! Er sagt, ich dürfe die Damen nicht an der Nase herumführen, und im gleichen Atemzug beschuldigt er mich, mit Gary und Raoul zu flirten!« Alanna setzte sich und stürzte ihren Tee hinunter. Es überraschte sie, wie ihr die Worte herausgesprudelt waren.
»Du scheinst ziemlich wütend zu sein auf Prinz Jonathan«, bemerkte Frau Cooper.

Alanna verfärbte sich dunkelrot. »Ich kenne mich nicht aus mit meinen Gefühlen«, murmelte sie. »Mir ist einfach nicht klar, warum er mich so behandelt. Aber ich bin nicht deshalb gekommen.« Sie holte tief Luft. »Würdet Ihr mir beibringen, mich wie ein Mädchen zu kleiden?«

Frau Cooper zog die Augenbrauen hoch. »Also das finde ich komisch«, sagte sie ruhig. »Warum willst du das lernen?«

Alanna zog eine Grimasse. »Ich weiß nicht. Es ist nur – ich sehe, daß alle Damen am Hof schöne Sachen tragen, und in letzter Zeit kam mir der Gedanke, daß auch *ich* schöne Sachen mag. Eines Tages werde ich ein Mädchen sein müssen – warum sollte ich nicht jetzt mit dem Üben anfangen?«

Sofern Frau Cooper annahm, Alannas plötzlicher Wunsch, wie ein Mädchen auszusehen, habe etwas mit Jonathan oder Georg zu tun, hütete sie sich wohlweislich, es auszusprechen. Statt dessen willigte sie ein, Alanna bei diesem neuen Projekt zu helfen, und noch am selben Abend fing sie damit an und nahm bei ihr Maß.

Ein paar Tage später kam Alanna zur Anprobe. Während die ältere Frau einen Saum richtete, drehte sich Alanna um und versuchte, sich in dem großen Spiegel von hinten anzusehen.

»Halt still!« befahl Frau Cooper mit dem Mund voller Nadeln. »Du bist schlimmer als ein kleiner Junge aus der Stadt, der seine ersten langen Hosen bekommt.«

»Irgend etwas stimmt da nicht«, wandte Alanna ein und versuchte, den Kopf zu drehen, ohne den Körper zu bewegen. »Ich sehe aus wie Knappe Alan in Mädchenkleidung.«

»Was daran liegt, daß Knappe Alan noch immer seine alte Frisur hat. Steh still!«

Als das Kleid ordentlich saß, richtete Frau Cooper Alannas flammende Locken und schminkte ihr das Gesicht. »Ich finde es gut, daß du dich langsam an Mädchenkleidung gewöhnen willst«, kommentierte sie, während sie schwarze Farbe auf Alannas Lider rieb. »Aber du hast noch eine Menge zu lernen.«

»Wenn ich gewußt hätte, daß es ein solches Theater gibt, hätte ich nie darum gebeten«, murrte Alanna. Ihre Freundin lachte. »Aber ich brauche ein Abenteuer. Ich war in letzter Zeit ziemlich ruhelos.«

»Ist dir das Leben im Palast zu langweilig?« erkundigte sich Frau Cooper teilnahmsvoll.

»Langweilig kann man es nicht gerade nennen«, widersprach Alanna. »Ich muß nur ab und zu aus dem Haus. Ich muß mal wegkommen von – von gewissen Leuten.« Sie wollte nicht erzählen, daß Jonathan sie am Abend zuvor wieder geküßt hatte. Sie wollte nicht einmal daran denken, denn wenn sie das tat, dann fiel ihr auch die seltsame und beängstigende Erregung wieder ein, die sie bei seiner Umarmung verspürt hatte. Nun seufzte sie verwirrt.

»Ich brauche Zeit, um über alles mögliche nachzudenken.«

»Ich verstehe«, antwortete Frau Cooper. »Na gut, steh auf, Kind. Laß mich mal sehen!«

Alanna stand auf, berührte ihr hochgestecktes Haar und zupfte an ihrem Rock. Frau Cooper sah ausgesprochen komisch drein.

»Stimmt was nicht?« fragte Alanna nervös.

Die ältere Frau drehte sie zum Spiegel. Alanna schluckte. Vor ihr stand eine *Dame.*

»Ich bin schön«, flüsterte sie ehrfürchtig.

Darüber mußte Frau Cooper lachen. »Man kann dich lassen«, sagte sie und schob Alanna in die Küche. »So schön wie zum Beispiel Lady Delia oder die neue Dame am Hof, Cythera von Elden, bist du nicht.«

Alanna seufzte. »So schön wie Lady Cythera ist *keine*«, sagte sie trocken und wollte sich setzen.

»So doch nicht!« rief Frau Cooper entsetzt. »Du zerknitterst ja deine Röcke! Du mußt sie mit den Händen anheben – so – und wenn du sitzt, breitest du sie um dich herum aus. Und stell die Füße nebeneinander.«

Alanna mußte es einige Male probieren, bis er klappte.
»Ein Mädchen zu werden wird ebenso schwierig sein wie damals, als ich lernen mußte, mich wie ein Junge zu benehmen.«
»Schwieriger«, sagte die Frau und stellte den Tee auf. »Die meisten Mädchen müssen sich nicht erst mal abgewöhnen, sich wie ein Junge aufzuführen. Und jetzt mußt du *zweifach* die Hofmanieren lernen.«
»Die Hofmanieren beherrsche ich schon«, protestierte Alanna und holte die Tassen herunter.
»Beherrscht du die verschiedenen Arten, einen Knicks zu machen?« Alanna schüttelte den Kopf. »Weißt du, wie man Einladungen schreibt?« Alanna schüttelte den Kopf. »Wie man von einem jungen Ritter oder von einem verheirateten Mann Blumen entgegennimmt?«
»Als würde ich von irgendeinem Blumen kriegen!« schnaubte Alanna. Sie stöberte in den Schränken. »Sind noch Kuchen da?«
»Ich habe frische gebacken –«
»Mächtige Gnädige Mutter!« stöhnte Alanna. Sie hörte Pferde im Hof. Da kam Besuch! Ihre Hand flog zum Glutstein und zu dem Talismann, der sie gegen Schwangerschaft schützen sollte. Da ihr Kleid so tief ausgeschnitten war, lag beides klar zutage. Sie rannte zu der Tür, die zu den anderen Zimmern führte.
Frau Cooper hielt sie fest. »Was ist denn in dich gefahren?«
Die Küchentür ging auf. »Sieh nur, Mutter, wen ich mitgebracht habe, damit du ihn endlich kennenlernst!« rief Georg. Er drehte sich zu jemandem um, der noch draußen stand. »Komm rein! Sie ist da.«
»Steh aufrecht«, befahl Frau Cooper Alanna. »Bleib da. Irgendwann mußt du ihm gegenübertreten.«
Alanna machte einen tiefen Atemzug und drehte sich um. Georg sah immer noch nach draußen. »Der Mann kümmert sich um dein Pferd; dafür ist er da«, erklärte er seinem Begleiter. Er sah zu seiner Mutter. »Entschuldige. Ich wußte nicht, daß du Be –«

Der König der Diebe brach abrupt ab. Seine Augen wurden groß. Er musterte Alanna von Kopf bis Fuß, während sich das Mädchen blutrot verfärbte. »Es ist unhöflich, zu starren«, sagte sie schroff. »Georg, du versperrst mir den Weg.« Jemand, der hinter dem Dieb stand, lachte. Alanna wurde bleich. Diese Stimme kannte sie. »Hast du's dir anders überlegt? Willst du plötzlich nicht mehr, daß ich deine Mutter kennenlerne?« Der Prinz, der wie immer, wenn er in die Stadt kam, ein schlichtes Hemd und Kniehosen trug, drängte sich hinter dem Dieb vorbei in die Küche.

Frau Cooper trat ihm lächelnd entgegen. »Ihr seid also Prinz Jonathan – oder seid Ihr heute Johnny?«

»In der Stadt bin ich immer Johnny«, sagte Jonathan.

Alanna stemmte die Hände in die Hüften und machte ein finsteres Gesicht. »Erzählst du das jeder fremden jungen Dame, die du triffst?« wollte sie wissen.

Jonathan sah sie an und runzelte ein wenig die Stirn. »Vergebt mir, gnädiges Fräulein. Ich sah nicht –« Seine Stimme wurde immer leiser und verklang, während er starrte. Schließlich flüsterte er: »Du – du trägst ja ein Kleid. Du siehst –« Er wurde rot, schluckte und wechselte das Thema. »Wo hast du den Stein her, den du um den Hals trägst? Den habe ich noch nie gesehen.«

»Macht die Tür zu!« befahl ihm Frau Cooper. »Ihr laßt die Kälte herein. Ich glaube, wir brauchen noch zwei Tassen, Mädchen.«

Georg packte Alanna am Arm, als sie an ihm vorbeiging. »Du bist also tatsächlich ein Mädchen?«

»Ich dachte, das wüßtest du«, entgegnete Alanna unwirsch. Sie sah Jonathan an. »Du scheinst nicht überrascht zu sein.«

Er lachte. »Doch, das bin ich. Ein bißchen schon. Aber ich wußte, daß du etwas im Schilde führtest. Du warst schrecklich geheimnisvoll in letzter Zeit. Und vergiß nicht: vor zwei Tagen habe ich dich erwischt, wie du dir das Haar auf den Kopf türmtest und dich im Spiegel beschautest.«

»Es gibt Leute, die sich für gute Beobachter halten, seit sie im Krieg zu Helden wurden«, bemerkte Alanna mit gerümpfter Nase.
»Vielleicht«, entgegnete Jonathan liebenswürdig. »Aber was ist das für ein Stein?«
Alanna sah den Glutstein an und nestelte an ihm herum. »Ich habe ihn von einer Dame, die ich mal traf.«
Jonathan runzelte die Stirn. »Warum sollte dir eine Dame einen Talismann schenken? Er sieht wertvoll aus, woraus er auch immer bestehen mag, und ganz bestimmt hat er Zauberkraft.«
Alanna zuckte die Achseln. »Sofern er Zauberkraft hat, so ist es jedenfalls keine, die ich benutzen kann. Und sie hat ihn mir geschenkt – tja, es ist eine lange Geschichte, aber ich möchte sie im Augenblick nicht erzählen. Ich verstehe das Ganze selbst nicht.« Sie setzte sich, und Frau Cooper reichte ihr die Teekanne.
»Gieß ein«, befahl die Frau. »Ihr beiden könntet wenigstens den Hut abnehmen. Merkt ihr denn nicht, wenn ihr von einer Dame bedient werdet?«

Das war nicht das letzte Mal, daß Alanna ein Kleid trug. Sie setzte sich eine schwarze Perücke auf, ging (gewöhnlich in Frau Coopers Begleitung) in die Stadt, gewöhnte sich an ihre Röcke und lernte jene Dinge, die für die meisten Mädchen ihres Alters selbstverständlich waren. Am meisten Vergnügen bereitete ihnen der Marktplatz, wo sie oft zusätzliche Dinge für Alannas Garderobe erstanden, die am Fuß ihres Bettes in einer verschlossenen Truhe aufbewahrt wurden.
Mitte November kam der Schnee. Tagelang fiel er vom Himmel und bildete riesige Schneeverwehungen. Die Leute schauten zu und beteten, das Wetter möge sich ändern. Endlich war es so weit, und es hörte auf zu schneien. Statt dessen kam eine bittere Kälte auf, die nicht mehr weichen wollte. Die Jäger sprachen von einem »Wolfswinter«, da bei einer derartigen Witterung die

Wölfe Jagd auf die Menschen machten, weil sie sonst kaum noch Beute fanden. Alanna, die die Kälte haßte, packte sich warm ein und tat ihr Bestes, sie zu ignorieren.

Anfang Dezember kamen aus den Dörfern um den Königswald herum die ersten Berichte von Wölfen. Nachdem die anderen Lehnsgüter im Norden Tortalls die gleichen Schwierigkeiten meldeten, ließ der König eine Jagd nach der anderen abhalten, um die Menschenjäger zu vernichten. Coram schrieb, er habe die Familien vom Lehensgut Trebond ins Schloß einquartiert, wo sie sicher waren. Platz gäbe es ja gewiß genug, fügte er in seinem Brief hinzu, aber es sei ihm lästig, daß ihm so viele Kinder zwischen den Beinen herumrannten.

Außer einem, den man den Grauteufel nannte, waren bis zum Februar die meisten Wölfe getötet worden oder hatten sich versteckt. Der Grauteufel war mindestens dreimal verwundet worden – erst kürzlich hatte ihn der Pfeil eines Jägers ein Auge gekostet – aber nichts schien ihn lange aufzuhalten, und er fuhr fort, in den Dörfern um den Königswald herum auf Raubzug zu gehen. Als er schließlich in die Hütte eines Försters eindrang und sich ein neugeborenes Mädchen holte, schickte der König jeden Mann im Palast, der einen Speer tragen konnte, auf die Jagd. Der prachtvoll gekleidete Herzog Roger nahm teil; desgleichen Herzog Gareth, dessen Bein noch immer ein wenig steif war. Selbst Myles, warm in braunen Samt und Pelz gepackt, war mit dabei, auch wenn er so aussah, als sei ihm unbehaglich zumute. Der König selbst führte die Jagd an.

Alanna war noch unbehaglicher zumute als Myles. Mondlicht hatte ein Hufeisen verloren, und sie mußte statt dessen einen heiklen Braunen mit hartem Maul reiten – einen nervösen und ängstlichen Gaul, der offensichtlich lieber in seinem schönen warmen Stall geblieben wäre. Das konnte ihm Alanna nicht verübeln. Damit sie die Kälte überlebte, zog sie mehrere Schichten wollener Kleidung und darüber fellgefüttertes Leder an. Als sie sich im Spiegel betrachtete, war sie im Umfang beträchtlich angeschwollen.

»Du brauchst nicht die Nacht im Freien zu verbringen. Wir gehen lediglich auf die Jagd«, sagte Jonathan lachend, als er sie sah.

Alanna errötete. »Ich friere so leicht.«

»Ich glaube nicht, daß du dich mit all den Schichten auf dem Leib noch rühren kannst«, erklärte er ihr, während sie im Schloßhof auf die Ankunft seines Vaters warteten.

»So?« Mit einer raschen Bewegung beugte sie sich aus dem Sattel, schaufelte eine Handvoll Schnee auf und warf sie dem Prinzen von unten herauf ins Gesicht. »Siehst du?« lachte sie, als sie an Jonathan vorbeitrottete. »Ich bin warm angezogen *und* beweglich.«

Sie holte Gary und Raoul ein und ritt eine Weile neben ihnen her. Dieser Tage bekam sie ihre kräftigen Freunde nur selten zu Gesicht – der König übertrug den beiden laufend irgendwelche Pflichten. Die drei lachten und machten Blödsinn, bis der Jäger, dem die Oberaufsicht oblag, zum Zeichen, daß etwas aufgespürt worden war, sein Jagdhorn blies. Als die Ritter weiterritten, blieb Alanna zurück. Sie wußte, daß sie nicht gebraucht wurde. Es machte ihr nichts aus, wenn bei einer Jagd dieser Größenordnung ein anderer die Ehre davontrug. Nur allzu oft tat ihr das Tier leid, wenn die bewaffneten und ausgebildeten Ritter derart in der Überzahl waren. (Was nicht bedeutete, daß sie mit einem Wolf Mitleid hatte, der kleine Kinder riß.)

Tatsächlich *war* es ein Wolf, den man aufgespürt hatte; der König selbst brachte ihn zu Fall. Doch war es nicht Grauteufel. Alanna beobachtete jede Bewegung zwischen den Bäumen und wünschte sich, sie hätte Immertreu mitgebracht. Am Morgen war es ihr lächerlich erschienen, einen Kater zur Wolfsjagd mitzunehmen, doch jetzt vermißte sie die scharfen Augen und die gute Nase ihres Freundes.

Die Jagd ging weiter, und ein anderer Wolf und ein bösartiger alter Eber wurden erledigt. Langsam verteilten sich die Jäger über den ganzen Königswald, bis Alanna von Zeit zu Zeit nur noch den Geräuschen nachgehen konnte, wenn sie nicht alleine zurückbleiben wollte. Sobald die anderen einen Bogen schlugen und zurückkamen, schloß sie sich jedesmal wieder an, bis sie die Jäger wieder aus den Augen verlor. Sie machte sich jedoch keine Sorgen. Sie war nie so weit von den anderen entfernt, daß ein Ruf aus dem an ihrem Gürtel baumelnden Horn nicht auf der Stelle Hilfe herbeigebracht hätte, und meistens waren auch andere Reiter ganz in der Nähe. Außerdem griff der Grauteufel keine Krieger, sondern Kinder und alte Leute an.

Ein Laut – ein Krachen! Das wütende Knurren eines Wolfes! Alanna ließ den Braunen herumwirbeln und schrie nach Hilfe. Sie hörte einen triumphierenden Antwortschrei, gab ihrem Pferd die Sporen, jagte auf die Lichtung, von wo der Schrei zu kommen schien und machte halt. Herzog Roger kniete im Schnee, und sein Speer steckte im Körper eines mächtigen grauen Wolfes. Roger strahlte, als er Alanna entdeckte. »Einige Augenblicke früher, und *du* hättest ihn kriegen können, Alan.«

Alanna stieg ab und wollte dem Herzog zur Hand gehen. »Ich neide Euch Eure Beute nicht, Herr. Seid Ihr sicher, daß es Grauteufel ist?«

Roger zuckte die Achseln. »Wieviele Wölfe von dieser Größe und Farbe mag es wohl geben?« fragte er.

Ein tiefes, wildes Knurren erklang. Alannas Pferd bäumte sich auf, rannte mit einem entsetzten Wiehern fort und trug den Speer des Mädchens mit sich davon. Alanna erstarrte. Sie fluchte leise und starrte angestrengt zwischen die umstehenden Bäume. Dann sah sie ihn: ein Wolf, größer als der, den Roger erlegt hatte, kam auf sie zugeschlichen. Er lief so geduckt, daß er mit dem Bauch den Boden berührte. Sein linkes Auge fehlte; sein anderes funkelte wild entschlossen.

Er griff an. In der Hoffnung, es möge ihr gelingen, das riesige Vieh aufzuspießen, bevor es zum Sprung ansetzte, zog Alanna Blitzschlag aus der Scheide. Die Schneekruste unter ihr gab nach. Sie stolperte; ihr Schwert schlug dem Wolf eine Wunde in die Seite und fiel ihr aus der Hand. Durch die Verwundung gereizt, fuhr der Wolf herum und griff erneut an.

Alanna blieb keine Zeit, ihr Schwert wieder aufzuheben. Sie packte ihren Dolch, zielte auf die Seite, wo dem Wolf das Auge fehlte und stürzte sich auf den Rücken des mächtigen Tieres. Das Mädchen und der Wolf überschlugen sich im Schnee, Grau und Braun verwirbelten zu einem verschwommenen Bild, in dem das Weiß der Wolfszähne und das Kupferrot von Alannas Haaren blitzten.

Roger schaute auf: die Lichtung war von Jägern umstellt. Myles packte Jonathan an der Schulter und hielt ihn zurück. In den Augen des Prinzen lag eine schreckliche Angst um den Freund.

Alanna sah nicht, daß Verstärkung gekommen war. Sie sah nur den Wolf, der sein Bestes gab, sie von sich zu schleudern. Verzweifelt hielt sie sich fest und stieß immer wieder mit dem Messer zu. Plötzlich schauderte der Wolf und heulte; ihre Klinge war ihm in die Seite gedrungen. Er stürzte und blieb mit zuckenden Pfoten liegen. Sie hatte ihn ins Herz getroffen.

Sie ließ zu, daß Jonathan sie unter dem Körper des Wolfes hervorzog. »Bist du wahnsinnig geworden«, flüsterte er und zog sie einen Augenblick lang fest an sich.

»Er hat mich angegriffen.« Alanna schob Jon sanft von sich und berührte ihren Glutstein, um sich zu beruhigen. Plötzlich wurden die Farben, die Geräusche und sogar die Gerüche intensiver. Erschrocken sah sie, daß Roger von einem leuchtend orangefarbenen Glühen umgeben war. Noch eigenartiger war, daß auch von den Körpern der beiden Wölfe ein orangefarbenes Licht ausging, das langsam verblaßte. Alanna betrachtete bestürzt die Tiere und Roger. Was sah sie da? Orange war Rogers Zauberfarbe. Aber warum glühten auch die Wölfe orangefarben? Ein Jäger untersuchte den Wolf, den sie soeben getötet hatte. »Das ist Grauteufel«, erklärte er dem König mit Bestimmtheit. »Ich selbst habe ihm vor drei Wochen das Auge ausgeschossen. Das muß seine Gefährtin sein«, fügte er hinzu und nickte zu dem Wolf hinüber, den Roger erlegt hatte.

»Ist dir etwas zugestoßen?« fragte Myles, der sich sorgte, weil Alanna so seltsam dreinschaute.

Alanna ließ ihren Glutstein los. Das orangefarbene Licht, das Roger und die Wölfe umgeben hatte, war spurlos verschwunden. »Ob mir etwas zugestoßen ist?« fragte sie, ohne darüber nachzudenken, was sie sagte. »Ich weiß nicht so recht.«

An diesem Abend wartete Alanna, bis sie mit Immertreu alleine in ihrem Zimmer und bis Jonathan zu einem Fest gegangen war, bevor sie den Glutstein unter ihrem Hemd hervorholte. Der Kater sah ihr mit zuckendem Schwanz zu, als sie sich nach einem geeigneten Gegenstand umsah, mit dem sie experimentieren konnte. Schließlich legte sie ein altes Hemd vor die Feuerstelle. Nachdem sie den Stein in Reichweite auf einen Tisch gelegt hatte, konzentrierte sie sich auf das Hemd. Sie streckte die Hand danach aus und sprach den Zauberspruch der Verwandlung. Es war ein schwieriger Spruch, der Kraft und Konzentration erforderte, aber von beidem besaß sie dieser Tage mehr als genug. Die Schwäche, die sie im Sommer verspürt hatte, war verschwunden, und die Kraftreserven ihrer Gabe waren größer als jemals zuvor. Sie fragte sich sogar, ob es ihr nicht manchmal wirklich und wahrhaftig Spaß machte, ihre Magie zu benutzen.

Violettes Feuer floß von ihren Fingern in das Hemd. Das Kleidungsstück zuckte und wand sich; langsam glätteten sich seine Umrisse, und es verfärbte sich braun. Alanna lief der Schweiß über die Wangen, als sie den Zauberspruch zu Ende sprach. Das Hemd vollführte einen letzten Kampf, ein Hemd zu bleiben, bevor es sich in ein Holzscheit verwandelte. Mit einem

Fingerschnippen beförderte Alanna das Scheit durch Zauberkraft ins Feuer. Als es zu knistern und zu brennen begann, griff sie nach ihrem Glutstein.

Das Scheit, die Luft zwischen Alanna und der Feuerstelle, und selbst ihre Fingerspitzen strahlten violett. Langsam verblaßte die Farbe, und Alanna legte das Andenken an die Göttin beiseite. Immertreu kam herübergelaufen, strich ihr um die Beine und miaute, bis sie sich hinunterbeugte, ihn hochhob und geistesabwesend streichelte.

»Ich glaube nicht, daß ich meinen Stein jemals berührt habe, wenn gerade ein Zauber vor sich ging«, flüsterte sie dem Kater zu. »In Rogers Unterricht habe ich ihn immer versteckt gehalten – ich befürchtete, er könne erraten, daß es mit dem Stein etwas Besonderes auf sich hat. Ich frage mich, ob er mir immer zeigen wird, wann ein Zauber im Spiel ist?«

Wann ist dir aufgefallen, daß du mit Hilfe des Steins sehen kannst, wann Magie benutzt wird? erkundigte sich Immertreu.

»Heute nachmittag«, flüsterte sie. »Roger war von der Farbe seiner Gabe umgeben, und die beiden Wölfe auch.« Sie begann mit Immertreu auf den Armen hin und her zu gehen. »Und was ergibt sich daraus? Was versprach er sich davon, Grauteufel und seine Gefährtin zu verzaubern?«

Immertreu hakte seine Krallen in ihren Waffenrock, kletterte auf ihre Schulter und blieb dort sitzen. *Wen wollte Grauteufel töten?* fragte er.

»Mich«, flüsterte Alanna. »Mich wollte er töten.«

Der Frühling verflog und Alannas siebzehnter Geburtstag kam näher. An jenem Morgen erhob sie sich schon vor Morgengrauen, zog sich an und ging zu der unterirdisch liegenden Kapelle, in der die Ritterprüfung stattfand. Sie war menschenleer. Abgesehen von denen, die in der Kapelle für Ordnung sorgten, kamen die Priester hier nur zum Mittwinterfest her, wenn die zukünfti-

gen Ritter ihre Prüfung ablegten. Zwei Stunden lang saß sie da, starrte auf die eiserne Tür des Gemachs und dachte: *Nur noch eineinhalb Jahre. Nur noch achtzehn Monate, bis ich dem gegenübertreten muß, was da drinnen liegt. Die Zeit reicht nicht aus!*
Offensichtlich war Immertreu der Meinung, sie sei lange genug dagewesen. Er überließ sie ihren Gedanken, stahl sich davon und kehrte mit Jonathan auf den Fersen zurück. Der Prinz warf einen einzigen Blick auf Alannas bleiches Gesicht, bevor er sie aus der Kapelle zog und fest die Tür hinter sich schloß.

»Du machst es nur noch schlimmer, wenn du darüber nachgrübelst«, erklärte er ihr. »Warum willst du denn überhaupt darüber nachdenken? Wenn die Zeit kommt, gehst du hinein, ob du nun bereit bist oder nicht. Verhindern kannst du es sowieso nicht. Also komm frühstücken.«

Beim Mittagessen machten ihr Jon, Myles und Georg kleine Geschenke, und ihre Freunde tranken auf ihre Gesundheit. Es war kaum zu glauben, daß sie schon sechsmal Geburtstag gehabt hatte, seit sie in den Palast gekommen war. Und es war kaum zu glauben, wieviel sie inzwischen erlebt hatte.

An diesem Abend schlich sie sich früh weg. Sie war zu ruhelos, um mit den anderen zusammenzusitzen, und zu nervös, um zu schlafen, was möglicherweise daran lag, daß sie Jonathan mit Lady Delia hatte tanzen sehen. Allem Anschein nach hatte der Prinz vor, die Nacht mit der schönen, grünäugigen Frau zu verbringen, und Alanna wollte nicht dabei sein, wenn er sich mit ihr zusammen zurückzog.

Der Gedanke an Delia brachte sie dazu, zu der verschlossenen und mit einem Zauber geschützten Holztruhe am Fußende ihres Bettes zu gehen. Sie öffnete sie und holte die schönen Kleidungsstücke hervor, die sie so sehr liebte: ein spitzenbesetztes Hemd, hauchfeine, seidene Strümpfe, winzige Lederpantoffeln, ein purpurfarbenes Seidenkleid. Sie nahm sogar die schwarze Perücke hervor, die sie gewöhnlich in der Öffentlichkeit trug. Es gab nicht

genug violettäugige Rothaarige in der Gegend, als daß sie es hätte wagen können, ihr Zimmer ohne diesen Schutz zu verlassen.
Sie kleidete sich an und bewunderte sich im Spiegel. Sie war nicht so schön wie Delia, aber häßlich war sie auch nicht. Trotzig warf sie sich einen Umhang über die Schultern. Es gab kein Gesetz, das von ihr verlangte, an ihrem siebzehnten Geburtstag ein Junge zu sein, und Immertreu war gerade nicht da, um sie zur Vorsicht zu mahnen. Als sie den Glutstein berührte und den daneben hängenden Talisman, der sie vor dem Schwangerwerden schützte, lächelte sie. Das, wovon man schwanger wurde, würde sie niemals tun. Da war sie ganz sicher. Trotzdem konnte sie nicht anders, als daran zu denken, daß . . .
Voller Belustigung, weil sie derart albern war und über Sex nachdachte, lugte sie zur Tür hinaus. Im Flur war keiner zu sehen. Sie wollte einen Spaziergang durch die Gärten machen. Was kümmerte es sie, ob Jonathan mit Delia zusammen war oder nicht? Sie war frei und ungebunden, und das alleine war wichtig!
Sie kam sich wagemutig vor und fühlte sich prächtig, während sie alleine durch die luxuriösen Palastgärten wandelte. Als sie dann eine einsame Bank entdeckte, legte sie ihren Umhang beiseite und setzte sich. Es war Vollmond; entspannt saß sie in seinem sanften silbernen Licht und streckte ihm das Gesicht entgegen. *Eine Nacht für Liebende,* dachte sie und biß sich dann auf die Lippen. Sie hatte keinen Geliebten, und sie wollte auch keinen.
Sie ließ ihren Umhang liegen und schlenderte durch die Rosengärten, wo sie den schweren Duft der Blüten tief einatmete. Von hier aus konnte sie die lange Terrasse sehen, wo sie Jonathan und Delia zurückgelassen hatte. Sie entdeckte, daß dort ein Mann stand und sie beobachtete. Plötzlich ging er nach drinnen, und ihre Abenteuerlust verflüchtigte sich. Sie wollte nicht, daß einer ihrer galanten Freunde herauskam und ihr den Hof machte; das Leben war auch so schon kompliziert genug.

Er wartete neben der Bank auf sie, auf der sie ihren Umhang zurückgelassen hatte.
»Hallo«, sagte er beiläufig und reichte ihn ihr. »Ich glaube, das ist deiner.«
Alanna zog sich die Perücke vom Haar. »Woher wußtest du, daß ich es bin, Jonathan?«
Er machte einen Schritt auf sie zu und nahm ihre Hand. »Ich vermutete es. Und dann sah ich deinen Gang, und da wußte ich es sicher.«
Alanna zog ein Gesicht. »Frau Cooper versuchte mir abzugewöhnen, daß ich wie ein Junge gehe, aber sie scheint keinen Erfolg zu haben.«
Jonathan hob den goldenen Anhänger, den sie um den Hals trug, und betrachtete ihn. »Was ist das?« fragte er. Seine Stimme war leise und zärtlich.
Alanna war dankbar, daß er im Dunkeln nicht sehen konnte, wie sie errötete. »Es ist ein Talisman, der – er soll mich davor bewahren, schwanger zu werden«, stammelte sie. »Frau Cooper hat ihn mir vor langer Zeit gegeben.«
Jon lachte in sich hinein. »Hast du ihn schon mal ausprobiert?« fragte er und legte seinen freien Arm um sie. Alanna stemmte sich von seiner Brust weg und versuchte, nicht auf das alberne Flattern ihres Magens und auf die Hitze, die ihren Körper durchströmte, zu achten.
»Was soll *das* denn heißen?« fragte sie mit rauher Stimme.
»Das.« Rasch küßte er sie. Alanna wurde schwindlig, und sie war dankbar, daß er sie so fest hielt. Sie hatte Angst. Plötzlich wurde ihr klar, daß *sie* heute nacht in seinem Bett liegen wollte.
Jonathan hörte auf, sie zu küssen, und fing statt dessen an, ihr Mieder aufzuschnüren.
Entsetzt stieß ihn Alanna weg. »Nein!« rief sie und packte die Bänder. »Ich war verrückt, zu glauben – Jonathan, bitte!«
Der Prinz merkte, daß ihre Hände so stark zitterten, daß es ihr

nicht gelang, die Bänder wieder zu schnüren. Er schüttelte den Kopf und erledigte es für sie.

»Du kämpfst gegen etwas an, was geschehen muß«, sagte er. »Und das weißt du ebensogut wie ich.«

»Ich – ich weiß gar nichts«, stammelte sie. »Ich habe mir geschworen, *niemals* einen Mann zu lieben! Vielleicht lag es am Mond und an meiner Einfältigkeit, daß ich diesen Schwur gerade fast gebrochen hätte –«

»Hör auf!« befahl er ihr streng. Er zwang sie, ihn anzusehen. »Wir gehören zusammen. Ist das einfältig? Bestimmt ist es dir schon lange klar, daß dies geschehen mußte.« Als sie nicht antwortete, seufzte er. »Geh, bevor ich mich anders besinne.«

Alanna rannte davon. Als sie in ihrem Zimmer angelangt war, verriegelte sie die Tür. Sie zog sich aus und warf ihre Kleider in eine Ecke. Das hatte sie vom Kleidertragen! Wenn jemand Röcke trug, kamen die Männer auf komische Gedanken! *Georg hat dir Liebe geschworen, bevor er dich jemals in Röcken sah,* sagte ein vernünftiger Teil ihres Kopfes, aber diesen Gedanken schob Alanna beiseite. Sie ging nervös auf und ab und schnippte mit den Fingern. Wo war Immertreu? Sie wollte nicht alleine sein, wenn Jonathan in sein Zimmer zurückkehrte.

Plötzlich bekam sie weiche Knie und setzte sich aufs Bett. Natürlich würde Jonathan nicht in sein Zimmer zurückkehren. Bestimmt ging er jetzt zu Delia. Es war nicht Alanna, die er wollte; er wollte lediglich ein Mädchen, mit dem er seinen Spaß haben konnte.

Oh? sagte der unverschämte, vernünftige Teil ihres Kopfes. *Warum hat er dann gesagt, was er sagte? Warum hat er gesagt, du gehörest zu ihm?*

Hatte die Göttin sie nicht gemahnt, sie müsse die Liebe lernen? Liebte sie Jonathan?

Ein Geräusch im anderen Zimmer erschreckte sie. Er war nicht zu Delia gegangen. Er machte sich in seinem eigenen Zimmer bereit, ins Bett zu gehen, und er bewegte sich leise, um sie nicht zu stören. Er hatte also nicht nur seinen Spaß haben wollen!

Alannas Lippen zitterten. Sie *wollte* Jonathans Liebe. Um ganz ehrlich zu sein – sie hatte diese Liebe schon seit langem gewollt.

Sie klopfte an die Verbindungstür. »Jon?«

Er machte auf. Seine Augen leuchteten, als er sie ansah. Alanna schluckte. »Ich habe Angst. Hilf mir, bitte.«

Jonathans Stimme war rauh, als er sagte: »Ich habe auch Angst. Wenigstens können wir zusammen Angst haben.«

8
Ängste

Alanna war glücklich in diesem Sommer. Tagsüber hatte sie Unterricht und bekam Pflichten übertragen – der Unterricht hatte ab-, die Pflichten zugenommen, denn nun trat sie in ihr letztes Jahr als Knappe ein. Wenn Coram in Trebond besonders schwierige Probleme hatte und ihr schrieb, holte sie sich Rat bei Myles. Zu Frau Cooper ging sie, um sich zu unterhalten und um noch mehr darüber zu erfahren, was es bedeutete, eine Frau zu sein. Nachts lehrte Jon sie die Liebe. Es tat ihr leid, als sich die Blätter zu verfärben begannen: irgendwie wußte sie, daß ihre ruhige, glückliche Zeit nicht mehr lange andauern würde.

Delia von Eldorn ging vor Herzog Rogers Sessel auf und ab, und ihre grünen Augen funkelten vor Wut. »Ich verstehe das nicht!« fauchte sie zum zehnten Mal. »Ich hatte ihn *da* –« Sie streckte ihre schlanke weiße Hand mit nach oben gewandter Handfläche aus und ballte sie dann zu einer Faust. »Und jetzt muß ich schon dankbar sein, wenn er bei einem Fest ein einziges Mal mit mir tanzt!« Sie warf sich vor Herzog Rogers Sessel auf die Knie und schaute anmutig zu ihm auf. »Vergebt mir, Meister«, flehte sie. »Ich habe alles getan, worum Ihr mich gebeten habt. Er ist einfach –« Sie brach ab, sah zu Boden und klimperte mit ihren langen und dichten Wimpern.
Roger lächelte und strich ihr über das lange, dunkle Haar. »Ärgere dich nicht, Hübsche«, sagte er. »Dieser junge Mann entpuppt sich als äußerst unbeständig. Glücklicherweise habe ich noch andere Pläne, die ich jetzt in die Tat umsetzen werde.«
»Andere Pläne?« flüsterte Delia mit großen Augen. »Kann ich Euch helfen, Meister? Kann ich Euch irgendwie unterstützen? Ihr braucht es mir nur zu sagen!«
Roger, der immer noch das Haar des knienden Mädchens streichelte, sah in die Ferne. »Im Augenblick kannst du nichts für mich tun«, sagte er geistesabwesend. »Der nächste Schachzug ist an mir.« Er sah mit undurchdringlichen Augen auf sie hinunter.

»Aber du mußt dich bereithalten. Wenn alles schiefgeht, brauche ich deine Hilfe mehr als jemals zuvor.«
»Nichts wird schiefgehen!« protestierte Delia heftig. »Nicht, wenn *Ihr* die Pläne geschmiedet habt!«
Herzog Roger von Conté lächelte wieder. »Vielleicht hast du recht, meine Liebe«, bemerkte er. »Ich hoffe es. Sei inzwischen ein liebes Mädchen und warte. Gib Jonathan zu verstehen, daß sich *deine* Zuneigung nicht geändert hat, auch wenn *er* dir keine Aufmerksamkeit mehr schenkt.«
»Und Eure anderen Pläne?« flüsterte Delia.
Der Zauberer zupfte sich am Bart. »Du wirst sehen. Zumindest vorerst muß ich sehr vorsichtig sein, doch ich denke, daß du mich gut genug kennst, um zu merken, was ich im Schilde führe.« Er lachte. »Außer *dir* wird das keinem gelingen – dafür habe ich gesorgt!«
Und im Oktober brach in den ganzen Ostländern ein Fieber aus. Wenige starben, doch viele waren krank, und die Königin war eine der Kränkesten. Lianne war noch nie robust gewesen, und das Fieber weigerte sich, von ihr zu weichen. Schließlich ging es ihr besser, aber ganz gesund wurde sie nicht.
Während die Königin krank war, wurden Alanna und Jonathan zum ersten Mal seit Alannas Geburtstag getrennt, da Jonathan Tag und Nacht am Bett seiner Mutter Wache hielt. Von da an war ihre Liebesaffäre nicht mehr dieselbe – Jon machte sich große Sorgen um seine Mutter. Er war nicht der einzige. Alanna gefiel es gar nicht, wenn sie sah, wie die Königin wie ein Spatz aß und weiterhin Gewicht verlor, obwohl sie keines zu verlieren hatte. Lianne bekam auch einen Husten, den sie trotz Herzog Bairds bester Pflege nicht mehr losbekam.
»Myles«, sagte Alanna an einem Dezemberabend. Sie spielten gerade Schach. »Findet Ihr es normal, daß die Königin unentwegt so kränklich ist?«
»Es sieht aus, als könne es sie das Leben kosten«, sagte Myles

nach einer Weile stirnrunzelnd. »Soll ich das ›normal‹ finden?«
Alanna betrachtete nachdenklich einen Springer. »Herzog Baird ist der beste Heiler von Tortall. Warum kann er der Königin nicht helfen?«
Myles sah sie scharf an. »Du willst doch auf etwas hinaus, oder? Was bekümmert dich?«
Alanna knabberte an ihrem Daumennagel. »Die Sache gefällt mir nicht«, bekannte sie. »Am Drell habe ich gesehen, wozu Herzog Baird fähig ist. Er ist von den Göttern gesegnet. Ein Fieber, einen Husten – derartige Dinge kann er im Handumdrehen heilen. Nur diesmal nicht. Das einzige Mal, wo ich ihn hilflos sah, war während des Schwitzfiebers.« Sie schob einen Bauern ein Feld weiter. »Es gab Leute, die der Meinung waren, das Schwitzfieber sei durch einen Zauber ausgelöst worden. Ihr wart einer von ihnen – wißt Ihr noch?«
»Glaubst du, da gibt es eine Verbindung?« fragte Myles.
»Ich weiß nicht, was ich glauben soll«, entgegnete Alanna. Dann nickte sie. »Ja, das glaube ich – und jetzt will ich nicht mehr länger schweigen. Zu viele schlimme Dinge sind Jonathan und denen, die ihm nahestehen, zugestoßen. Ich glaube –«
»Alan, die Königin war noch nie sonderlich kräftig«, erinnerte sie Myles. »Das Schwitzfieber hat ihre Gesundheit unterhöhlt. Ihre jetzige Schwäche ist vermutlich nicht so ungewöhnlich. Überleg es dir bitte genau, bevor du irgendeinen beschuldigst.« Myles machte einen tiefen Atemzug. »Der Feind, den du dir da einhandelst, ist zu mächtig, als daß du ihn ohne Beweise – ohne schlagkräftige Beweise – beschuldigen solltest.«
Alanna sah Myles in die Augen. »Ihr verdächtigt ihn also auch?«
Myles seufzte und zupfte sich am Bart. »*Beweise* habe ich keine, Alan. Er ist gerissen, und er läßt sich nicht so ohne weiteres erwischen. Mein Verdacht – und dein Verdacht – ist lediglich auf Dinge begründet, die zufällig zusammenkamen. Deswegen kannst du keinen des Hochverrats bezichtigen.«

»Grauteufel und seine Gefährtin waren kein Zufall.« Nachdem sie wochenlang mit sich gerungen hatte, erzählte Alanna ihrem Freund nun von ihrer Entdeckung, daß der Glutstein ihr zeigen konnte, wann Magie mit im Spiel war. Sie gab ihn Myles sogar in die Hand. Er untersuchte ihn kurz und gab ihn zurück.

»Woher hast du den?«

Alanna erzählte von ihrem Zusammentreffen mit der Göttin im Wald und unterschlug lediglich, daß diese sie als Mädchen erkannt hatte. Manchmal wurden auch Männer von der Muttergöttin erwählt. Sie brachte es nicht über sich, Myles zu bekennen, daß sie jahrelang vor ihm verheimlicht hatte, wer sie in Wirklichkeit war. Der Ritter lauschte mit ausdrucksloser Miene. Als sie fertig war, erkundigte er sich: »Gibt es noch etwas, wovon du denkst, ich müßte es wissen?«

Nachdem Alanna ihren Verdacht so lange in sich angestaut hatte, sprudelte sie nun los. »Als Herzog Gareth von seinem Pferd abgeworfen wurde, hing eine Klette in der Satteldecke. Und der Mann, der es sattelte, verschwand am selben Tag. In der Nacht, in der ich von den Tusainern entführt wurde, unterhielt ich mich mit Herzog von Conté. Er wollte, daß ich sein Freund werde. Er sagte, wenn ich mit ihm befreundet wäre, könne ich ein hohes Alter erreichen. Ich sagte, meinen Freunden müsse das gleiche Vorrecht zukommen, ich sei aber nicht der Meinung, daß das auch *sein* Wunsch sei. Er ging weg, und Nebel zog auf. Erinnert Ihr Euch an den Nebel und daran, daß man Immertreu nicht mehr wachkriegen konnte? Ist es nicht komisch, daß alles geschah, nachdem Roger mich besuchte? Und daß das einzige Geschöpf, das mit hätte helfen können – nämlich mein Kater – durch Zauberkraft eingeschläfert wurde? Die Tusainer waren auf meine Ankunft vorbereitet, Myles. Sie haben mir ganz besondere Ketten angelegt. Nicht nur das, nein, sie hatten auch schon von mir *gehört,* und ich sollte nicht freigelassen werden. Wer hat ihnen so viel von mir erzählt? Jem – Jemis? Ich glaube nicht, daß

er mehr von mir wußte, als daß ich die Heilgabe besitze. Und habt Ihr Euch nie gefragt, wieso Jonathan bei dem ersten größeren feindlichen Angriff von allen anderen abgedrängt wurde?«
»Du hast keine Beweise«, entgegnete Myles beharrlich.
»So nachlässig ist Herzog Roger nicht«, sagte Alanna bitter. »Ich habe nur das, was ich sah und was ich glaube.« Sie stand auf und stocherte im Feuer. Vor Wut hatte sie fest den Kiefer aufeinandergepreßt.
»Du haßt Roger, habe ich recht?« fragte Myles ruhig. Er schenkte zwei Gläser Wein ein.
Alanna schwieg und dachte nach. »Wenn Haß bedeutet, daß man jemanden, von dem man genau weiß, daß er böse ist, zur Strecke bringen will, dann, ja – dann hasse ich den Herzog von Conté.«
Myles packte sie an den Schultern. »Sieh dich vor. Er ist zu mächtig: du darfst ihn nicht reizen. Ohne weiteres könntest *du* es sein, die stirbt, und keiner wüßte, daß er dafür verantwortlich ist. Er ist dazu fähig, das weißt du. Und wer wird Jonathan vor ihm schützen, wenn du nicht mehr da bist? Er hat Angst vor dir, sonst hätte er keine Bloßstellung riskiert und dich um deine Freundschaft gebeten.«
Alanna grinste. Myles hatte sie auf einen Gedanken gebracht. »Ich glaube, ich kenne noch einen, vor dem er Angst hat.«

»Stell dich doch nicht so ungeschickt an«, drängte Alex, während sich Alanna mit ihren Schlittschuhen abmühte. »Bestimmt warst du in Trebond eislaufen.«
»Nur, als ich noch ganz klein war«, entgegnete Alanna kurz angebunden und beäugte die Eisfläche vor sich. Gary und Raoul jagten gerade ihren Knappen hinterher; Jonathan half Cythera von Elden auf die Beine. Gwynnen, eine andere Hofdame, lachte ausgelassen, während sie unter der Januarsonne Achter zog.
Warum hatte sie sich von Alex bloß zu einer derart blöden Wette überreden lassen? Seit sie damals mit fünf eingebrochen war, war

sie nie mehr Schlittschuh gelaufen. Aber alle hatten gesagt, sie sei ein Angsthase; Jonathan hatte sie mit einem »Wie bitte?« in den Augen angesehen, und Alex hatte zehn Goldnobel darauf gewettet, daß es ihr nicht gelänge, einmal rund um den Teich zu fahren, ohne zu stürzen. Ihr Stolz gestattete es nicht, eine derartige Herausforderung abzulehnen, obwohl sie sich seit dem »freundschaftlichen Duell«, bei dem Alex sie fast getötet hatte, vor ihm in acht nahm.

Ihre Freunde applaudierten, als sie aufs Eis hinaus stakste; Immertreu miaute ermutigend vom Land her. Er hatte darauf bestanden, mitzukommen, obwohl er – wie jede normale Katze – das Wasser haßte, ob es nun gefroren war oder nicht. Alanna probierte ein paar Schritte und war erleichtert, als sich das Eis unter ihren Füßen stabil anfühlte. Sie wurde ein bißchen mutiger, fuhr ein paar Fuß weit und hielt nur an, um ein Schlittschuhband neu zu knüpfen.

Ohne Vorwarnung kamen Geoffrey und Sacherell hinter ihr angefahren, packten sie rechts und links an den Armen und zogen sie mit bis zum Ende des Teichs. Alanna lachte und befahl ihnen, sie loszulassen. Die beiden würden sie nicht stürzen lassen, das war ihr klar. Raouls Knappe war der beste Eisläufer im Palast, und für einen, der in Persopolis geboren und aufgewachsen war, stellte sich auch Geoffrey recht geschickt an. Grinsend setzten sie Alanna vor Alex ab.

»Was ist?« fragte der junge Ritter lachend und deutete aufs Eis. »Eine Wette ist eine Wette!«

Alanna setzte sich verbissen in Bewegung und fuhr mit regelmäßigen Zügen am Ufer entlang. Als sie erst einmal den Rhythmus heraus hatte, mußte sie nur noch nach Erhebungen und rauhen Stellen im Eis Ausschau halten. *Es macht mehr Spaß, als ich in Erinnerung hatte,* dachte sie, als sie ein gutes Stück von ihren Freunden entfernt am anderen Ende des Teiches angekommen war. *Vielleicht sollte ich öfters eislaufen gehen!*

An diesem Ende des Teichs standen einige Büschel Schilfgras. Sie machte einen großen Bogen drumherum, da ihr einfiel, daß an solchen Stellen das Eis schwächer war. Nur noch ein Drittel der Strecke lag vor ihr, als das Eis nachgab. Sie unterdrückte einen Schrei, als sie wie ein Stein ins eiskalte Wasser fiel. Genauso war es damals mit fünf gewesen, und auch damals hatten die Schlittschuhe sie nach unten gezerrt. Sie versuchte verzweifelt, sie von den Füßen zu ziehen, hielt die Luft an und verfluchte sich, weil sie sich aus Angst vor der Kälte so dick angezogen hatte. Da! Die Schlittschuhe waren ab, und Alanna kämpfte sich nach oben. Ihre Lungen platzten fast. Panik stieg in ihr auf und würgte sie. Sie zwang sich, einen klaren Kopf zu behalten, denn sie wußte, daß es ihr Ende sein würde, wenn sie die Nerven verlor. Ganz bestimmt war sie gleich oben und konnte wieder atmen . . .

Ihre Hände trafen auf Eis. Sie tastete umher und versuchte, das Loch zu finden, durch das sie gefallen war, aber es war hoffnungslos. Hilflos im Wasser schlotternd tastete sie nach dem Glutstein. Sie merkte es nicht einmal, als sie ihn in ihrer gefühllosen Hand hielt, bis sein Feuer erstrahlte und ein Loch in das Eis über ihrem Kopf schmolz. Sie schoß zur Oberfläche und japste nach Luft, bevor die nassen Kleider sie wieder nach unten zerrten.

Noch einmal, befahl sie sich verbissen und kämpfte sich wieder hinauf. Diesmal griffen starke Hände nach ihren Armen, und Jon und Raoul zogen sie hinaus aufs Eis. »Ist jemand losgegangen, um Hilfe zu holen?« fragte Jonathan nervös, während er ihr die Jacke auszog. »Zieht ih – zieht seine oberste Schicht Kleider aus!«

»Die Mädchen sind losgegangen«, entgegnete Gary und zerrte Alannas Fausthandschuhe herunter. »Mithros, Alan, du hast uns einen – Immertreu, verschwinde von hier!«

Alanna versuchte, den Kopf zu wenden. »Was macht er?« fragte sie.

Raoul runzelte die Stirn, als er ihr den zweiten Stiefel auszog.

»Er schleckt Eis. Komm, Alan, wir bringen dich an Land.«
Alanna genoß das einmalige Gefühl, von einem getragen zu werden, der mit ihr umging wie mit einem Kätzchen. »Er leckt Eis?« fragte sie erschöpft.
»Ich komme gleich wieder«, sagte Jonathan. Er fuhr mit Alex zusammen zu dem Kater hinüber. »Komm mit, Immertreu«, befahl er streng. »Sonst macht sich Alan Sorgen.«
Alex schüttelte den Kopf. »Ich verstehe das nicht. Der Teich ist schon seit Wochen fest zugefroren. Wie –«
»Warum lecken Tiere Eis?« fragte Jon. Seine Stimme klang eigenartig. Vorsichtig kniete er sich neben Immertreu und behielt dabei das große Loch im Auge, durch das Alanna eingebrochen war. Er rieb mit der bloßen Hand über das Eis und leckte am Finger. »Jemand hat hier Salz gestreut«, verkündete er. »Sieh dir die Vertiefungen an, und wie rauh es ist.«
»Mord«, flüsterte Alex und sah genauer hin. »Aber wer von uns sollte das Opfer werden? Könnte es vielleicht lediglich ein sehr schlechter Scherz gewesen sein?«
»Ich lache nicht«, kommentierte Jonathan trocken. »Lachst du?«
Als sie sich von ihrem eisigen Bad erholt hatte, entschloß Alanna sich, zu handeln. Da sie es nicht wagte, ihre Gedanken schriftlich niederzulegen, schickte sie Thom durch Georg eine mündliche Nachricht. Sie brauchte die Hilfe ihres Bruders. Nur Roger konnte hinter dem Unfall am Ententeich stecken, und sie wollte nicht, daß ihr weitere derartige »Unfälle« zustießen. Sie fand es auch interessant, daß Alex dabeigewesen war.
Wochen gingen vorüber, ohne daß eine Antwort kam und ohne daß der Bote zurückkehrte. Schließlich sandte Georg einen Suchtrupp aus, und im März erhielt Alanna eine Antwort – oder zumindest so etwas Ähnliches.
»Mein Bote wurde ermordet«, sagte ihr Georg. »Er hat fünf Pfeile in den Rücken gekriegt, und alle waren sie vergiftet. Da wollte einer ganz sicher gehen.«

Alanna runzelte die Stirn. »Ich werde selbst gehen müssen«, sagte sie besorgt. »Nicht gleich; die Gebirgspässe sind zugeschneit. Und im Augenblick braucht mich Jonathan.«

Georg zwang sie, ihn anzusehen. »Du liebst Jon, nicht wahr?« fragte er leise. »Und ich bin ein blinder Narr, daß ich das noch nicht gemerkt habe.«

Alanna schüttelte seine Hände ab. »Ich weiß nicht, was Liebe ist«, sagte sie verlegen. »Zumindest die, von der du sprichst, die, welche ewig währt, kenne ich nicht.«

Georg lachte und schüttelte den Kopf. »Mädchen, wann wirst du lernen, das zu sehen, was direkt vor deiner Nase liegt?«

Alanna griff nach oben und kniff Georg in die Nase. »Wenn es etwas zu sehen gibt«, neckte sie. »Also hör auf, von mir zu verlangen, daß ich etwas sehe, was gar nicht existiert.«

Georg lächelte. »Du bist eine störrische Kleine«, sagte er. »Das macht dich ja so anziehend. Und wenn du vorhast, in die Stadt der Götter zu reiten, dann komme ich mit.« Als sie protestierte, brachte er sie zum Verstummen, indem er seine große Hand über ihren Mund legte. »Hast du nicht gehört, was ich sagte? Mein Mann bekam fünf vergiftete Pfeile in den Rücken, und du hast Glück gehabt, daß du ihm keinen Brief, sondern nur eine mündliche Nachricht mitgegeben hast. Er wurde durchsucht, und seine Sache lagen um ihn herum im Schnee verstreut. Gut, daß es so kalt ist diesen Winter – dadurch war alles gefroren, und nichts hatte sich verändert seit seinem Tod. Also, Fräulein, ich reite mit, wenn du deinen Bruder besuchen gehst, ob es dir nun gefällt oder nicht.«

Alanna zog eine Grimasse und schwieg. Wenn es soweit war, würde sie ohne Georg aufbrechen. Sie konnte alleine auf sich aufpassen!

Jonathan wollte sie nicht gehen lassen, aber Anfang April machte sich Alanna trotzdem auf den Weg zur Stadt der Götter. Immertreu hinterließ sie genaue Anweisungen, er solle auf den Prinzen aufpassen und Myles holen gehen, wenn irgend etwas vorfiele. Vor Morgengrauen sattelte sie Mondlicht und stahl sich aus dem Palast. In der Stadt war kaum einer – und kein einziger Schurke – unterwegs. Sie dachte, sie habe Georg überlistet, da sie im Palast nur einen halben Tag zuvor Bescheid gesagt hatte. Sie irrte sich. Der Dieb wartete am Stadttor auf sie. Er trug Reitkleidung und saß auf einem stämmigen rotbraunen Gaul.

»Jonathan hat es dir gesagt«, beschuldigte ihn Alanna.

»Nein. Stefan hält sich Brieftauben. Ich lasse dich nicht aus den Augen, Mädchen, und das ist auch gut so.«

Da sie sowieso nichts daran ändern konnte, daß Georg mit ihr kam, lachte Alanna und lenkte ihr Pferd neben ihn. Würde es ihr jemals gelingen, ihm ein Schnippchen zu schlagen?

Es war ein schöner Ritt Richtung Norden. Georg war witzig und unterhaltsam; er hatte prächtige Geschichten zu erzählen. In Trebond machten sie für eine Nacht halt. Coram war entsetzt von der Gesellschaft, in der sie sich befand, und hielt ihr eine ordentliche Strafpredigt, doch Alanna tat sie mit einem Schulterzucken ab. Statt dessen verbrachte sie einige Zeit mit dem jungen Mann, den Coram als seinen Ersatzmann einlernte; es war ein netter Bursche, der eine kleine Familie und ein bißchen Bildung hatte. Alanna wußte nach diesem Gespräch, daß er ihr ebenso treu dienen würde wie Coram dies tat. Mit Coram vereinbarte sie, daß er im November zum Palast kommen würde, um mit dabei zu sein, wenn sie ihre Ritterprüfung ablegte.

Nun ritten Alanna und Georg weiter zur Stadt der Götter. Alanna seufzte müde, als sie endlich vor den mächtigen Stadtmauern ankamen. Rundum erstreckten sich meilenweit graue Berge, auf denen kaum etwas wuchs.

»Wie hält es Thom nur aus in so einer abscheulichen Gegend?« fragte sie Georg. »Ich würde verrückt werden, wenn ich mir das unentwegt anschauen müßte.«

»Wie die meisten Gelehrten hat er vermutlich keinen Blick dafür«, entgegnete ihr Freund.

Die Kriegerpriester, die an den Toren Wache hielten, führten sie zum Mithran-Kloster. Als sie an der Klosterschule der Mutter der Berge vorüberkamen, schauderte Alanna. Hinter diesen Mauern hatte sie fast sechs Jahre ihres Lebens verbracht. Jetzt war sie glücklicher als jemals zuvor, daß sie dem entronnen war.

Ein orangefarben gekleideter Geweihter ließ sie ins Kloster ein; Novizen nahmen ihnen die Pferde ab. Ein uralter, gelbhäutiger Mann in den schwarz-goldenen Gewändern der Meister kam ihnen wacklig entgegen, um sie zu begrüßen.

»Euer Besuch ehrt uns, Knappe Alan und Bürger Cooper«, sagte er. »Ich bin Si-cham, der Vorsteher der Meister hier.«

Alanna verbeugte sich tief. Als Zauberer war Si-cham fast so mächtig wie Herzog Roger. Als Priester stand er allen Mithrospriestern der Ostländer vor. »Es wäre uns eine Ehre, wenn ihr uns bei unserem Abendbrot Gesellschaft leisten wolltet«, fuhr der freundliche alte Mann fort. »Wir hören so wenig Neuigkeiten von draußen.«

»Es wird uns eine Ehre sein«, erwiderte Georg.

»Ausgezeichnet, ausgezeichnet. Folgt mir bitte. Ich denke nicht, daß euch Meisterschüler Thom erwartet. Oder doch?«

Alanna verneinte. »Ich wollte ihn überraschen.«

Si-cham warf ihr einen durchdringenden Blick zu, bevor er an eine der vielen Türen klopfte, die den langen Flur säumten. »Glaubst du, daß unseren Meisterschüler Thom noch vieles überraschen kann?«

Bevor Alanna diese komische Frage beantworten konnte, öffnete Thom die Tür. Er hatte einen Bart, war größer geworden – und älter. Voller Freude umarmte er Alanna und rief: »Bruderherz!« Als er ihren Begleiter sah, wurden seine violetten Augen ganz groß. »Das ist doch nicht etwa Georg Cooper?« fragte er und strahlte.

»Derselbe«, entgegnete Georg und reichte ihm die Hand. »Auch ich habe schon das eine oder andere von dir gehört.«
»Gewiß auch Gutes. Zumindest teilweise«, spaßte Thom und schüttelte Georgs Hand. Er warf Meister Si-cham einen Blick zu, während sich Alanna verwirrt sagte: *Er wußte, daß wir kommen. Er war überhaupt nicht überrascht.*
»Ihre Sachen wurden zum Gästeflügel gebracht.« Die Stimme des Meisters, die noch vor einem Augenblick warm und freundlich gewesen war, wurde plötzlich frostig. »Sie haben auch meine Einladung angenommen, mit uns das Abendbrot einzunehmen.«
Thom zog eine seiner kupferfarbenen Augenbrauen hoch. »Oh?« fragte er übertrieben freundlich. »Dann werde ich mich wohl ebenfalls dazugesellen müssen, wie?«
»Zur Abwechslung einmal.« Die Stimme des alten Meisters war so trocken wie Herbstlaub. »Ich werde euch nun alleine lassen, damit ihr euch unterhalten könnt.« Er eilte den langen Flur hinunter.
Alanna war verwirrt. »Ich begreife das nicht. Vor einem Augenblick war er noch überaus freundlich.«
»Sie sind wütend auf mich, seit ich aufhörte, den Idioten zu spielen und die schriftliche Meisterprüfung bestand. Kommt herein, setzt euch. Wein?« Thom läutete eine Glocke, und ein Diener, der das weiße Gewand der Novizen trug, kam herein. Thom gab dem Jungen Anweisungen und tat so, als merke er nicht, daß ihn Alanna und Georg anstarrten. Als der Novize verschwunden war, ließ sich Alanna auf einen Stuhl plumpsen. Ein Großteil derer, die den Meistertitel anstrebten, machten nicht einmal den Versuch, die Prüfung abzulegen, bevor sie mindestens dreißig waren.
»Du hast die schriftliche *Meisterprüfung* bestanden?« Alanna hatte Mühe, die Worte herauszukriegen.
»Vor zwei Wochen. Sie war leichter, als du denkst.« Thom zuckte die Achseln, bedeutete Georg, er solle sich neben Alanna

setzen, und nahm sich den dritten Stuhl. »Jetzt liegen nur noch die mündliche Prüfung und die Magierprüfung vor mir.«

»Das nennst du ›nur noch‹?« fragte Alanna mit schwacher Stimme.

Thom lachte darüber, daß Alanna so entsetzt war. »Ich war schon vor über einem Jahr dafür bereit. Und jetzt können sie es nicht mehr erwarten, bis ich fertig bin und von hier verschwinde. Ich mache sie nervös.«

Der Wein wurde gebracht. Alanna trank ihr Glas in einem einzigen Zug hinunter und schenkte sich ein zweites ein, während Georg von ihrem Ritt zur Stadt der Götter erzählte. Als Alanna ruhiger geworden war, wandte sich Thom wieder zu ihr. »So. Was bringt euch beide gleich nach dem Auftauen der Pässe zu mir? Oder vielmehr – was bringt *dich,* Schwester? Ich glaube, ich gehe richtig in der Annahme, daß Georg zu deinem Schutz mitkam.«

Georg lächelte und trank schlückchenweise seinen Wein. »Um die Wahrheit zu sagen, so war mir eher an dem Ritt gelegen. Gewiß ist dir klar, daß Alanna auf sich selbst aufpassen kann.«

Thom lächelte sarkastisch. »Du kamst, um sie vor einem gewissen lächelnden Herrn zu beschützen«, sagte er. »Oder dachtest du, ich hätte ihn vergessen? Er hat *mich* nicht vergessen. Es gibt zwei Leute hier, die mich beobachten.«

»Um so besser, daß du deine Prüfung bald hinter dir hast.« Alanna zuckte die Achseln. Wenn Thom die Angelegenheit auf die leichte Schulter nahm, dann konnte sie das auch. »Ich brauche dich im Palast.«

»Wirklich?«

»Sei nicht so überheblich, Bruder«, sagte sie. »Früher habe ich dich in den Ententeich getaucht – und wenn du mich wütend machst, versuche ich es noch einmal. Die Angelegenheit ist zu wichtig.«

Thom lachte. »So ernst? Na gut – was gibt es?«

Sie unterhielten sich, bis die Glocken sie zum Abendbrot riefen, und anschließend redeten sie weiter bis spät in die Nacht. Alanna wollte, daß Thom in den Palast kam, um auf Jonathan aufzupassen, wenn sie auf Reisen ging. Thom lehnte nicht ab; er hatte durchaus Lust, ein Weilchen am Hof zu leben. Als diese wichtigste Frage geklärt war, erzählten Alanna und Georg, was sie von Roger wußten oder vermuteten. Das einzige, was die beiden Männer überraschte, war die Geschichte mit dem Glutstein. Zuletzt erzählte sie ihrem Bruder noch von den Experimenten, die sie mit dem Stein angestellt hatte. Dann setzte sie sich zurück und gähnte. Sie konnte sich daran erinnern, daß die Uhr Mitternacht geschlagen hatte, aber das war vor mindestens einer Stunde gewesen.

Georg schüttelte den Kopf. »Hast du sonst noch irgendwelche Überraschungen für mich?« fragte er.

»Sei nicht albern«, entgegnete sie. »Ich hätte es dir schon früher erzählt, aber ich fand nie die rechte Gelegenheit. Es ist meiner Meinung nach nichts, worüber ich viel reden sollte.«

Thom stand auf und sah auf sie herunter. »Eine Göttin!« sagte er leise. »Was hätte ich dafür gegeben, mit dabei gewesen zu sein!«

»Ich wollte, du wärst tatsächlich mit dabei gewesen«, sagte Alanna freimütig. »Ich hatte gräßliche Angst. Aber vielleicht hätte sie nicht mit mir geredet, wenn ich nicht allein gewesen wäre.«

Thom streckte die Hand aus. »Laß ihn mich anschauen.«

Ohne ihren Zwillingsbruder aus den Augen zu lassen, zog Alanna langsam die Kette über den Kopf. Der Glutstein, in dessen Innern das Feuer glimmte, baumelte in der Luft. Thom nahm ihn und hob ihn vor die Augen. »Verrät dich das Glimmen bei Nacht?« fragte er gedankenverloren. Alanna sah, daß er mit seinen Gedanken nicht bei ihr, sondern bei den Fragen war, die das Andenken der Göttin aufwarf. Dies war Thoms anderes Gesicht, das Gelehrtengesicht, das er trug, wenn er einem auf

modernden Schriftrollen oder in halbverbrannten Büchern geschriebenen alten Zauberspruch auf der Spur war.
»Nein.« Sie fühlte sich ein wenig verlassen. An diesen Ort, wo sich ihr Zwillingsbruder gerade befand, konnte sie ihm nicht folgen. »Er brennt innerlich, aber eigentlich brennt er nicht, wenn du weißt, was ich meine.«
Georg, der ihr ansah, wie verloren sie sich vorkam, trat hinter sie und rieb ihr die Schultern. Dankbar lächelte sie zu ihrem Freund hinauf. Er schien stets ganz genau zu wissen, was in ihr vor sich ging.
»Faszinierend«, flüsterte Thom. Plötzlich wurde sein Gesicht angespannt. Er warf den Stein in die Luft, deutete mit dem Finger darauf und rief ein Wort, das weder Alanna noch Georg kannten. Es gab eine mächtige, aber geräuschlose Explosion. Der Raum wankte; Alanna packte Georg, damit er nicht stürzte. Überall in den Klostergebäuden flammten Lampen auf. Schreie ertönten. Alanna warf Thom einen wütenden Blick zu. Achselzuckend gab ihr Bruder den Glutstein zurück. Die Kette war verschwunden; ein kleiner Klumpen geschmolzenen Goldes hing an der Kristallumhüllung des Steins. »Es ist ihm nichts passiert«, versicherte ihr Thom.
Alanna fand die Sprache wieder. »Nichts passiert?« schrie sie wütend. *»Was hast du damit gemacht?«*
»Er hat einen Befehl gesprochen«, sagte eine trockene Stimme von der Tür her. Si-cham, der über seinem Schlafgewand einen zerknitterten Morgenmantel trug, stand da. »Stammt dieser Gegenstand von den Unsterblichen?«
Wortlos reichte ihm Alanna den Glutstein. Insgeheim nahm sie sich vor, es Thom heimzuzahlen, daß er sie in diese Lage brachte. Der gelbhäutige Mann musterte den Stein einen Augenblick lang und gab ihn dann zurück. »Dein Bruder hat dem Stein befohlen, seine Geheimnisse preiszugeben«, erklärte er. »Nur ein Gegenstand, der von den Unsterblichen gemacht wurde, kann so

einem Befehl widerstehen, wie dieser hier es getan hat. Du solltest deinem Bruder Thom kein so gefährliches Spielzeug geben, Knappe Alan.« Si-cham warf Thom einen Blick zu. »Ich nehme an, dir ist klar, daß du eine Vielzahl äußerst delikater Zaubersprüche unterbrochen hast, an denen einige der Meister arbeiteten. Viele von ihnen werden wochenlang brauchen, um den Schaden wieder gutzumachen.«

Thom zuckte die Achseln. »Es war notwendig«, sagte er kühl. »Ich mußte feststellen, wie mächtig der Stein ist.«

»Ich verstehe.« Si-cham lächelte mit schmalen Lippen. »Sehr wohl. Um dich zu lehren, daß es sich lohnt, deine Mitgelehrten zu *warnen*, wenn du vorhast, mit den Naturgewalten zu spielen, wird deine Magierprüfung darin bestehen, die Arbeit, die du heute nacht zunichte machtest, wieder in Ordnung zu bringen.« Der alte Meister nickte Alanna zu. »Bis morgen früh, Knappe Alan.«

Als sich hinter Si-cham die Tür schloß, drehte sich Alanna zu ihrem Bruder um. »Könntest du dich nicht mit ihnen anfreunden?« wollte sie wissen. »Ich mag Meister Si-cham. Und die anderen –«

Thom schüttelte den Kopf. »Sie haben Angst vor mir, weil ich besser bin als sie. Sie würden mich hassen, selbst wenn ich mir ein Bein ausrisse, um nett zu ihnen zu sein – und das habe ich absolut nicht vor.«

Alanna runzelte besorgt die Stirn. »Du wirst sehr einsam sein«, sagte sie unverhohlen.

Thom lachte. »Ich habe die Gabe. Das genügt mir.«

»Ich frage mich, ob du recht hast. Das scheint mir nicht genug zu sein.« Sie mußte daran denken, daß die Göttin ihr gesagt hatte, sie müsse das Lieben lernen. Ohne Liebe und Freundschaft würde Thom ein einsames Leben führen. Sie hatte wenigstens Freunde. War es möglich, daß sie auch das Lieben gelernt hatte?

Sie verbrachten einen weiteren Tag im Kloster. Während sich

Thom seinen Studien widmete, unterhielten sie sich mit anderen. Auch mit Thom gab es noch einiges zu besprechen. Als sie am nächsten Tag bei Morgengrauen aufbrachen, wußte Alanna, daß ihr Bruder bald kommen und ihr helfen würde, Jonathan zu beschützen. Zumindest darauf freute sie sich; damit würde ihr eine große Last von der Seele genommen werden.

Einen halben Tag lang ritten sie wortlos dahin. Alanna dachte über ihren Bruder nach. Georg brach das Schweigen erst, als sie Rast machten, um mittagzuessen.

»Dein Bruder ist ein interessanter Bursche.«

Alanna stieß ein kurzes Lachen aus. »Das ist er.«

»Er wird einen kraftvollen Beschützer für Jon abgeben. Du kannst also ohne Sorge auf Abenteuersuche ziehen.« Alanna nickte. Georg beobachtete sie einen Augenblick lang, bevor er hinzufügte: »War er schon immer so stolz?«

Alanna schaute unglücklich zu ihrem Freund auf. »Ich glaube nicht. Er hatte sich verändert, als wir heimkamen, um unseren Vater zu begraben. Damals sah ich schon, daß er härter wurde. Aber als der mächtige Zauberer, der er jetzt ist, hat er jedes Recht, stolz zu sein. Nicht jeder kann mit soviel Zauberkraft umgehen. Ich habe es nie versucht; ich hatte Angst davor.«

»Eine weise Angst«, bemerkte Georg. »Außerdem – wolltest du denn ein guter Krieger *und* ein mächtiger Zauberer werden?«

»Das ist es nicht«, protestierte Alanna, der klar wurde, daß Georg annahm, sie könne ein bißchen eifersüchtig sein. »Er scheint nur so *einsam* zu sein. Und er merkt es nicht mal.«

Georg zog die Augenbrauen hoch. »Soll ich meinen Ohren trauen? Alanna die Herzlose spricht *für* die Liebe und nicht dagegen?«

»Zieh mich nicht auf, Georg. Er ist mein Bruder. Ich liebe ihn.«

»Das weiß er«, sagte Georg, legte den Arm um ihre Schultern und drückte sie an sich. »Und darum beneide ich ihn. So, iß auf! Wir haben einen langen Heimritt vor uns.«

Diesmal machten sie nicht in Trebond halt. Sie ritten am Trebondweg vorbei, und Alanna blieb nur einen Augenblick stehen, um zu ihrem Zuhause hinzublicken. Mehr und mehr wurde der Palast zu ihrer Heimat, und Trebond war nur noch ein Ort auf der Karte für sie.

Am nächsten Tag bei Sonnenuntergang und noch einige Meilen von der nächsten Herberge entfernt spürte Georg, daß Gefahr im Anzug war. Er zügelte sein Pferd und blähte die Nasenflügel, als schnuppere er den Wind.

»Falls mich meine in der Stadt herangewachsene Nase nicht täuscht –« Er brach ab und stieß einen Schmerzensschrei aus: ein häßlicher schwarzer Pfeil ragte aus seinem Schlüsselbein hervor. Männer stürmten zwischen den Bäumen hervor und umzingelten sie.

»Reit davon!« knirschte Georg.

Mondlicht bäumte sich auf und schlug mit wirbelnden Hufen nach den beiden Schurken, die ihre Zügel zu packen versuchten. Georg zog einen Dolch aus der Scheide und schleuderte ihn einem Mann in die Kehle. »Reit los!« schrie er, als sich vier weitere auf sie stürzten.

»Nein!« rief Alanna wild und ritt geradewegs auf einen Mann zu, der eben einen Pfeil an seinen Bogen legte. Die Stute trampelte ihn umbarmherzig nieder, während Alanna Blitzschlag zog und auf einen dritten Angreifer einhieb. Auch Georg zog sein Schwert, um den Mann zu töten, der ihn vom Sattel zu zerren suchte. Das Gesicht des Diebes war fahl, und mit Entsetzen fiel Alanna ein, daß der zu Thom ausgesandte Bote mit vergifteten Pfeilen ermordet worden war. Mit einem wütenden Aufschrei schlug sie die beiden Männer nieder, die sie von Georg abdrängen wollten. Als sie Mondlicht wendete, sah sie, wie Georg einem Angreifer seinen zweiten Dolch in die Schulter schleuderte.

Georg zügelte sein Pferd. Sein Gesicht war weiß in der herabfallenden Dunkelheit. »Mach dir um mich keine Sorgen«, keuchte er. »Der Pfeil ist nicht vergiftet. Versuche, von dem da so viel wie möglich zu erfahren!« Er deutete auf den Mann, den er soeben verwundet hatte; er war der einzige, der noch auf den Beinen stand.

Alanna schnitt dem Halunken den Weg ab, als dieser wegzulaufen versuchte und trat mit dem Fuß nach ihm, daß er zu Boden stürzte. Dann sprang sie vom Pferd. Wutentbrannt legte sie ihr Schwert an die Kehle des Mannes. Er starrte zu ihr empor und versuchte fortzukriechen.

»Rühr dich nicht vom Fleck!« schrie Alanna und ihre Stimme wurde schrill vor Zorn. Dieser Schuft hatte zusammen mit seinen Komplizen Georg verwundet! »Wer hat euch geschickt? Wer war es?«

»Dir sollte nichts zustoßen«, brabbelte der Halunke mit vor Angst weit aufgerissenen Augen. »›Ich will den Jungen lebend‹, wurde uns befohlen, und dabei hat uns keiner gesagt, daß ihr so starke Kerle seid. ›Eine leichte Beute‹, sagte er.

›Tötet den Mann und bringt mir den Jungen, dann werdet ihr reich belohnt –‹«

»*Wer* hat das gesagt?« brüllte Alanna.

Der Mann machte den Mund auf und wollte reden, doch aus seiner Kehle kamen nur schwache, erstickte Geräusche, und große Schweißtropfen liefen ihm übers Gesicht. Plötzlich wurde er bleich, kreischte und krallte nach unsichtbaren Händen, die um seiner Kehle lagen. Seine Augen rollten nach oben, und er brach tot zusammen. Rasch nestelte Alanna nach dem Glutstein unter ihrer Kleidung. Als sie ihn ergriff, sah sie augenblicklich, wie Spuren orangefarbenen Lichts den Körper des Mannes umgaben und dann verschwanden.

»Magie«, flüsterte sie. Sie sah sich nach Georg um. Wankend saß er in seinem Sattel. Da war keine Zeit zu verlieren! Alanna riß ein Seil aus ihren Satteltaschen und band Georg auf dem Rücken seines Pferdes fest. Dann bestieg sie Mondlicht und reichte dem

Freund ihre Branntweinflasche, während sie die Wunde untersuchte. Der Pfeil hatte Georgs Schultermuskel durchbohrt, und aus seinem Rücken ragte die Pfeilspitze hervor. Alanna nahm ihren ganzen Mut zusammen, schnitt die Pfeilfedern ab und zog den Pfeil aus der Wunde. Georg sank im Verlauf dieser Prozedur besinnungslos gegen sie, wofür sie dankbar war. Sie lehnte ihn auf seinem Pferd nach vorn, nahm die Zügel und machte sich auf den Weg in die Dunkelheit.

Es kam Alanna so vor, als sei eine Ewigkeit vergangen, bis sie in der Herberge anlangten. Barsch gab sie den Pferdeknechten Anweisungen und sah besorgt zu, wie sie Georg vom Pferd hoben und nach drinnen trugen. Das Anerbieten der Herbergswirtin, nach einem Heiler zu schicken, lehnte sie mit der kurzen Erklärung ab, sie besäße selber die Heilgabe. Rasch wurde ihnen ein Zimmer gerichtet; ein Dienstmädchen brachte Branntwein, kochendes Wasser und saubere Tücher. Alanna machte sich daran, die Wunde zu reinigen und zu verbinden und sprach dann ihren mächtigsten Heilzauber. Vom Kampf und vom Zaubern erschöpft hielt sie bis spät in die Nacht hinein bei Georg Wache. Seine Gesichtsfarbe gefiel ihr nicht. Er hatte so viel Blut verloren . . .

»Stirb mir nicht weg«, flüsterte sie, als die Uhr Mitternacht schlug und er sich immer noch nicht rührte. »Es ist doch nur eine kleine Schulterwunde. Göttin, Georg – stirb mir nicht weg!«

Seine Lider flatterten; er öffnete die Augen und lächelte. »Ich wußte nicht, daß dir was an mir liegt«, flüsterte er. »Und warum willst du mich denn beleidigen? Ich sterbe nicht wegen so 'nem klitzekleinen Kratzer – ich hab' schon Schlimmeres überlebt.«

Alanna wischte sich die nassen Wangen. »Natürlich liegt mir was an dir, du gewissenloser Schurke!« flüsterte sie. »Natürlich.«

An ihrem achzehnten Geburtstag weckte Immertreu sie kurz nach dem Morgengrauen. *Steh auf und zieh dich an,* erklärte ihr

der Kater. *Bestimmt willst du nicht, daß die Überraschung, die sie planen, nicht nur für dich, sondern auch für sie eine Überraschung wird. Jonathan sagte, du sollest dich eilen!*
Alanna stopfte sich eben das Hemd in die Kniebundhose, als der Prinz an ihre Tür klopfte. »Bist du präsentabel, Knappe?« wollte er wissen.
Alanna riß die Tür auf. »Ich bin immer präsentabel, Oberherr«, entgegnete sie. Dann sah sie, daß Gary, Raoul und Alex bei ihm waren. »Meint ihr nicht, daß es noch ein bißchen früh ist?« jammerte sie.
Mit großen Paketen beladen kamen sie hereinmarschiert. »Nein, meinen wir nicht, alter Nörgler«, sagte Gary und schlug ihr auf die Schulter. »Herzlichen Glückwunsch zum Geburtstag.«
Die jungen Männer häuften ihre Geschenke aufs Bett und drehten sich zu Jonathan um. Er warf ihnen einen finsteren Blick zu. »Ich dachte, *Raoul* wolle es Alan erklären?«
»Du kannst besser Reden führen als ich«, sagte Raoul.
»Was sie versuchen, dir *nicht* zu sagen«, erklärte Gary geduldig, »ist, daß wir uns abgesprochen und beschlossen haben, unser zukünftiger Held müsse ordentlich ausgerüstet sein.« Er deutete auf die Pakete auf dem Bett. »Die Geschenke sind von uns, vom König, der Königin, meinem Vater, Herzog Baird, Douglass, Geoffrey, Sacherell – habe ich einen vergessen?«
»Ich glaube nicht«, sagte Alex.
»Myles sagte, er wolle verdammt sein, wenn er zu dieser Stunde aufstünde, aber wenn du in die Ställe gingst, fändest du etwas von ihm«, fügte Raoul hinzu.
Jonathan übergab Alanna das größte und schwerste Paket. »Mach schon«, drängte er, als sie es lediglich anstarrte. »Es ist für dich.«
Das Paket enthielt das leichteste Kettenhemd, das Alanna jemals in der Hand gehabt hatte. Es war vergoldet. In den anderen Paketen waren ein vergoldeter Helm, ein mit Amethysten besetzter Gürtel aus Golddraht, weiche Glacé-Reithandschuhe, eine

goldbesetzte Scheide für Blitzschlag mit passendem Dolch und vergoldete, zum Kettenhemd passende Beinkleider. Alanna öffnete schweigend die Pakete. Das kleinste Päckchen von »Vetter Georg« enthielt einen Ring mit einem in fahles Gold gefaßten schwarzen Opal.

Ehrfürchtig und fast erschrocken über diese Liebesbezeigungen sah sie die anderen an. »Ich – ich weiß nicht, was ich sagen soll.«

»Sag gar nichts«, riet ihr Jonathan. »Geh und schau dir Mondlicht an.«

Myles hatte ihr eine komplette Ausrüstung aus sauber gearbeitetem, mit Gold besetztem Leder für die Stute geschenkt. Mondlicht zeigte ihre Freude mit einem schrillen Wiehern, während Immertreu, in einer für ihn am Sattel befestigten Schale hockend, zufrieden schnurrte. Alanna heulte vor Glück, doch sie verbarg das Gesicht in Mondlichts Mähne, und so merkte es keiner.

Und keiner wollte ihren Dank. Die jungen Männer befahlen ihr, still zu sein, oder ihnen – falls sie sich unbedingt erkenntlich zeigen wollte – den Text der schlüpfrigen Lieder beizubringen, die sie von den Männern aus der Drellfestung gelernt hatte.

»Warum bist du so durcheinander?« fragte Jonathan sie in dieser Nacht. »Merkst du denn nicht, daß wir dich alle lieben und dir Erfolg wünschen – auch wenn du uns verläßt?«

»Um so mehr werden sie mich hassen, wenn sie die Wahrheit erfahren«, sagte Alanna unglücklich.

»Ach Quatsch. Meinst du nicht, daß manch einer von ihnen inzwischen etwas vermutet?«

Alanna sah ihren Freund und Geliebten an. »Myles«, flüsterte sie. »Ich möchte wetten, daß er es weiß.«

Jonathan entschloß sich, die äußerst eigenartige Unterhaltung, die er mit Myles am Tag nach der Entführung Alannas durch die Tusainer geführt hatte, nicht zu erwähnen. »Warum fragst du ihn nicht?« entgegnete er statt dessen.

Darüber dachte Alanna nach, als ihr etwas anderes einfiel. »Jonathan – ich brauche zwei Ritter, die mich in den Ritterkodex einweisen, während ich vor der Prüfung das Reinigungsbad nehme. Was soll ich tun?«

»Ich schlage vor, daß du Vetter Gary Bescheid sagst«, gähnte Jonathan und ließ sich auf sein Bett sinken. »Er wird das Ganze für einen prächtigen Spaß halten. Aber ich glaube, wir können dich auch *nach* dem Bad einweisen.«

Alanna lachte und legte sich neben ihn. »Du willst nur nicht, daß mich Gary nackt sieht.«

»Da hast du recht, das will ich nicht! Willst *du* es?« fragte Jonathan mißtrauisch und sah ihr in die Augen. Als Alanna lediglich kicherte, wiederholte Jonathan: »*Willst* du es?«

»Für einen, der es nicht ernst meint mit mir, bist du sehr eifersüchtig«, sagte sie und lachte.

Jonathan zwang sie, ihn anzusehen. »Ich meine es ernst mit dir. Auf meine Art und Weise«, sagte er ruhig. »Aber wenn ich von Liebe spräche, liefest du mir weg.«

»Bitte tu es nicht, Jonathan«, flüsterte sie.

»Siehst du, was ich meine?« Er gähnte wieder. »Reg dich nicht auf. So oder so kann ich nicht vom Heiraten reden –«

»Ich will nicht vom Heiraten reden!« rief sie. »Ich will auch nicht, daß du von Liebe –«

Jonathan brachte sie zum Verstummen, indem er ihr die Hand auf den Mund legte. »Ich liebe dich, Alanna«, sagte er mit fester Stimme. »Du brauchst keine Notiz davon zu nehmen, wenn du nicht willst, aber ich liebe dich. Schlaf jetzt.«

Alanna lag lange wach. Sie wünschte sich, er hätte es nicht gesagt, und doch war sie glücklich darüber. Sobald sie ein Ritter sein würde, wollte sie weggehen. Daran gab es keinen Zweifel. Und Jonathan mußte eine Ehe eingehen, die gut war für's Königreich. *Daran* gab es auch keinen Zweifel. Und doch –

Sie dachte, er schliefe. »Ich liebe dich, Jonathan«, flüsterte sie.

Er schlang den Arm um sie und zog sie näher. »Ich weiß.«

9
Die Prüfung

Kurz nach ihrem Geburtstag machten Alanna und Gary einen Tagesritt in den Königswald. Jonathan sah zu, wie sie sich entfernten. Er wußte, was Alanna mit seinem Vetter zu besprechen hatte. Er war nervös. Wie mochte sich wohl Alanna fühlen, für die so viel mehr auf dem Spiel stand?

»Was du auch immer auf dem Herzen haben magst, so sagst du es mir am besten gleich und bringst es hinter dich«, empfahl Gary, nachdem sie eine Stunde lang schweigend geritten waren. »Es muß ziemlich wichtig sein.«

Alanna wischte die winzigen Schweißtröpfchen fort, die auf ihrer Oberlippe standen. »Das ist es«, gab sie zu. »Gary, ist dir – ist dir jemals der Gedanke gekommen, ich könnte ein anderer sein als der, der ich zu sein *scheine?*«

Er zuckte die Achseln. »Schon seit ich dich kennenlernte, weiß ich, daß dich ein großes Geheimnis umgibt«, antwortete er. »Ich dachte mir immer, früher oder später würdest du es mir verraten.«

Alanna machte einen tiefen Atemzug. »Ich bin ein Mädchen«, sagte sie ohne Umschweife. »Ich – in Wirklichkeit heiße ich Alanna. Ich komme von Trebond, und Lord Thom ist wirklich mein Zwillingsbruder.«

Gary zügelte abrupt sein Pferd und starrte sie an. »Mach keine Witze!«

Alanna, die auf Mondlichts Nacken hinuntergesehen hatte, hob den Kopf. »Ich mache keine Witze. Das ist die Wahrheit!«

»Wo ist dann dein Busen?« erkundigte er sich.

Alanna wurde rot. »Den schnüre ich mit einem Korsett flach.«

»Aber wenn du badest –« Gary brach ab und pfiff. »Keiner von uns hat dich jemals baden sehen! Und schwimmen auch nicht!«

»Stimmt.«

Gary zupfte gedankenverloren an seinem Schnurrbart. »Wer weiß es sonst noch?«

Alanna schluckte mühsam. Er schien nicht wütend zu sein.

»Jonathan. Georg und Frau Cooper. Coram, mein Bruder Thom. Die Heilerin in Trebond. Immertreu.« Sie streichelte den Kater, der in seiner an Mondlichts Sattel hängenden Schale mitritt.

Ein paar Augenblicke lang waren nur die Vögel und die Waldtiere zu hören. Garys Gesicht offenbarte nichts, aber so, wie sie ihn kannte, setzte er vermutlich all die Bruchstücke zusammen, die ihm in all den Jahren Rätsel aufgegeben hatten. Plötzlich überzog ein breites Lächeln sein Gesicht, und er krauste die Augen vor Vergnügen. »Ich freue mich schon darauf, was die für Gesichter machen werden!« schrie er und brach in Gelächter aus.

»Wer zum Beispiel?« fragte Alanna. Daß Gary die Angelegenheit so lustig fand, verwirrte sie. Zwar hatte Jonathan diese Reaktion Garys vorhergesehen, aber sie hatte ihm nicht glauben wollen.

»Alle miteinander!« japste der Ritter und wischte sich die Lachtränen aus den Augen. »Alle miteinander!«

Er lachte immer noch, als sie sich wieder in Bewegung setzten. Abgesehen von ihrer Liebesbeziehung zu Jonathan erzählte sie ihm alles.

Er war begeistert, hielt das Ganze für einen prächtigen Spaß und war glücklich, daran teilzuhaben.

»Natürlich weise ich dich ein, wenn du das Zeremonienbad nimmst. Ich wäre gekränkt, wenn du einen anderen bätest«, erklärte er ihr, als sie mittags rasteten und aßen. »Moment mal! Dein Knappe – hast du dir schon einen ausgesucht?«

Alanna schüttelte den Kopf. »Ich habe es mit deinem Vater besprochen, und er meinte ebenfalls, es sei eine Zeitverschwendung, daß ich mir einen Knappen nehme, wo ich doch vorhabe, mich gleich nach dem Mittwinterfest auf den Weg zu machen.«

»Gleich nachdem du ihnen gesagt hast, wer du bist, meinst du wohl?«

Alanna nickte. »Ich könnte sowieso keinen Knappen mitnehmen, auch wenn die Wahrheit nicht herauskäme.«

Gary zog eine Augenbraue hoch. »Du glaubst doch wohl nicht,

daß sie froh sind, dich loszuwerden, sobald sie die Wahrheit erfahren?«

»Meinst du nicht?«

Der Sohn Herzog Gareths war kein Narr. »Der eine oder andere«, sagte er schließlich. »Diejenigen, die dich nicht gut kennen höchstwahrscheinlich schon. Aber deine Freunde? Ich glaube, du beurteilst sie zu streng.« Er sprang auf und packte mit ihr zusammen die Satteltaschen wieder ein. »Ich kann es kaum erwarten!«

Jon war erleichtert und eifersüchtig, als er an diesem Abend Alanna und Gary lächelnd und unbefangen beim Abendbrot sah. Rasch erzählten sie ihm, was geschehen war. Somit hatten die drei etwas, worüber sie in diesem langen Sommer heimlich reden – und lachen – konnten. Diese Gespräche taten Alanna gut. Da sie so daran gewöhnt war, ihre Maskerade als eine Sache auf Leben und Tod zu betrachten, hatte sie nie gelernt, darüber zu lachen. Gary, Jonathan und Georg brachten es ihr bei, und so kam sie durch ihre Freunde zu neuen Einsichten über das, was sie getan hatte und über die Menschen, die ihr am nächsten standen. Dadurch verlor der Gedanke daran, die Wahrheit sagen zu müssen, etwas von seinem Schrecken.

Für alle, die Alanna kannten, schien sie sich in den Monaten zwischen ihrem achtzehnten Geburtstag und dem Mittwinterfest zu verändern. Noch immer war sie im Unterricht aufmerksam, erledigte gewissenhaft ihre Pflichten, aber es war offensichtlich, daß sie mit den Gedanken anderswo war. Oft schlich sie sich verkleidet in die Stadt und ging zum Tempel der Großen Muttergöttin, um sich zu besinnen. Es gab vieles, worüber sie nachdenken mußte – Jon, Georg, Thom, Herzog Roger, den richtigen Zeitpunkt, um dem König und der Königin die Wahrheit zu sagen – vor allem aber war sie mit den Gedanken bei der eisernen Tür des Prüfungsgemachs. Warum sie diese Tür so fürchtete, wußte sie nicht so recht. Sie wußte nur, daß sie zum ersten Mal in ihrem Leben am liebsten die Zeit angehalten hätte. Sogar der Gedanke, daß sie die Prüfung ja vielleicht überstand und dann auf Abenteuersuche gehen konnte, machte ihr keine Freude mehr. Sie hatte den Palast und die Menschen dort lieben gelernt und wußte, daß sie sie vermissen würde. Tatsächlich war sie gar nicht mehr so sicher, ob sie überhaupt weggehen wollte.

»Dann bleib doch da«, riet Myles, als sie es erwähnte. »Die meisten jungen Ritter kämpfen im Dienst des Königreichs, sobald sie ihren Schild erlangt haben. Gewiß werden Herzog Gareth und Seine Majestät überglücklich sein, dich hierzubehalten.«

Alanna schüttelte den Kopf. Das einzige, worauf sie sich noch freute, war die Erleichterung, die sie verspüren würde, wenn sie allen die Wahrheit sagte.

Sie stand auf und umarmte ihren zotteligen Freund. »Ich hab dich lieb, Myles«, flüsterte sie und blinzelte Tränen fort. »Ich komme oft wieder. Das verspreche ich.«

Myles tätschelte ihr sanft den Rücken und gab ihr sein Taschentuch. »Ich weiß«, tröstete er. »Viel weiß ich ja vielleicht nicht, aber *das* weiß ich.«

Georg sah zu, wie sie in seinen Stuben unentwegt hin und herging. An seinen haselnußbraunen Augen konnte man nicht ablesen, was er dachte. »Du ermüdest dich nur«, sagte er. »Wie willst du denn die ganze Nacht wachbleiben, wenn du dich schon am Nachmittag erschöpfst?«

Alanna strich sich mit der Hand über das schweißnasse Gesicht. »Ich glaube nicht, daß ich jemals im Leben solche Angst hatte, Georg.«

»Nicht einmal, als du gegen die Ysandir gekämpft hast? Oder als du beim Eislaufen fast ertrunken bist?« Sie schüttelte den Kopf und nestelte an dem Glutstein herum, der unter ihrer Kehle hing. »Nicht, als du Dain gegenübergestanden bist, oder als dich die Tusainer Ritter angriffen?«

»Nein. Verstehst du denn nicht? Gegen die konnte ich kämpfen. Mit etwas umzugehen, das ich nicht sehen kann, mit etwas, worüber ich nichts weiß –« Alanna beförderte Immertreu auf ihre Schulter, ging hinüber zum Fenster und starrte hinaus auf die Stadt. »Ich kann gar nichts tun; ich kann es nur geschehen lassen. Das ist nicht meine Art und Weise, Dinge anzugehen. Das müßtest du doch besser wissen als jeder andere.«

»Da.« Der Dieb drückte ihr ein Glas Branntwein in die Hand und nahm einen Schluck aus dem Glas, das er sich selbst eingeschenkt hatte. »Diese Flasche habe ich mir für eine besondere Gelegenheit aufgehoben. Und was könnte eine besonderere Gelegenheit sein als deine Ritterprüfung heute nacht? Trink aus, Mädchen.«

Alanna gehorchte und schlürfte genüßlich das kräftig schmeckende Getränk. »Das schmeckt ja phantastisch«, lobte sie. »Normalerweise trinke ich das Zeug nur, damit ich einen klaren Kopf kriege, aber der ist wirklich gut. Du hast ihn doch nicht geklaut, oder?« erkundigte sie sich mißtrauisch wie eh und je.

Immertreu sprang von ihrer Schulter, als Georg in Gelächter ausbrach. »Würde ich dir oder Jon gestohlenes Gut anbieten?« fragte er. »Nein, antworte mir nicht. Schau, da ist die Steuermarke. Klar und deutlich. Jahrgänge wie dieser hier sind besser als Gold, und besser bewacht sind sie auch.«

Alanna gähnte. »Nicht, daß ich dir mißtraue, Georg.« Sie gähnte noch einmal und noch ein zweites Mal. »So müde –« Sie sah ihren Freund aus Augen an, die rasch zufielen. »Du – du hast ein Schlafmittel hineingetan!« beschuldigte sie ihn.

Georg fing sie auf, als sie umsank. Ihre Augenlider flatterten und schlossen sich dann. »Hast du wirklich gedacht, ich würde es zulassen, daß du dich so lange quälst, bis du krank wirst, wo doch so eine wichtige Nacht vor dir liegt?« fragte er leise. Georg hob sie hoch, trug sie in sein Schlafzimmer und legte sie vorsichtig auf sein Bett.

»Du wußtest Bescheid«, meinte er zu Immertreu gewandt, als

dieser neben Alanna hüpfte. »Warum hast du sie nicht gewarnt, daß ich ihren Branntwein gewürzt habe?«
Der Kater zuckte mit dem Schwanz. *Deck sie gut zu,* riet er Georg. *Sie friert leicht.*
Der Dieb lachte und gehorchte, bevor er nach unten ging und sich zu Gary, Raoul und Jonathan gesellte.

Kurz nach Sonnenuntergang brachte Georg Alanna in den Palast zurück, wo ihr nun endlich das Mittwinter-Ritual und die Prüfung bevorstanden. Sie hatte gerade noch genug Zeit, sich zu sorgen, ob sie auch alles richtig machte. Sie aß nur wenig; hätte Myles sie nicht zu jedem Bissen genötigt, hätte sie gar nichts gegessen. Dann zog sie die weißen Kleider an, die sie im Prüfungsgemach tragen würde. Kurz nachdem die achte Stunde ausgerufen worden war, kamen Jonathan und Gary, um sie ins Bad zu geleiten.
Während Alanna in dem ungeheizten Wasser plantschte, warteten ihre Freunde daneben in einem Raum und unterhielten sich leise.
»Ich wollte, es wäre schon vorüber«, verkündete Jonathan und lauschte, was Alanna machte.
Gary warf Jonathan einen Blick zu und schenkte ihm ein Glas Wein ein. »Beruhige dich. *Wir* haben die Prüfung ja auch überlebt.«
»Knapp.« Jonathan stürzte sein Glas hinunter.
»Vielleicht war es ja knapp, aber überlebt haben wir. Sie wird es auch überleben. Und denk dran: Man hat uns gesagt, daß der Zauber des Gemachs durch *gar nichts* beeinflußt werden kann. Wenn sie die Prüfung übersteht, kann keiner sagen, sie habe ihren Schild nicht verdient, ob sie nun ein Mädchen ist oder nicht.«
Alanna kam abgetrocknet und angezogen aus dem Bad. Wie Gary bemerkte, war sie ein wenig bleich, doch ansonsten war sie ruhig.
»Bist du bereit für die Einweisung?« fragte er förmlich.

Alanna fuhr sich mit der Zunge über die trockenen Lippen. Jetzt ging es los. »Ich bin bereit«, flüsterte sie.

»Wenn du die Ritterprüfung überlebst«, sprach Jonathan in den Worten, die das Ritual erforderte, »wirst du Ritter des Königreichs. Du wirst den Eid ablegen, jene zu beschützen, die schwächer sind als du, deinem Oberherrn zu gehorchen, auf eine Art und Weise zu leben, die deinem Königreich und deinen Göttern zur Ehre gereicht.«

»Den Ritterstand zu tragen ist eine bedeutende Angelegenheit«, fuhr Gary fort. »Es bedeutet, daß du dich über keinen Hilferuf hinwegsetzen darfst. Es bedeutet, daß sich Reich und Arm, Jung und Alt, Mann und Frau um Hilfe an dich wenden dürfen, und du kannst es keinem abschlagen.«

»Du bist verpflichtet, das Gesetz zu unterstützen«, sagte Jonathan. »Du darfst den Blick nicht vom Unrecht abwenden. Du darfst keinem helfen, das Gesetz des Landes zu brechen, und zu allen Zeiten und in jedem Fall mußt du einen Gesetzesbruch verhindern.«

»Du bist deiner Ehre und deinem Wort verpflichtet«, erinnerte Gary sie. »Verhalte dich so, daß du dich nicht zu schämen brauchst, wenn du dem Dunkelgott gegenübertrittst.«

»Du hast die Gesetze gelernt, die für einen Ritter gelten«, fuhr Jonathan fort. »Bewahre sie in deinem Herzen. Benutze sie als Ratgeber, wenn die Dinge am hoffnungslosesten scheinen. Sie werden dich nicht im Stich lassen, wenn du sie mit Menschlichkeit und mit Güte auslegst. Ein Ritter ist gütig. Seine höchste Pflicht ist es, verständnisvoll zu sein.«

Alanna hörte aufmerksam zu. Nichts davon war neu, doch heute abend war es bedeutungsvoller als jemals zuvor. Heute nacht würde sie vor dem Prüfungsgemach Wache halten – ihr erster Schritt, um endlich zu beweisen, daß sie einen Ritterschild verdiente. Und morgen?

Über morgen denke ich morgen nach, sagte sie sich entschlossen.

Gary und Jon brachten sie zu der Kapelle, in der die Prüfung stattfand, und erinnerten sie nur noch daran, sie dürfe von jetzt ab bis zu dem Zeitpunkt, an dem sie am nächsten Tag das Gemach verlassen würde, keinen einzigen Laut von sich geben. Gary schlug ihr auf die Schulter; Jonathan küßte sie auf die Wange. Dann waren sie fort, sie war alleine in der Kapelle und sah die schwere eiserne Tür an, die ins Gemach führte. Vor vier Jahren hatte sie hier neben Jonathan gekniet, hatte sein Gesicht betrachtet und sich gefragt, woran er dachte. Nun war sie an der Reihe, und sie wußte immer noch nichts über seine Gedanken in jener Nacht. Hatte er Herzklopfen gehabt so wie sie jetzt? Hatte er Angst gehabt? Es war schwer, nicht sprechen zu dürfen. Nur nachdenken durfte sie, sonst nichts.

Nach einem Weilchen begannen ihre Gedanken zu wandern. Coram war zwei Abende zuvor eingetroffen. Sie waren die halbe Nacht aufgeblieben, und er hatte ihr seinen letzten Bericht als Verwalter von Trebond abgelegt. Jetzt oblag dem jungen Ormen die zweifelhafte Freude, diesen Posten auszufüllen, und Alannas alter Freund freute sich darauf, mit ihr auf Reisen zu gehen. Sie war stolz, daß ihr erster Lehrer so beeindruckt war von dem, was sie in den vier Jahren geleistet hatte. Alanna wies sein Lob zurück und erklärte, sofern sie ihre Sache gut gemacht habe, läge das nur daran, daß er so ein guter Lehrer gewesen sei. Die restliche Nacht hatten sie über Karten gebrütet und entschieden, wohin sie sich auf ihrer Abenteuersuche wenden wollten. Alanna lächelte ein bißchen traurig vor sich hin.

Komisch, dachte sie. *Es gab Zeiten, da konnte ich es kaum erwarten, wegzukommen von hier. Und nun, da es soweit ist, will ich gar nicht mehr weg. Warum kann ich nicht glücklich sein – oder warum kann ich mich nicht wenigstens entscheiden?*

Wo war Thom? Er hatte vorgehabt, bis zum Mittwinterfest im Palast zu sein, aber bis jetzt war er noch nicht eingetroffen. War er auf der Jagd nach einem sonderbaren alten Zauberspruch und hatte sie vergessen? In mancher Hinsicht erinnerte er sie an ihren Vater, der einen Großteil seines Lebens hochgeistigen Träumen gewidmet hatte.

Sie ließ ihre Gedanken schweifen. Als sie den Glutstein berührte, mußte sie an die dunkle Nacht denken, in der sie die Große Muttergöttin getroffen hatte. Warum hatte sie ihr den Stein geschenkt? War es eine Waffe, oder war es ein Andenken?

Sie dachte an Jonathan. *Es wäre gar nicht so schlecht, ihn zu heiraten. Irgendwann einmal,* überlegte sie sich. Doch das war unmöglich; er mußte eine Ehe schließen, die Tortall diente. Und ganz bestimmt wollte sie nicht *jetzt* heiraten; sie hatte noch so viel vor!

Herzog Roger. Viele eigenartige Dinge waren im Lauf der Jahre geschehen, und ständig hatte sie sich gefragt, was er im Schild führen mochte. Und doch war sie ihrem Verdacht nie sehr weit nachgegangen – warum nicht? War sie ganz einfach eifersüchtig auf Jonathans schillernden Verwandten und auf die Macht, die er über andere hatte? Oder hatte sie wirkliche Gründe für ihre Vermutung, er habe mit dem Prinzen nichts Gutes im Sinn? Die Göttin hatte sie auf eine schwer deutbare Art und Weise vor ihm zu warnen versucht. Wollten die Götter, daß sie Roger herausforderte?

Wie denn? dachte sie rebellisch. *Ich habe keine Beweise gegen ihn und keine Möglichkeit, welche zu finden. Ich verlöre alles – Ehre, guten Ruf, Freunde, vielleicht sogar mein Leben – wenn ich Roger ohne hieb- und stichfeste Beweise beschuldigte. Ich hoffe, die Götter halten mich nicht für so leichtsinnig – oder so närrisch.*

Plötzlich blinzelte sie. Licht berührte die hochgelegenen Fenster der Kapelle, und Priester in dunklen Roben kamen hereingeschritten. Einer berührte ihre Schulter und deutete auf die schwere Eisentür. Es war Zeit für die Prüfung.

Steif erhob sich Alanna. Ihre Knie schmerzten so, daß sie zusammenzuckte. Wo war die Nacht geblieben? Sie rieb sich die Schultern, zog eine Grimasse und folgte dem schweigenden Priester zum vorderen Teil der Kapelle. Sie richtete ihr Augenmerk auf die Männer, welche die Tür aufriegelten, bis sie nichts anderes mehr sah. Ihr Herz klopfte wie wild, ihr Mund war trocken, und sie merkte nicht, daß sich die Kapelle hinter ihr mit ihren Freunden füllte.

Lautlos öffnete sich die Tür zum Prüfungsgemach. Alanna schluckte mühsam, straffte die Schultern und ging hinein. Rasch schlossen die Priester die Tür hinter ihr und ließen sie, wie sie so oft geträumt hatte, in völliger Finsternis zurück.

Sie blinzelte und wartete, bis sich ihre Augen an die Dunkelheit gewöhnten. Eigenartigerweise *war* da ein Licht, obwohl es weder Fackeln noch Fenster gab. Es war gespenstisch, aber es war da. Hoffnung flackerte in ihr auf. Vielleicht würde ihr gar nichts zustoßen.

Sie befand sich in einem kleinen steinernen Gemach, das bar jeglicher Möbel oder sonstiger Einrichtung war. Es gab weder Türen noch Fenster, durch die einer hätte hereinkommen können, und langsam fragte sich Alanna, ob das Ganze ein Scherz sein sollte, als sie von einer eisigen Windböe auf die Knie gestoßen wurde. Alanna schlang die Arme um den Körper. Ihre Zähne klapperten, und ihre Kleider boten nicht den geringsten Schutz. *Ich wollte, ich hätte mich wärmer angezogen,* dachte sie und kämpfte gegen die Panik an, die sie immer dann überfiel, wenn sie fror.

Jedesmal, wenn sie sich erheben wollte, warf der peitschende Sturm sie wieder zu Boden. Ihre Hände und Füße wurden taub vor Kälte. Sie wollte sich bewegen und mit den Armen gegen den Körper schlagen, damit ihr wärmer wurde, doch der Wind preßte sie auf die Erde und machte jede Bewegung unmöglich. Sie kämpfte mit aller Kraft, biß auf die Unterlippe und vergaß sogar ihre Angst. Wichtig war nur noch, am Leben zu bleiben.

Plötzlich hörte sie Stimmen. Ebenso abrupt, wie der Wind aufgekommen war, legte er sich wieder.
Die Stimmen wurden lauter, riefen um Hilfe und flehten Alanna an, sie vor dem Dunkelgott zu erretten. Sie erkannte die Stimmen – da schrien ihr Vater, der Mächtige Thor, Jungen, die am Schwitzfieber gestorben waren, Männer, die im Kampf gegen Tusain den Tod gefunden hatten. Tränen liefen ihr über die Wangen – sie wollte helfen, doch sie wußte nicht wie. All diese Toten gehörten nun dem Dunkelgott. Sie war hilflos, so weh ihr das auch tat.
Die Stimmen verstummten.
Alanna stand langsam auf. Sie zitterte.
Was kam als Nächstes?
Etwas schnalzte in der Ecke hinter ihr. Alanna fuhr herum und biß sich rasch in die zusammengeballte Hand, um ihren Schrei zu ersticken – sie durfte nicht schreien! Aber wie sollte sie schweigen, wo doch eine Spinne, so groß wie ein Pferd, auf sie zugekrochen kam? Sie *haßte* Spinnen!
Sie wich in eine Ecke zurück und biß die Zähne aufeinander, bis sie schmerzten. Die Spinne kam immer näher und schnalzte hungrig. Sie streifte Alanna mit einem langen, haarigen Vorderbein –
Und dann ertrank Alanna, so wie sie mit fünf fast ertrunken wäre, und ein zweites Mal letzten Winter, als einer das Eis auf dem Teich mit Salz bestreut hatte. Nicht zum ersten Mal fragte sie sich, ob diese dünne Stelle im Eis für *sie* bestimmt gewesen war. Sie konnte nicht vergessen, daß Alex auch damals wieder dabeigewesen war. Er war es auch gewesen, der sie zum Eislaufen herausgefordert hatte. *Was einem für eigenartige Gedanken kommen, wenn man ertrinkt,* überlegte sie, während sie sich an die Oberfläche kämpfte. Langsam versiegte ihre Kraft. Selbst die Entdeckung, daß es ihr nicht gelang, die Oberfläche zu erreichen, rief lediglich eine matte Bestürzung in ihr hervor.

Nein, dachte sie. *Ich werde nicht schreien. Wenn es sein muß, dann sterbe ich, aber schreien werde ich nicht.*

Das Meer war verschwunden. Alanna kniete auf dem Boden, machte tiefe Atemzüge, mühte sich, sich so leise wie möglich zu verhalten und überlegte, was wohl jetzt auf sie zukam. Ihre Haut und ihre Kleider waren vollkommen trocken.

Nichts geschah. Alanna wartete. Sie krümmte sich fast vor Angst, denn vermutlich war das, was dieser teuflische Ort als nächstes für sie bereithielt, noch schlimmer als alles, was bisher geschehen war. Schließlich begann sie, auf und ab zu gehen und sich die Arme zu reiben. Ihr war noch immer schrecklich kalt. Kälte, ihr Unvermögen, den Toten zu helfen, Spinnen, Ertrinken: das Gemach ließ sie all das, was sie am meisten fürchtete, in lebhaften Farben durchleben. Ging es darum bei dieser Prüfung? Sollten die zukünftigen Ritter gezwungen werden, ihren Ängsten gegenüberzutreten?

Sie nieste und hob den Kopf. Die Luft summte vor Macht, und auf einer der steinernen Wände breitete sich ein fahler Fleck aus. Er war voller Farben und Formen, doch sie fügten sich nicht zusammen. Alanna kniff die Augen zusammen, damit das Bild scharf wurde, doch es blieb verschwommen. Etwas sagte ihr, es sei wichtig – ja, sogar lebensnotwendig – daß sie dieses Bild klar sah, koste es, was es wolle. Sie versuchte krampfhaft, durch den Dunst hindurchzusehen und streckte die Hände zur Wand aus. Sie trafen auf etwas Festes, das sich fast anfühlte wie ein Tuch. Das war es, weshalb sie das Bild nur so verschwommen sah. Alanna knirschte mit den Zähnen und packte nach der unsichtbaren Substanz. Sie spürte, wie feine Fäden ihre Handflächen zerschnitten, als sie versuchte, ein Loch hineinzureißen, durch das sie sehen konnte. Schweiß lief ihr über die Wangen, und sie vergaß, wie kalt es war, während ihre Finger eine unsichtbare Öffnung fanden. Sie zerrte so sehr, daß sich ihre Armmuskeln verkrampften.

Die Barriere vor ihr – sie hatte keine Ahnung, ob sie wirklich oder magisch war – gab nach, und Alanna stürzte nach vorn und auf die Knie. Das Bild an der Wand war nun klar zu sehen. Zu klar.

Ein triumphierender, lächelnder Roger stand neben Jonathans Bett, und auf diesem Bett lag der Prinz. Seine Hände waren über der Brust verkreuzt; auf dem Kopf trug er eine Krone. Er war weißer als Marmor, so fahl wie der Tod. Lautlos lachend nahm Roger die Krone von Jonathans Kopf und setzte sie selber auf.

Alanna stürzte sich auf das Bild und öffnete den Mund, um zu schreien. Erst im letzten Augenblick fiel ihr ein, daß sie schweigen mußte, und sie biß sich auf die Lippen. Im Geist schrie sie weiterhin *Nein!*, während sie sich die Fäuste an der unsichtbaren Mauer, die sie von Herzog Roger trennte, wund schlug. Schließlich stürzte sie zu Boden, und Tränen strömten über ihre Wangen.

Nein! dachte sie und ballte die verschrammten und blutigen Hände. *Es wird nicht passieren! Ich lasse es nicht zu! Niemals werde ich Jonathan sterben lassen!*

Langsam öffnete sich die Tür des Gemachs. Mit aufgeschürften und blutigen Händen und mit einem Mund, der zu einem dünnen Strich geworden war, stolperte sie hinaus. Jon und Myles kamen angeeilt, um sie aus der Kapelle zu führen. Immertreu und Coram folgten. Bevor die Männer sie zu Bett brachten, rieb ihr der Prinz Heilsalbe auf die Hände und umwickelte sie mit Binden.

Mit Augenlidern, die schon schwer wurden, sah Alanna Jonathan an. »Es wird nicht geschehen, Jon. Ich verspreche es.«

Er strich ihr das schweißnasse Haar aus der Stirn. »Ich weiß«, flüsterte er. »Schlaf jetzt. Es ist vorbei.«

»Vorbei ist es *nicht*«, wollte sie sagen, aber sie war zu müde. Ihre Augen schlossen sich, und sie schlief tief und traumlos. Sie hatte weder gesprochen noch geschrien.

Die bei Sonnenuntergang stattfindende Zeremonie, bei der sie zum Ritter geschlagen wurde, war kurz. Die *wirkliche* Zeremonie, die Prüfung, war vorbei, und der Rest war nur eine Formsache. Alanna kniete vor dem König, legte den Treueeid ab und gelobte, ihn und Tortall ihr Leben lang zu verteidigen. Der König berührte Alannas Schultern und Kopf mit dem Schwert und sagte leise: »Ich ernenne dich, Sir Alan, zum Ritter des Königreichs Tortall. Diene ehrenwert und gut.«

Alanna stand auf. Es war komisch. Abgesehen davon, daß sie müde und durcheinander war, fühlte sie sich noch genauso wie zuvor, aber jetzt war sie ein Ritter.

Ein schlanker, rotbärtiger Mann trat aus der Menge und winkte Coram zu sich her. Thom lächelte seine verdutzte Zwillingsschwester an. »Eure Majestäten«, sagte er höflich und verbeugte sich vor König und Königin. »Ich bin Thom, Lord von Trebond und Meister des Erleuchteten Mithram-Ordens. Als Bruder Sir Alans bitte ich um die Erlaubnis, ihm seinen Schild überreichen zu dürfen.« Er wies auf den großen, lederumhüllten Gegenstand, den Coram trug.

Der König neigte den Kopf und beherrschte sich, diesen überaus jungen Meister ebenso unverhohlen anzustarren, wie dies sein Hof tat. »Es sei Euch gewährt, Lord Thom.«

Thom entfernte die Hülle und legte einen schwarzen Turm auf rotem Grund – das Wappen Trebonds – frei. Alanna nahm den Schild auf den linken Arm. Er war leicht und gleichzeitig stabil, und sie konnte den schützenden Zauber spüren, der ihn umgab. Sie verneigte sich vor ihrem Bruder, vor König und Königin, und sah sich dann erschreckt um. Alle jubelten ihr zu! Errötend schüttelte sie den Kopf. Natürlich hatten sie gejubelt, als Jonathan zum Ritter geschlagen worden war, doch das war etwas anderes. Jonathan war der Thronerbe, und ein Thronerbe, der zudem noch Ritter war, besaß viel mehr Macht, als ein Thronerbe, der kein Ritter war. Sie aber hatte einen Platz in ihren

Herzen gefunden, und man jubelte ihr zu, weil man sie liebte. Thom begleitete sie, als sie zu ihrem Zimmer ging, um den Schild wegzubringen. Feierlich begrüßte er Immertreu, während Alanna den Schild auf ihr Bett legte, um ihn zu betrachten. »Ich dachte schon, du würdest gar nicht kommen«, sagte sie und berührte den Schild mit ihrer verbundenen Hand. »Er ist wunderschön.«

»Ich wurde aufgehalten, weil ich das hier heimlich erledigen wollte. Schau her.« Lächelnd bewegte er die Hand über den Schild hinweg. Alanna starrte, als der schwarze Turm verblaßte und an seine Stelle eine große, goldene, auf den Hinterbeinen stehende Katze trat.

»Was ist das?« fragte sie, als die Katze verschwand und der Turm wieder auftauchte. Thom half ihr, die Hülle wieder überzustreifen und den Schild in ihrem Ankleideraum zu ihren anderen Waffen zu hängen.

»Eine zum Sprung bereite Löwin natürlich. Für den Augenblick, wenn du offenbarst, wer du in Wirklichkeit bist. Laß uns zum Abendessen gehen; ich bin am Verhungern.«

Alanna ging voraus zur Banketthalle. *Eine zum Sprung bereite Löwin*, dachte sie. *Nicht schlecht.*

10
Das Duell mit dem Zauberer

Das zweite Mittwinter-Festmahl, an dem fast jeder Edle von Roalds Hof teilnahm, hatte begonnen. Thom zwinkerte Alanna zu und setzte sich zu Herzog Roger, der allem Anschein nach dem jüngeren, möglicherweise mächtigeren Zauberer nicht übel gesinnt zu sein schien. Alanna sah ein paar Augenblicke zu, wie sie sich unterhielten, und wandte ihre Aufmerksamkeit dann den anderen zu. Die Königin war ebenfalls gekommen. Es war das erste Mal seit ihrer Krankheit von mehr als einem Jahr, daß sie sich in der Öffentlichkeit zeigte. Ein Weilchen schien sie standzuhalten, doch nach und nach wurde sie leichenblaß. Alanna sah, daß Schweißtropfen auf Liannes Gesicht standen, und daß ihre Hand zitterte, als sie versuchte, ihr Weinglas zu heben. Als sie zu husten begann, eilte Herzog Baird mit angespannter und besorgter Miene herbei.

Als Alanna ihre Vision im Prüfungsgemach einfiel, griff sie nach dem Glutstein an ihrer Kehle. Sie biß sich auf die Unterlippe. Wie sie befürchtet hatte, war die Königin von einem schwachen aber stetigen orangefarbenen Licht umgeben.

Plötzlich wußte Alanna, daß sie handeln mußte, und zwar auf der Stelle. Wenn Roger die Königin mit einem Zauber belegt hatte, mußte es irgendwo irgendwelches sichtbare Beweismaterial geben. Selbst der mächtigste Zauberer benötigte einen realen Gegenstand, auf den er seine Gedanken konzentrieren konnte.

Alanna wartete, bis das Festmahl in vollem Gang war, bevor sie sich entschuldigte und ihren Freunden versprach, gleich wieder zurückzukehren. *Jetzt,* wo Roger ihrem Bruder und den Fragen, die dieser für ihn aufwarf, seine volle Aufmerksamkeit schenkte, war der rechte Zeitpunkt gekommen. Der König würde sich noch mindestens eine Stunde lang nicht erheben. Alanna hatte vor, diese Stunde zu nutzen.

Mit dem Gefühl, als sei ihr im Prüfungsgemach ein neues Leben und ein schärferer Blick geschenkt worden, eilte sie zurück zu ihrem Zimmer. Die meisten ihrer Besitztümer waren schon verpackt, da sie am Morgen eigene Räume beziehen würde. Immertreu, der nicht zum Festmahl mitdurfte, wartete auf sie. *Du gehst ein Risiko ein,* miaute der Kater, als Alanna ihre Truhe nach den Dietrichen durchwühlte, die ihr Georg gegeben hatte. *Wenn er dich erwischt, bist du ein mausetoter Ritter.*

»Dann darf ich mich eben nicht erwischen lassen. Einverstanden?« Alanna schob den Lederbeutel mit den Dietrichen in ihren Waffenrock. »Komm mit. Du hältst Wache.«

Alanna ging durch die hinteren Korridore, die zu Rogers Zimmern führten. Immertreu trottete hinterher. *In meiner Familie muß der Wahnsinn ebenfalls erblich sein,* bemerkte er.

Alanna lachte, aber sie antwortete nicht.

Rogers Zimmerflucht war für Alannas Zwecke sehr günstig gelegen. Eine kleine Wendeltreppe zweigte vom Korridor ab und mündete vor Rogers Außentür. Während Immertreu am Fuß der Treppe Wache hielt, machte sich Alanna an die Arbeit. Da die Wand in einem Bogen nach oben führte, war sie von unten nicht zu sehen.

Vorsichtig steckte sie den ersten Dietrich ins Schloß. Er flammte auf und schmolz. Rasch ließ ihn Alanna fallen und fluchte leise über ihre Dummheit. Natürlich versah Roger seine Tür mit einem Schutzzauber. Gereizt beäugte sie das Schloß und überlegte. Sie konnte es mit einem Zauberspruch probieren, der den Schutzzauber aufhob, aber das dauerte zu lange, und sie war in Eile. Aber es gab da noch eine andere Möglichkeit . . .

Sie legte ihre verbundenen Hände auf das Schloß und machte einen tiefen Atemzug. Wild stieß sie ihre Magie in das Schloß und brachte Rogers Schutzzauber im wahrsten Sinne des Wortes zum Explodieren. Als sich ihre Augen von dem blendenden Blitz erholt hatten, machte sich Alanna erschöpft mit einem anderen Dietrich ans Werk. Es dauerte nur eine Sekunde, bis sie hörte, wie sich die Zuhaltung bewegte. Die Tür ging auf, und leise pfiff sie nach Immertreu.

Eilends kam der Kater angerannt, und Alanna schloß hinter ihm die Tür.

Es war sinnlos, in den Hauptgemächern zu suchen. Das, was sie suchte, würde sie hier nicht finden. Täglich kamen Leute herein, und somit ließ Roger hier nichts Wichtiges herumliegen. Im hinteren Teil der Zimmerflucht war jedoch eine Tür, die zu Rogers Arbeitszimmer führte. Auch sie war verschlossen.

Diesmal nahm Alanna ihren Glutstein zur Hand und sah, daß die Tür von einem orangefarbenen Licht umgeben war. Das hatte sie erwartet. Wie bei der Eingangstür blieb ihr keine Zeit, herauszufinden, welcher Spruch den Schutzzauber aufheben würde – sofern sie den richtigen Spruch überhaupt kannte, was sie bezweifelte. Der Schutz, mit dem *diese* Tür versehen war, würde weit mächtiger sein als der an der Eingangstür.

Alanna nahm ihren ganzen Mut zusammen, legte die Hände gegen die Tür und ließ ihre Zauberkraft strömen. Diesmal wurde sie ohnmächtig.

Immertreu weckte sie auf, indem er ihre empfindliche Nase mit seiner rauhen Zunge leckte. *Schlafe später,* meinte er.

Sie schenkte ihrem Kater ein schiefes Lächeln und öffnete die Tür.

Im ganzen Raum standen mit Instrumenten, Kräutern und Büchern beladene Tische herum. Alanna schaute sich die Bücher an; einige kannte sie, von anderen hatte sie gehört. Die meisten waren Zauberbücher. Manche konnte sie nicht lesen, da sie in einer vollkommen unbekannten Schrift verfaßt waren. Sie entdeckte Seherkristalle in verschiedenen Größen und Farben: rosa, schwarz und farblos. Einer war blutrot, und sie hütete sich, ihn anzufassen. Als Heizung standen zwei große Schalen mit brennender Holzkohle mitten im Zimmer. Statt Fackeln benutzte Roger Lampen, die mit einem hellen Licht brannten, ohne zu flackern.

»Höre ich es plätschern?« fragte sie Immertreu leise. Sie sah sich

genauer um und entdeckte schließlich ganz hinten im Raum einen Springbrunnen. Aus einem Rohr in der Wand strömte Wasser, das über mit blühendem Moos bewachsene Steine tanzte, bevor es in ein tiefes Becken fiel. Voller Neugier ging sie hinüber. Warum gab es hier einen Springbrunnen?
Zwei Dinge fielen ihr ins Auge: ein weiß-silberner Schleier, der mehrere Gegenstände zu enthalten schien, und ein Püppchen, das direkt unter dem Wasserspeier im Becken lag. Einen Augenblick lang wollte Alanna weder das Bündel noch das Püppchen berühren, doch ihre eben erst errungene Entschlossenheit zwang sie dazu, beides aufzunehmen. Sie trug es auf einen der Tische und zog sich eine Lampe her, um ihren Fund zu begutachten.
Das Püppchen war ein vom Wasser angegriffenes Wachsabbild der Königin, das ihr von den echten schwarzen Haaren bis zu der Nachahmung ihres Lieblingskleides vollkommen glich. Es hatte offensichtlich lange im Wasser gelegen, denn die Gesichtszüge waren kaum kenntlich, und die Farbe des Kleides war ausgewaschen. Alanna kannte diesen Zauber. Man stellte ein Abbild seines Opfers her und legte es unter strömendes Wasser. Abhängig von den benutzten Materialien, der Macht des Zauberers und davon, wie stark das Wasser floß, siechte das Opfer schnell oder langsam dahin und starb schließlich. Herzog Roger hatte das beste Wachs benutzt, und Alanna nahm an, daß er das Püppchen von Zeit zu Zeit aus dem Wasser nahm, damit der Tod der Königin langsamer vonstatten ging und natürlicher wirkte.
Mit zitternden Händen legte Alanna das Püppchen beiseite und sah sich ihren zweiten Fund, das Bündel, an. Da sie es diesmal weniger behutsam aufhob, sah sie den Riß an der Seite zu spät. Ein winziges Püppchen fiel aus dem Bündel und traf auf der Tischkante auf. Alanna, deren ganze Seite plötzlich schrecklich schmerzte, stieß einen Schrei aus. Sie biß sich auf die Faust, um einen weiteren Schrei zu unterdrücken, und hob das Püppchen auf. Es war natürlich ein Abbild von ihr selbst. Nun untersuchte

sie das Bündel genauer. Der Riß war lang und dünn und fast unsichtbar in der feingesponnenen Seide. Ihre Hände pochten, und ihr fiel ein, daß es sich im Prüfungsgemach so angefühlt hatte, als versuche sie, ein Loch in ein festes Gewebe zu reißen. Sie zog ihren Dolch, schnitt das Band ab, mit dem das Bündel verschnürt war, und breitete es auf der Tischoberfläche aus. Figuren, die auf gespenstische Art und Weise dem König, Herzog Gareth, Myles, dem Obersten Schloßverwalter und sogar Jonathan ähnelten, lagen vor ihren Augen.

»Natürlich«, erklärte sie Immertreu leise. »Jetzt verstehe ich. Roger wollte nicht, daß einer von uns sieht, was er im Schilde führt, also hat er unsere Abbilder in den Schleier gesteckt. Und solange Männer wie Herzog Gareth oder Myles und der Oberste Schloßverwalter nicht sahen, daß da etwas vor sich ging, wagte auch keiner der anderen, etwas zu sagen.«

Was hast du jetzt vor? erkundigte sich Immertreu mit zuckendem Schwanz. *Jetzt hast du all diese blöden Regeln übertreten, die für einen Ritter gelten. Und was nun?*

Alanna lächelte grimmig und häufte die Püppchen vorsichtig auf den Schleier. »Ich kann nicht zulassen, daß Roger so weitermacht«, entgegnete sie. »Wenn er heute abend zurückkehrt, wird er merken, daß die Püppchen weg sind; vielleicht weiß er sogar, daß ich sie genommen habe. Wenn also meine Freunde und ich diese Entdeckung überleben wollen, kümmere ich mich am besten gleich um Roger von Conté.«

Mit dem vollbeladenen Schleier in den Händen kehrte sie in die Banketthalle zurück. Sie blieb einen Augenblick bei Myles und bei Jonathan stehen und bat sie, mit ihr zum Tisch des Königs zu kommen. Thom tauschte gerade mit Raoul und Gary Geschichten aus, aber als er den Blick seiner Schwester auffing, entschuldigte er sich und kam herüber. Alanna nahm ihren ganzen Mut zusammen und ging zu dem langen Tisch, der vor den beiden

Thronsesseln stand. Sie verbeugte sich tief vor dem König und der Königin. Erst als sie spürte, wie Myles, Thom und Jonathan hinter sie traten, begann sie zu sprechen.

Große Mutter, hilf mir, flehte sie insgeheim, als Roald auf sie aufmerksam wurde. *Ich weiß nicht, ob du wolltest, daß ich es auf diese Art erledige, aber es ist die einzige Art, die ich kenne.*

»Majestät«, sagte sie klar und deutlich, damit alle sie hörten. »Ich habe unehrenhaft gehandelt.« Plötzlich war es still in dem großen Saal. Alanna holte tief Luft und fuhr fort. »Ich bin heute abend in die Gemächer eines Mannes eingebrochen. Ich weiß, daß das unehrenhaft war, doch ich tat es trotzdem. Was ich tat, war nicht recht. Was ich zu finden gedachte – und was ich fand – war viel schlimmer.«

Sie legte den Schleier mit den Püppchen darin vor dem König auf den Tisch. Lianne stieß einen Schreckensschrei aus und wich vor den kleinen Puppen zurück, die sie, ihren Gemahl, ihren Sohn und ihren Bruder darstellten. Der König und Herzog Gareth waren bleich geworden, der Oberste Schloßverwalter, der über die Schultern der neben ihm Sitzenden lugte, wurde rot vor Zorn. Thom streckte einen Augenblick lang neugierig die Hand aus, bis ihm einfiel, daß es kein besonders guter Einfall war, diese Abbilder zu berühren. An den Gesichtern von Jonathan und Myles war nicht abzulesen, was sie dachten – und das war vielleicht gut so.

Alanna schaute Herzog Roger an. Der Zauberer sah, was sie vor seinen Onkel hingelegt hatte: er packte die Armlehnen seines Sessels, daß die Knöchel an seinen Händen weiß hervortraten.

»Soll ich ihnen sagen, wo ich das fand, Euer Gnaden?« forderte ihn Alanna laut heraus und schaute dem Herzog von Conté in die Augen. »Soll ich ihnen von dem kleinen Springbrunnen in Eurem privaten Arbeitsraum erzählen, wo das Abbild der Königin unter fließendem Wasser lag und nach und nach dahinsiechte? Soll ich –«

»Lügner!« fauchte Roger. »Majestät, Sir Alan ist schon seit langem eifersüchtig, weil ich auf Euch und meinen Vetter Jonathan soviel Einfluß habe. Jetzt versucht er, mich in Euren Augen zu entehren, indem er Euch die Püppchen zeigt, die er selbst hergestellt hat, und indem er mich beschuldigt, derartige Zaubersprüche zu sprechen!«

»Aus welchem Grund sollte ich solche Püppchen machen?« fragte Alanna zum König gewandt. »Weshalb sollte ich der Königin Böses antun wollen? Sie ist die Mutter meines Prinzen und Freundes, und sie hat mich gut behandelt. Ich habe nichts davon, ihr etwas zuleide zu tun, ebensowenig wie ich etwas davon habe, wenn ich den Blick derer verschleiere, die mich davon abhalten könnten, mir einen Thron anzueignen, der mir nicht zusteht!«

»Lügner!« schrie Roger, sprang auf und deutete mit einem anklagenden Finger auf sie. »Willst du leugnen, daß du fähig bist, einen derartigen Zauber zu sprechen? Leugnest du, daß du diesen Zauber beherrscht, wo *ich* dir doch eigenhändig die Magie der Abbilder lehrte? Du plantest, den König und die Königin zu töten, damit du zum mächtigsten Ritter des Königreichs wirst, sobald Jonathan König ist!«

»Hochinteressant.« Myles blickte Roger an, und seine sanften Augen waren hart geworden. »Führen wir diesen Gedanken mal ein Stück weiter und nehmen an, Prinz Jonathan käme um. Wem käme das zugute? Ich unterstelle, daß es Euch, Roger, zugute käme, weil dann nämlich Ihr der nächste König von Tortall werdet.«

»Das ist eine Verschwörung!« rief Roger und sah sich um. »Myles versucht, alle gegen mich einzunehmen, während dieser junge Mann unwahre Beschuldigungen gegen mich vorbringt!« Herzog Conté brach ab und wartete darauf, daß der König etwas sagte. In der Bankethalle war nur die Königin zu hören, die an die Schulter von Herzog Gareth gelehnt leise schluchzte. Roger suchte nach einem freundlichen Gesicht und fand keines. Sein

Mund wurde schmal. »Ich bestehe auf meinem Recht. Ich verlange einen Richterspruch durch Zweikampf – ich gegen meinen Ankläger.« Er deutete auf Alanna. »Wenn ich lüge, werden die Götter dafür sorgen, daß Sir Alan gewinnt. Doch ich behaupte, daß *ich* siegen werde, da ich unschuldig bin!«
Die Stille vertiefte sich, während jeder auf König Roalds wartete. Der König nahm sein Abbild und drehte es zwischen den Fingern. »Der Kampf sei dir gewährt«, sagte er.
»Als der Beschuldigte darf ich den Zeitpunkt wählen«, sagte Roger rasch. »Der Zweikampf soll sofort stattfinden, bevor sich Sir Alans Lügen verbreiten und mein Ansehen ruiniert wird.«
Alanna schauderte. Sie fühlte sich uralt. Sie hätte voraussehen müssen, daß Roger jetzt würde kämpfen wollen, wo sie noch von der Prüfung erschöpft und verwundet war. Sie sah auf ihre verbundenen Hände hinunter.
»Jetzt oder zu einem anderen Zeitpunkt. Das ist mir egal«, sagte sie mit gelangweilter Stimme. »Ich glaube, daß Herzog Roger ein Komplott schmiedet, um meinen Prinzen und meine Freunde zu töten. Je rascher das geklärt wird, desto rascher werde ich wissen, daß ihnen keine Gefahr mehr droht.«
»In einer Stunde«, entschied der König. »Wir treffen uns im Großen Thronsaal.«

Alanna entfernte sich und ging in ihr Zimmer, um sich umzukleiden. Immertreu schaute ihr zu. Da die Regeln des Richterspruchs durch Zweikampf das Tragen einer Rüstung untersagten, legte sie ein weiches Hemd, Kniehosen und Strümpfe an. Sie wollte soviel Bewegungsfreiheit wie nur möglich. Sie nahm die Binden ab und rieb sich vorsichtig Salbe auf ihre zerschundenen Hände. *Glücklicherweise sind sie nicht steif,* dachte sie bei sich, legte sich wieder leichte Binden an und band sich das Haar zurück.
Sie setzte sich hin, um Blitzschlag zu reinigen und erklärte

Immertreu: »Ich glaube, jetzt macht es mir nicht mehr soviel aus, daß ich nicht merkte, was er im Sinn hatte. Aber warum bin ich der Sache ausgerechnet heute abend auf den Grund gegangen? Der Riß im Schleier war kein *Zufall.* Herein!« rief sie dann als Antwort auf das Klopfen an ihrer Tür.

Jonathan, Myles, Coram und Thom traten ein. Myles schaute sie müde an. »Ich denk doch, du hattest gute Gründe für deine Handlungsweise. Ich würde sie gern erfahren.«

Alanna schüttelte den Kopf. »Es ist, als hätte ich mich soeben von dem Zauber befreit, in dem er uns alle gefangenhielt. Viele Dinge wurden mit plötzlich klar – warum in jener Nacht, als ich gefangengenommen wurde, der Nebel aufzog, und zwar *nachdem* Roger bei mir war; warum der große Tusainer Angriff vor allem auf Jonathans Truppen gerichtet war; warum die Königin nicht gesund wurde. Thom, du mußt mich für verrückt gehalten haben, weil ich deine und Georgs Warnungen nie beachtete.«

Thom zuckte die Achseln. »Ich dachte mir immer, du müssest deine Gründe dafür haben.« Als ihn Jonathan, Myles und Coram ansahen, fügte der junge Meister hinzu: »Ich wurde seit mehreren Jahren von Herzog Rogers Männern überwacht. Seit Ihr, Hoheit, mit Alan zusammen die Schwarze Stadt einnahmt. Und Georg hat viele Male Rogers Männer, die Alan beschatteten, abgefangen.«

Coram übernahm es, das Schwert zu reinigen, während Alanna mit ihren Streckübungen begann. Ihr Körper war noch steif von der Prüfung, und sie hatte Roger oft genug auf den Fechthöfen gesehen, um zu wissen, daß er nicht so leicht zu schlagen war, selbst wenn sie in Höchstform gewesen wäre. Daß er Zauberer und kein ausgebildeter Ritter war, wurde dadurch aufgewogen, daß er im Augenblick vermutlich Nadeln in ein weiteres Abbild von ihr steckte.

Jonathan sah auf Alanna hinunter, die eben mit den Fingerspitzen ihre Zehen berührte. »Aber du hattest einen Verdacht«,

bemerkte er. »Weshalb hast du mir gegenüber nichts davon erwähnt, auch wenn du dir nicht so sicher warst?«
»Das *habe* ich, damals in der Nähe der Schwarzen Stadt«, erwiderte sie. »Du hast mir fast den Kopf abgerissen. Ich wollte Beweise haben, bevor ich wieder damit ankam. Und jedesmal, wenn ich mich dazu entschloß, etwas zu unternehmen, da – da verlor ich das Interesse. Jetzt weiß ich warum – weil er mich und Myles und die anderen hinter einen Schleier gepackt hatte. Aber ich schäme mich immer noch, daß es so kam. Du nicht?«
Bevor Jonathan antworten konnte, klopfte es an Alannas Tür. Coram öffnete und ließ den mit einem schweren Umhang verhüllten Georg ein.
Jonathan und Myles waren offensichtlich überrascht von der Ankunft des hochgewachsenen Schurken. »Stefan hat Brieftauben«, erklärte Alanna. Sie schenkte dem Dieb ein winziges Lächeln, bevor sie sich wieder an ihre Streckübungen machte. »Ich bin froh, daß du gekommen bist.«
Georg bückte sich, um ihr mit sanfter Hand durchs Haar zu wuscheln. »Tu nichts Törichtes!« warnte er.
»Ich glaube, Alan hat seine tägliche Ration an Torheit heute schon verbraucht«, sagte Thom bissig.
Alanna schaute ungeduldig auf. »Die Maskerade ist vorbei. Myles, all diese Männer wissen es – du solltest es auch wissen. Ich bin ein Mädchen.«
»Aber das *weiß* ich«, sagte Myles ruhig. »Ich danke dir, daß du es mir endlich sagst, aber ich weiß es schon seit Jahren.«
Timon klopfte und öffnete die Tür. »Ich wurde geschickt, um euch in den Großen Thronsaal zu bringen«, sagte er unglücklich. »Ist es wahr, Knappe – Sir Alan, was über Herzog Roger gesagt wird?«
Alanna zog mühsam ihre Stiefel an. Ihr Mund war plötzlich völlig ausgetrocknet. »Ja. Es ist wahr.«
»Alan und ich kommen sofort nach«, erklärte Jonathan den

anderen. Sie begriffen den Wink, gingen hinter Timon her hinaus auf den Korridor und schlossen die Tür hinter sich. Alanna warf sich in Jonathans Arme und drückte ihn fest.
»Tut mir leid«, flüsterte sie und drängte die Tränen zurück. »Ich weiß, daß du ihn liebst, aber ich konnte ihn nicht weitermachen lassen. Er brachte deine Mutter um.«
Jonathan zog sie eng an sich. »Dich liebe ich mehr.« Seine Stimme brach. »Laß es nicht zu, daß er dich tötet.«
Alanna schüttelte den Kopf. »Habe ich nicht vor. Das kannst du mir glauben.«
Sie gesellten sich zu den anderen auf dem Korridor. Keiner sprach, als sie sich auf den Weg zum Großen Thronsaal machten. Sie brachten ihre Anteilnahme nur dadurch zum Ausdruck, daß Jonathan und Georg Alanna rechts und links fest an der Schulter faßten und daß ihr Coram, Myles und Thom besorgte Blicke zuwarfen. Die Angelegenheit war jetzt an einem Punkt angelangt, wo es nichts mehr zu sagen gab.
Alanna selbst konnte nur daran denken, daß es in diesem eigenartigen Kampf zwischen ihr und dem Herzog von Conté nun endlich zu einer Entscheidung kam. Die Angelegenheit würde ein für alle Male entschieden werden, und das bedauerte sie nicht.
Im Großen Thronsaal stand Roger schon mit dem entblößten Schwert in der Hand vor den beiden Thronsesseln. Alanna umarmte jeden ihrer Freunde ein letztes Mal, bevor sie mit gezogenem Schwert kampfbereit neben Roger trat. Das Herz klopfte ihr bis hinauf in den Hals, als der Herold die Herausforderung verlas. Sie hörte ihn kaum; ihre Aufmerksamkeit galt dem König und der Königin, Jon, der jetzt neben seinen Vater getreten war, und Herzog Gareth, der an der Seite seiner Schwester, der Königin stand. Alanna verspürte einen grimmigen Triumpf. *Selbst wenn er mich umbringt, habe ich gewonnen,* dachte sie. *Ich habe Mißtrauen gegen ihn gesät; man wird ihm nie wieder Vertrauen schenken.*

Es war gut zu wissen, daß sie etwas erreicht hatte, selbst wenn Roger sie nun tötete. Und es war gut zu wissen, daß ihre Freunde da waren und auf ihren Sieg hofften.

»Beginnt den Kampf!« sagte Roald ruhig.

Alanna und Roger hoben augenblicklich die Schwerter. Sie umkreisten sich und ließen sich nicht aus den Augen. Roger führte mehrere Scheinangriffe, um Alanna zu einem Angriff herauszufordern. Alanna lächelte ein wenig. Roger war älter als sie und hatte mehr Erfahrung, aber sie hatte mehr Geduld als er.

Sie hatte recht. Jetzt griff Roger ernsthaft an, da er der Meinung war, sie sei zu selbstsicher. Alanna parierte seinen Hieb und machte einen Satz zur Seite. Sie zuckte zusammen, als das Heft ihres Schwertes gegen ihre wunde Handfläche schlug. Sie mußte vorsichtig sein, sonst würden sie ihre steifen Knochen und ihre wehen Hände das Leben kosten.

In einem Versuch, sie zu ermüden, griff Roger unentwegt an. Um Kraft zu sparen, versuchte Alanna, öfters auszuweichen und seltener zu parieren, doch der Zauberer war zu schnell. Der Schmerz kroch ihr im rechten Arm empor und bis hinauf in die Schulter. Die Schrammen an ihrer Schwerthand bluteten wieder und hatten die Binden durchtränkt. Müdigkeit verlangsamte ihre Reaktion.

Plötzlich blinzelte sie. Hatte Roger sein Schwert in die linke Hand gewechselt? Oder trug er zwei Schwerter? *Unmöglich!* Sie schüttelte den Kopf und mühte sich, klar zu sehen. Undeutlich hörte sie, wie Thom »Unfair! Er benutzt eine Illusion!« rief, aber sie wußte, aus Furcht, ihr Leben zu gefährden, würde an diesem Punkt keiner eingreifen und den Kampf abbrechen.

Nur ein Satz zur Seite im rechten Augenblick rettete ihr das Leben, als der Herzog einen Ausfall machte. Thom hatte recht; Roger benutzte einen Illusions-Zauber, wodurch Alanna nicht sehen konnte, in welcher Hand er das wirkliche Schwert trug und in welcher das andere, dessen Existenz ihr nur vorgegaukelt wurde. Alanna zog mit ihrer freien Hand den Glutstein unter dem Hemd hervor und dankte der Göttin dafür. Das Schwert, das in Wirklichkeit gar nicht existierte, glühte jetzt orangefarben. Alanna parierte den Hieb des richtigen Schwerts und vollführte einen Gegenschlag, durch den es zu einer Bindung der beiden Schwerter kam. Das war ein Fehler: der größere, stärkere Mann benutzte seine Kraft, um Alanna langsam auf die Knie zu zwingen.

Alanna keuchte, löste sich, ließ sich zu Boden fallen und rollte sich weg. Roger schlug zu und versetzte ihr eine Schulterwunde, gerade als sie auf die Beine kam. Sie machte einen Satz rückwärts und biß sich wütend auf die Lippen: er hatte das Schwert in die linke Hand gewechselt! Sie dankte der Göttin, daß die Wunde nicht tief war und griff wieder nach dem Glutstein.

Der Herzog wechselte mehrmals die Hand, aber mit Hilfe des Steins konnte sie mitverfolgen, auf welcher Seite er sein wirkliches Schwert trug. Inzwischen hatten sie den Punkt erreicht, an dem weniger gute Schwertfechter nach Luft japsten und Fehler machten; es war der Punkt, an dem sie tief in sich hineingreifen mußte nach der Kraft, von der sie selten wußte, daß sie sie besaß. Sie konnte nicht umhin, Rogers Technik zu bewundern, während sie verbissen parierte, zustieß, Ausfälle machte und auswich, und sie konnte nicht anders, als es zu bedauern, daß dieser prächtige Schwertfechter so ein ekelhafter Mensch war.

Sie nahm den kurzen Augenblick wahr, als Roger das Schwert in die andere Hand wechselte, machte einen Ausfall und verletzte ihn am rechten Arm. Roger stieß einen wütenden Schrei aus, als ihm Blitzschlag in den Muskel schnitt, doch er erholte sich unglaublich schnell und versetzte ihr einen Hieb. Alanna stolperte, und die Spitze von Herzog Rogers Schwert streifte sie vom Schlüsselbein bis hinunter zur Taille.

Das Korsett, das sie oft anstatt der Bandagen trug, gab nach, da die Schnürbänder zerschnitten waren. Es verrutschte und stülpte

sich auf. Schnürbänder und (was Alanna äußerst peinlich war) die Rundungen ihres Busens kamen unter ihrem Hemd zum Vorschein.
Roger ließ sein Schwert sinken, riß die Augen auf und trat zurück.
»Halt!« schrie der König, sprang auf und starrte. Ein Raunen lief durch den großen Saal. *Was geht hier vor sich?*
»Du solltest vielleicht etwas unternehmen mit diesem Ding«, riet ihr Thom und trat nach vorn. »Ich werde das Ganze erklären.«
Alle Augen lagen auf dem Meister in der schwarzen Kleidung mit silbernem Besatz, als Alanna hinter einen Vorhang huschte. Ganz plötzlich war sie froh, daß die Lügerei ein Ende hatte. Sie zerrte das Korsett unter ihrem aufgeschlitzten Hemd hervor, während Thom sagte: »Bitte verzeiht meiner Schwester, Eure Majestäten.« Alanna schüttelte den Kopf über den Mut ihres Bruders, schlug vorne die Enden des Hemdes übereinander und stopfte sie fest in ihre Kniehosen.
»Sie wollte nämlich Ritter werden«, erklärte Thom gerade. »Ich wollte Zauberer werden. Wir haben die Rollen getauscht. Ich glaube, ich habe bei diesem Handel das bessere Geschäft gemacht; ich mußte nicht, so wie sie, jahrelang Leute belügen, die ich gern hatte und respektierte. Hier. Ich habe unsere Geburtsurkunden mitgebracht. Für alle Fälle. Sie heißt Alanna. Wir sind Zwillinge.«
»Wer wußte davon?« Die Stimme des Königs war leise und gefährlich. Alanna trat hinter dem Vorhang hervor. »*Wer wußte davon?*«
»Ich.« Jonathan sprach laut und deutlich. »Ich wußte es seit der Schwarzen Stadt.«
»Ich«, brummte Coram beschämt.
Gary trat vor. »*Ich* wußte es.«
»Und ich auch«, fügte Myles hinzu. »Ich vermutete es, als Alan – Alanna – Jonathan vom Schwitzfieber heilte, Majestät.«

Der König richtete seinen Blick auf Alanna. »Was hast du zu deiner Entschuldigung vorzubringen?«

Alanna schaute ihm offen ins Gesicht. »Ich haßte es, Euch anzulügen«, bekannte sie. »Ich wollte es sagen, doch ich konnte es nicht. Hättet Ihr mich meinen Schild erringen lassen, wenn ich die Wahrheit gesagt hätte?« Das Schweigen des Königs war Antwort genug. »Ich habe versucht, in allem anderen ehrlich zu sein. Und ich kann nicht bedauern, was ich tat.«

Rogers wütendes Fauchen überraschte alle. »Du – du *Teufel!*« kreischte er. »Lügner – Betrüger –«

Ohne Vorwarnung stürzte er sich mit erhobenem Schwert auf sie. Alanna wehrte ihn ab. Sie kämpfte um ihr Leben. Roger griff an wie ein Wirbelwind und ließ ihr keine Gelegenheit mehr zum Atemholen.

Plötzlich flammte Alannas lange unterdrückte Wut auf Roger auf. Er war ihr Feind; er hatte versucht, die Menschen zu töten, die sie liebte. Und jetzt benahm *er* sich so, als sei ihm Unrecht geschehen!

Wild entschlossen biß sie die Zähne zusammen. Sie war hier, um Roger von Conté zu richten. Und bei der Göttin – das würde sie tun!

Sie riß Blitzschlag nach oben und vollführte einen weitgezogenen Bogen – das war der sogenannte Schmetterlingsschlag –, mit dem sie eine Locke von Rogers Haar abschnitt. Sie wechselte ihr Schwert in die linke Hand, und nun machte sie endlich Ernst. In einer spiegelbildlichen Abwandlung des Schmetterlingsschlags von vorher riß sie ihr Schwert nach unten und im Bogen herum. Diesmal durchtrennte sie Rogers Gürtel. Mit einem Rückhandschlag riß sie den Waffenrock des Herzogs auf. Roger parierte verzweifelt und wich zurück, als sie ihn nun so hart bedrängte. Plötzlich bildete sich eine große orangefarbene Wolke um den Herzog herum. Die Zuschauer keuchten auf und wichen zurück, als sich die Wolke ausbreitete und nach Alanna, Jonathan und

dem daneben stehenden König griff. Alanna sah die Gefahr, in der die beiden Männer schwebten und vergaß ihre eigene.
»Göttin!« schrie sie und stürzte vorwärts. Blitzschlag traf die Wolke, zerteilte sie und fand Roger in der Mitte. Die orangefarbene Masse flammte auf und blendete alle Umstehenden. Alanna spürte, wie Blitzschlag in ihrer Hand zuckte. Roger schrie auf, und sie schlug noch einmal und noch fester zu. Diesmal schnitt das Schwert noch tiefer. Alanna öffnete die Augen und blinzelte, um wieder klar sehen zu können.
Da stand Roger und versuchte, sich das Schwert aus dem Körper zu ziehen. Eine tiefe Wunde in seiner Schulter blutete heftig. Der Herzog starrte Alanna verwundert an, während er langsam zu Boden sank. Alanna riß ihr Schwert heraus. Schwankend und zitternd vor Wut, Angst und Erschöpfung stand sie über Rogers Körper.
Sie schaute auf. Alle im Saal – sogar Jonathan und Thom – starrten sie entsetzt an. Eine Minute lang hatte sie Angst vor sich selbst.
Sie hatte den Neffen des Königs getötet. Sie hatte ihren größten Feind, den mächtigsten Zauberer der Ostländer umgebracht.

Epilog

»Bist du sicher, daß du's dir nicht nochmal anders überlegen willst?« fragte Jonathan und nahm ihre Hand. Der Winterwind peitschte Farbe auf seine Wangen, und seine Augen schienen noch blauer als jemals zuvor. »Ich habe wirklich das Gefühl, daß ich ›Sir Alanna‹ überhaupt nicht kenne.«

Alanna lächelte und schüttelte den Kopf. »Ich muß alleine sein; na ja, nicht gerade alleine«, gab sie zu und grinste zu dem warm eingepackten Coram hinauf. »Ich muß ein Weilchen weg von hier und überlegen.«

»Falls du wegen Roger immer noch unglücklich bist, dann hör auf damit«, sagte Gary schroff. »Du hast getan, was getan werden mußte.«

»Ich weiß. Aber ich habe diese Reise schon so lange geplant, und jetzt habe ich mehr Grund als jemals zuvor, von hier zu verschwinden. Ich muß über diese Sache mit Roger nachdenken. Und darüber, was es bedeutet, ein weiblicher Ritter zu sein. Und was ich mit meinem Leben anstellen will. Dann komme ich wieder.«

Sie sah sich um und vergewisserte sich, daß all ihre Satteltaschen, auch die, welche der Lastmaulesel trug, gut befestigt waren. Dann lächelte sie ihrer Eskorte zu, die aus Jonathan, Gary, Raoul und Georg bestand. »Ganz bestimmt. Ich halte es nicht lange aus ohne euch.«

Gary klopfte dem unglücklich dreinschauenden Raoul auf die Schulter. »Verabschiede dich, Raoul«, sagte er und warf einen bedeutungsvollen Blick zu Jon hinüber.

Raoul packte Alannas Hand, daß es schmerzte. »Mir geht es wie Jonathan – ich habe das Gefühl, als kenne ich ›Sir Alanna‹ überhaupt nicht«, klagte er. »Paß gut auf sie auf, Coram.«

»Mache ich«, nickte der stämmige Diener.

Alanna beugte sich hinunter und küßte Raoul auf die Wange. »Diese ›Sir Alanna‹, von der ihr unentwegt sprecht, ist lediglich Alan ohne die Lüge drumherum«, erklärte sie. »Ich habe mich nicht geändert. Halt die Ohren steif, Raoul.«

Gary war der nächste. Er umarmte sie kurz aber heftig. »Wenn du zu lange wegbleibst, kommen wir dich suchen«, drohte er. »Gute Reise, Alanna.« Er zog Raoul ein Stück beiseite, damit Alanna ungestört mit Jonathan und Georg reden konnte.

»Vergiß das Zeichen der Diebe nicht, das ich dich lehrte«, warnte Georg. »Und benutze es, wenn dir Gefahr droht!«

Alanna drückte ihn an sich und blinzelte brennende Tränen fort. »Ich werde dich vermissen, alter Freund«, flüsterte sie.

Georgs Augen glänzten unnatürlich, als er sie ansah. »Um so mehr Grund, zu mir zurückzukehren, wenn du alles überlegt hast, was es zu überlegen gibt. Meine Liebe begleitet dich, Alanna.« Er schnalzte seiner Stute zu und holte Gary und Raoul ein.

Jonathan versuchte zu lächeln. »Also sind wieder einmal nur wir beide übrig, Fräulein Ritter. Na ja, du und ich und Immertreu«, fügte er hinzu und nickte dem Kater zu, der blinzelnd in seiner an Mondlichts Sattel befestigten Schale saß. Plötzlich streckte Jon die Arme aus, zog sie eng an sich und hielt sie lange fest. Er küßte sie leidenschaftlich, bevor er sie wieder losließ. »Du reitest Richtung Süden?«

Alanna nickte. »Ich will den Rest dieses Winters verbringen, ohne zu frieren«, erklärte sie. »Ich schreibe dir – das weißt du ja.«

Er hob ihr Gesicht und sah ihr in die violetten Augen. »Bis du wieder heimkommst, hat sich alles beruhigt«, sagte er. »Und keiner wird glücklicher sein als ich, dich wiederzusehen.« Er schaute auf Coram hinüber, der an den Stadttoren wartete. »Paß gut auf sie auf, Coram Smythesson!«

Alannas alter Freund machte ein überraschtes Gesicht. »Also ich hab mir gedacht, das Schönste an 'ner Reise mit 'nem weiblichen Ritter wäre, daß *sie* es ist, die auf *mich* aufpaßt!«

Alanna warf dem Prinzen noch einen letzten Blick zu, bevor sie zum Tor hinausritt. Vor ihr erstreckte sich die Große Südstraße. Sie war schnee- und eisfrei. Dafür, daß heute der erste Tag des Neuen Jahres war, war es fast warm. Alanna trug bequeme Kleider, sie hatte ein gutes Pferd, Immertreu war mit dabei, und Coram ritt an ihrer Seite.

Rogers Tod war schlimm, dachte sie, *aber das Leben könnte viel, viel schlimmer sein. Vielleicht werde ich trotz allem glücklich sein.*

Vor lauter Übermut stieß sie einen Schrei aus und stieß Mondlicht mit dem Fuß an, damit sie in Galopp fiel. »Na komm schon, Coram!« rief sie und jagte an ihm vorüber. »Wir suchen uns jetzt ein Abenteuer.«

Band III ist in Vorbereitung